U0676687

新文学选集

蒋光慈选集

开明出版社

图书在版编目(CIP)数据

蒋光慈选集/蒋光慈著. —北京：开明出版社，2015.7
（2023.2重印）

（新文学选集. 第1辑）

ISBN 978-7-5131-2161-3

Ⅰ.①蒋… Ⅱ.①蒋… Ⅲ.①中篇小说－小说集－中国－现代
②短篇小说－小说集－中国－现代 Ⅳ.①I246.7

中国版本图书馆 CIP 数据核字（2015）第 166722 号

责任编辑：卓玥　董晓君

书　　名：蒋光慈选集
出版人：陈滨滨
著　　者：蒋光慈
编辑者：新文学选集编辑委员会
主　　编：茅　盾
出　　版：开明出版社（北京市海淀区西三环北路 25 号青政大厦 6 层）
印　　刷：山东华立印务有限公司
开　　本：148＊210　1/32
印　　张：11.125
字　　数：230 千字
版　　次：2015 年 7 月第一版
印　　次：2023 年 2 月第三次印刷
定　　价：23.00

印刷、装订质量问题，出版社负责调换。联系电话：(010)88817647

蒋光慈先生遗像

出版说明

新中国成立不久，中央人民政府文化部就成立了"新文学选集编辑委员会"，负责编选"新文学选集"，文化部部长茅盾任编委会主任，出版总署副署长叶圣陶、中宣部文艺处处长、作协党组书记兼副主席、《文艺报》主编丁玲、文艺理论家杨晦等任编委会委员。"新文学选集"1951年由开明书店出版，是新中国第一部汇集"五四"以来作家选集的丛书。

这套丛书分为两辑，第一辑是"已故作家及烈士的作品"，共12种，即《鲁迅选集》《瞿秋白选集》《郁达夫选集》《闻一多选集》《朱自清选集》《许地山选集》《蒋光慈选集》《鲁彦选集》《柔石选集》《胡也频选集》《洪灵菲选集》和《殷夫选集》。"健在作家"的选集为第二辑，也12种，即《郭沫若选集》《茅盾选集》《叶圣陶选集》《丁玲选集》《田汉选集》《巴金选集》《老舍选集》《洪深选集》《艾青选集》《张天翼选集》《曹禺选集》和《赵树理选集》。

"选集"的编排、装帧、设计、印制都相当考究。健在作家选集的封面由本人题签。已故作家中，"鲁迅选集"四个字选自鲁迅生前自题的"鲁迅自选集"，其他作家的书名均由郭沫若题写。正文前印有作者照片、手迹、《编辑凡例》和《序》；"已故作家"的"选集"中有的还附有《小传》，《序》也不止一篇。初版本为大 32 开软精装本，另有乙种本（即普及本）。软精装本扉页和封底衬页居中都印有鲁迅与毛泽东的侧面头像，因为占的版面较大，格外引人注目。毛泽东在《新民主主义论》中称鲁迅"是文化新军的最伟大和最英勇的旗手"，"是中国文化革命的主将"，"不但是伟大的文学家，而且是伟大的思想家和伟大的革命家"，"鲁迅的方向，就是中华民族新文化的方向"，刊印鲁迅头像是为了突出鲁迅在新文学史上的权威地位，将鲁迅头像与毛泽东头像并列刊印在一起，则寄寓着以鲁迅为代表的"五四"新文学发展的最终方向，就是走向 1942 年以后的文艺上的"毛泽东时代"。学习毛泽东《在延安文艺座谈会上的讲话》，实践毛泽东提出的革命文艺发展的正确方针，是新中国文学发展的必由之路。

"已故作家"中，鲁迅、朱自清、许地山、鲁彦、蒋光慈五人"因病致死"；瞿秋白、郁达夫、闻一多、柔石、胡也频、洪灵菲、殷夫七人都是"烈士"，是被反动派杀害的。鲁迅和瞿秋白是"左联"主要领导人；蒋光慈、洪灵菲、胡也频、柔石、殷夫都是"左翼作家"。闻一多、朱自清是"民主主义者和民主个人主义者"，但他们"在美国帝国主义者及其走狗国民党反动派面前站起来了"，"闻一多拍案而起，横眉怒对国民党的手枪，宁可倒下去，不愿屈服。朱自清一身重病，宁可饿死，不领美国的'救济粮'。他们是我们民族的脊梁"，"表现了我们民族的英雄气概"。① "已故作家"和"烈士作家"选集的出版，"正说明了中国人民的、革命的文学和文化所走过来的路，是壮烈的"②。

"健在作家"中郭沫若位居政务院副总理兼文教委主任，是国家领导人。茅盾"是党的最早的一批党员之一，曾积极参加党的筹备工作和早期工作"，③ 又是新中国的文化部部长、作家协会主席，身份特殊。洪深、丁玲、张天翼、田汉、艾青、赵树理等都是党员作家。叶圣陶、巴金、老舍、曹禺等人在文学上的成就自不待言，又都是我党亲密的朋友，是"进步的革命的文艺运动"（茅盾语）的参与者，是"革命文艺家"④。

"健在作家的作品"，由作家本人编选，或由作家本人委托他人代选。"已故作家及烈士的作品"，由编委会约请专人编选。《郁达夫选集》由丁易编选、《洪灵菲选集》由孟超编选，《殷夫选集》由阿英编选，《柔石选集》由魏金枝编选，《胡也频选集》由丁玲编选，《蒋光慈选集》由黄药眠编选，《闻一多选集》和《朱自清选集》均由李广田编选，《鲁彦选集》由周立波编选，《许地山选集》由杨刚编选。编委会约请的编选者

---

① 毛泽东：《别了，司徒雷登》，《毛泽东选集》第 4 卷，人民出版社 1991 年版，第 1496 页。

② 冷火：《新文学的光辉道路——介绍开明书店出版的"新文学选集"》，《文汇报》1951 年 9 月 20 日第 4 版。

③ 胡耀邦：1981 年 4 月 11 日在沈雁冰追悼会上的致词。

④ 冷火：《新文学的光辉道路——介绍开明书店出版的"新文学选集"》，《文汇报》1951 年 9 月 20 日第 4 版。

多为名家，且与作者交谊深厚，对作者的创作及其为人都有深切的了解，能够全面把握作家的思想脉络，准确地阐述其作品的文学史意义。《鲁迅选集》和《瞿秋白选集》则由"新文学选集编辑委员会"编选，规格更高。

这套丛书的意义首先在于给"新文学"定位。《编辑凡例》中说："此所谓新文学，指'五四'以来，现实主义的文学作品而言"；"现实主义是'五四'以来新文学的主流"；"新文学的历史就是批判的现实主义到革命的现实主义的发展过程"。这种独尊"现实主义的文学"的做法，把浪漫主义、象征主义以及意识流小说等许许多多优秀的文学作品挡在"新文学"的门槛之外了，在今天看来不免"太偏"，可在新中国成立伊始的"大欢乐的节日"里，似乎是"全社会"的"共识"。《编辑凡例》还说："这套丛书既然打算依据中国新文学的历史发展的过程，选辑'五四'以来具有时代意义的作品"，使读者"藉本丛书之助"，"能以比较经济的时间和精力对于新文学的发展的过程获得基本的初步的知识"，从而点出了这部"新文学选集"的"文学史意义"：编选的是"作品"，展示的则是"新文学的发展的过程"。把"现实主义的文学"作为"新文学"的主流，以此来筛选作品；重塑"新文学"的图景；规范"新文学史"的写作；建构"新文学"的传统；回归"完整的理论体系和最高指导原则"；为新中国的文学创作提供借鉴和资源，乃是这套"新文学选集"的意义和使命所在，因而被誉为"新文学的纪程碑"。

遗憾的是这套丛书未能出全。"已故作家及烈士的作品"

只出了 11 种,《瞿秋白选集》未能出版。瞿秋白曾经是中共的"领袖",按当时的归定:中央一级领导人的文字要公开发表,必须经中央批准。再加上瞿秋白对"新文学"评价太低,他个别文艺论文中的见解与"左翼"话语相抵牾,出于慎重的考虑,只好延后。健在作家的选集也只出了 11 种,《田汉选集》未能出版。他在 1955 年人民文学出版社出版的《〈田汉剧作选〉后记》中对此做了解释:

> 当 1950 年新文学选集编辑委员会编选五四作品的时候,我虽也光荣地被指定搞一个选集,但我是十分惶恐的。我想——那样的东西在日益提高的人民的文艺要求下,能拿得出去吗?再加,有些作品的底稿和印本在我流离转徙的生活中都散失了,这一编辑工作无形中就延搁下来了。

"作品的底稿和印本"的"散失",并不是理由;"惶恐"作品"在日益提高的人民的文艺要求下,能拿得出去吗?",这才是"延搁"的主因。出版的这 22 种选集中,《鲁迅选集》分上、中、下三册,《郭沫若选集》分上、下二册,其馀 20 位作家都只有一册,规格和分量上的区别彰显了鲁迅和郭沫若在我国现代文学史上崇高的地位,鲁迅是新文化运动的旗手和主将，郭沫若是继鲁迅之后的又一位"主将"和"向导"①，从而为鲁郭茅巴老曹的排序定下规则。

　　鉴于这套丛书的重要意义，本社依开明版重印，并保留原有的风格，以飨读者。

开明出版社

---

　　① 周恩来：《我要说的话》，重庆《新华日报》1941年11月17日第1版。

编辑凡例

一、此所谓新文学，指"五四"以来，现实主义的文学作品而言。如果作一个历史的分析，可以说，现实主义是"五四"以来新文学的主流，而其中又包括着批判的现实主义（也曾被称为旧现实主义）和革命的现实主义（也曾被称为新现实主义）这两大类。新文学的历史就是从批判的现实主义到革命的现实主义的发展过程。一九四二年毛主席在延安文艺座谈会的讲话发表以后，革命的现实主义文学便有了一个新的更大的发展，并建立了自己完整的理论体系和最高指导原则。

二、现在这套丛书就打算依据这一历史的发展过程，选辑"五四"以来具有时代意义的作品，以便青年读者得以最经济的时间和精力获得新文学发展的初步的基本的知识。本来这样的选集可以有两种方式，一是按照作品时代先后，成一总集，又一是个别作家各自成一选集；这两个方式互有短长，现在所采取的，是后一方式。这里还有两个问题须要加以说明。第一，这套丛书既然打算依据中国新文学的历史发展的过程，选辑"五四"以来具有时代意义的作品，换言之，亦即企图藉本丛书之助而使读者能以比较经济的时间和精力对于新文学的发展的过程获得基本的初步的知识，因此，我们的选辑的对象主要是在一九四二年以前就已有重要作品出世的作家们。这一个范围，当然不是绝对的，然而大体上是有这么一个范围，并且也在这一点上，和《人民文艺丛书》作了分工。第二，适合于上述范围的作家与作品，当然也不止于本丛书现在的第一、二两辑所包罗的，我们的企图是，继此以后，陆续再出第三、四……等辑，而使本丛书的代表性更近于全面。

　　三、本丛书第一、二两辑共包罗作家二十四人，各集有为作家本人自选的，也有本丛书编委会约请专人代选的，如已故诸作家及烈士的作品。每集都有序文。二十餘年来，文艺界的烈士也不止于本丛书所包罗的那几位，但遗文搜集，常苦不全，所以现在就先选辑了这几位，将来再当增补。

新文学选集编辑委员会

一九五一年三月，北京

序

黄药眠

一

最近我以两星期的时间，把蒋光慈先生的作品仔细翻阅了一遍。因为过去在上海，曾经有一个时期和他朝夕见面，因此现在重新读起他的作品来，我也就感觉到有些亲切。在我脑子里时时会联想到他那北方人的高高的身材，微微突出的下颚，温和的笑态，和笑时露出来的洁白牙齿，以至于他那洪亮而且具有抑扬顿挫的谈话的声音。时间过得真快，光慈逝世不觉已十九年多了。现在我们已步入了全新的时代，光慈生前所追求的理想，所奋斗的目标已经达到。在这个时候，我作为作者的一个朋友，回想当年过的苦难的日子，提起笔来写他的选集序文，真不能不发生一种追怀的情绪！

对于光慈的作品，即在当时的文坛，已就有着很大不同的分歧的意见。有人说他好，也有人说他坏。究竟从整个左翼文学运动的历史发展看来，我们今天应该怎样来估价他的作品呢？

我想我们基本上是应该肯定它的。

我们说要肯定他的作品，这并不是意味着要把衡量今天作品的标准去肯定它，我们只是说，以今天的立场来从左翼文学运动的历史去追溯，并根据当时具体的客观现实，来去估计它当时所起的积极作用。

作家本人也是客观历史的存在，所以要具体了解他，我们首先就得究明他当时所处的时代。

从一九一九年五四运动前后到一九二五年左右，马列主义的学说，才开始逐渐介绍过来，而真正有组织的共产主义运动，也是在一九二一年才开始。在这样革命思想的启蒙时代，蒋光慈乃是把马列主义的鲜明的旗帜插到文艺园地上来的旗手。我们如果要求在那个时期就有一个在思想上和艺术上都很成熟而又结合得很好的作家出现，那是不可能的。所以尽管光慈的作品在思想上有些庞杂，在艺术上有些幼稚，但他在当时的一般青年读众当中还是起着启蒙作用。

作为光慈作品的最突出的思想是什么呢？显然的，那就是人民的爱国主义，这种精神，在他的作品里随处都可以看到。如《哀中国》里："回想往古不少轰烈事，中华民族原有反抗力，却不料如今全国无声息，大家熙熙然甘愿为奴隶！"又如在《纪念碑》侠生寄给若瑜的第六封信里："诗人的伟大在于能反抗一切的黑暗，帝国主义者对待中国人真是黑暗极了！我反抗，一定要反抗……"又在其晚年的作品《异乡与故国》，光慈在八月三十日的日记里悲痛地写着："我不愿意谈起中国的事情，我愿将中国忘记掉，但是我不能够，我的一颗心总是在遥念着那些在艰苦斗争中的朋友们……"又在十月三日的日记里，他这样写着："说也奇怪，我近来很想回到上海去，虽然我知道上海是不会给我以愉快的感觉的。秋意渐渐地深了，我的思国的情绪也因之渐渐地增加了！"

但是光慈的爱国主义决不是狭义的民族主义，民族自大主义，民族自私主义。他的爱国主义是根据他对于祖国的人民和土地的爱，他对于人民生活的关心和敏感，对于自由和正义的热烈的要求和对于帝国主义的憎恨。

在《少年飘泊者》里，光慈这样写道："倘若我能拿着枪将敌人打死几个，将人类中的蠹贼多铲除几个，倒也了却平生的愿望……倘若我能努力在公道的战场做一个武士，在与黑暗奋斗的场合中，我能不怕死做一位好汉，这或者也是报答她（他的爱人——药眠）的方法……"

在《野祭》里，光慈这样写着："不料天使似的女战士，不料在与我会面的后几日竟被捉去枪毙了……难道世界上公道是没有的吗？难道长此不见正义和人道吗？我的心痛……"（这里光慈所说的"正义"、"人道"，显然是从阶级立场出发的，并不是资产阶级的人道主义者所说的"人道"——药眠）

在《弟兄夜话》里，光慈借着江霞的口这样说："……现在的世界太不成样子了，有钱的人不做一点事，终日吃好的，而穷人累得同牛一样，反而吃不饱，衣不暖，这是什么道理？张三也是人，李四也是人，为什么张三奢侈得不堪，而李四苦得要命，难道说眼耳口鼻生得有什么不同……即如刘老太爷为什么那样作威作福的？他打起自己的佃户来就同打犯罪的囚犯一样，一点不好，就把佃户送到县里去，这是什么道理？什么'公理''正义'都是骗人的，假的，谁个有钱，谁个就是王，谁个就是对的！……"

在《纪念碑》里，光慈笔底下的上海是这样的："上海为中国资本主义最发达之地，实在没有什么雅趣，徒觉着金钱气焰的薰天，市侩的龌龊讨厌而已……到上海之后，可以看到资本主义的真相，可以看到帝国主义的无状，可以看到西方文明是什么一回事，相形之下，更可以看到东方文明之糟糕……"

他的立场表现得最明显的，要算他的《中国劳动歌》了。因为，在这选集里，我不准备选他的诗，所以索性把全首诗选出来给大家看看：

中国劳动歌

起来罢，中国劳动的同胞呀！
我们受帝国主义的压迫到了极度；
倘若我们再不起来反抗，
我们将永远堕于黑暗的深窟。
打倒帝国主义的压迫，
恢复中华民族的自主；
这是我们自身的事情，
快啊，快啊，快动手！

起来罢，中国劳苦的同胞呀！
我们受军阀的蹂躏到极度；
倘若我们再不想法自救，
我们将永远成为被宰割的鱼肉。
推翻贪污凶暴的军阀，
解放劳苦同胞的锁扣；
这是我们自身的事情，
快啊，快啊，快动手！

起来罢，中国劳苦的同胞呀！
我们尝足了痛苦，做足了牛马；
倘若我们再不夺回自由，
我们将永远蒙着卑贱的羞辱。
我们高举鲜艳的红旗，
努力向社会革命走；
这是我们自身的事情，
快啊，快啊，快动手！

七月九日

　　光慈的这个人民的爱国主义，不仅表现在作品里面，同时也很具体的表现在文艺理论上。

　　从左翼文学理论之史的发展看来，蒋光慈显然是占有着非常重要的位置。他继承了五四运动的革命传统，同时又直接继承了国际的革命文学传统，把苏联的文学理论介绍过来。在文学方面，他是从北方飞来的最初的候鸟，带了时代的光辉，正是光慈首先把五四新文艺运动推向更高的阶段。

我们应该回忆一下，当光慈带着粗犷的气息大踏步走上文坛的时候，一般的关于文学理论上的情况，那个时候意见是很分歧的。有些人醉心个人主义的抒情，有些人努力于客观的描写，有些人则开始模仿资本主义的颓废的作风，有些人则在追求着形式。也正是光慈首先初步的提出了马列主义的文学观点。

由于文献上的限制，我们没有办法来把他的论文一一加以列举，现在只能就我们所得到的一些材料举出几个要点来加以说明。

光慈认为"革命文学是以被压迫的群众做出发点的文学"，革命文学决不是狭义的民族主义的文学。他说："革命文学应极力暴露帝国主义的罪恶，极力促进弱小民族之解放斗争……同时应极力避免狭义的国家主义的倾向，中国被压迫民众对于帝国主义的反抗，同时就是对于旧社会制度的反抗……""近两年来，中国革命的性质，已不是单纯民族或民权的革命了。倘若有人认为国家主义的文学是革命文学，这也未免是时代错误……"（见《关于革命文学》）

光慈认为文学必须表现革命，服从于政治，服从于当时的政策。他说："文学家的心灵应与革命混合起来。革命文学家在这个时代是最幸福的，没有比革命的材料更美妙的题材了。"他说作家："不但要同情革命，不但要在革命的怒潮中，革命的胜利中寻出有趣的东西，听出欢畅的音乐，并且也要领受他

临时的策略，他临时的失败……并且要忍耐地拿住他的理性，持住他的计划……"（见《俄罗斯文学》）

光慈认为文学不应只表现个人生活，而应表现人类生活的大变动，表现群众向光明欲望之激动，表现群众的奋斗。"革命文学应当是反个人主义的文学，它的主人翁应当是群众而不是个人，它的倾向应当是集体主义，而不是个人主义……革命文学的任务是要在这些斗争生活中，表现出群众的力量，暗示人们以集体主义的倾向。"（见《关于革命文学》）

光慈认为革命文学的作用最重要的，就是要不但表现出时代，并且要在忙乱的斗争生活中，寻出创造新生活的原素来。他说："文学应该暴露旧社会的罪恶，攻击旧社会的破产，并促进新势力的进展……"（见《关于革命文学》）又说："我们要有革命情绪的素养，对于革命的信心，对于革命的深切的同情……"（见《现代中国文学与社会生活》）

从以上这些论点，我们可以很清楚看到光慈对于文学的整个见解，即他对于文学工作者的立场，文学的任务，文学的主题与题材，文学的作用等，都接触到了。这些见解，一般的说来都是正确的。虽然对于文学之现实主义的创作方法方面，群众与个人，人物之典型塑造方面，以及小资产阶级知识分子的自我改造方面，他都很少提到。光慈这些理论上的缺点，恰好也是他在创作上的缺点。关于这，我在后面还要提到。

尽管光慈的文学理论还是一个粗疏的架子，不够周详，有很多是从外国抄来的教条，很少同实际结合；尽管他在理论上还没有很丰富的事实作根据；尽管他对于当时文学界的创作的

　　情况缺乏具体而深入的研究，所发表的多是一般的理论，因而没有很大的说服性；可是从一九二五年间就坚持这种粗具体系的革命文学理论的，光慈倒是最初的一个。这一个拓荒者的功绩，是不可磨灭的。①

　　从以上所说的许多话，我们现在可以得到一个结论：就是光慈的作品，是充分表现着人民的爱国主义，而在革命文学的理论上，他更有着很大的贡献。

　　这是一般地说的。现在再让我们进一步来看看，光慈在具

————————

　　①　钱杏邨在一九二八年三月十二日《太阳月刊》发表的《蒋光慈与革命文学》里关于光慈的文学理论活动曾这样说："……从一九二四年，《新青年》上所发表的提倡革命的论文起，一直到一九二七年止，光慈所做的论文现在都无法搜集了……"由此可见，光慈的文学理论活动应该从一九二四年算起。又据李何林编的《近二十年中国文艺思潮论》第一一四页，亦引钱杏邨所说的话："在《新青年》上光慈就发表过一篇《无产阶级革命与文化》，在一九二五年于《觉悟》新年号上就发表过《现代中国社会与革命文学》，并且在一九二四年办过一个《春雷》周刊……"但这些文献，直到现在我们都还没有找到。所以这里我姑把光慈的文学活动从一九二五年算起。但如果要把有关革命文学理论的文献更加追溯上去，那就可以远溯到一九二三年"二七"事件后不久郭沫若先生的《我们的文学新运动》。里面曾提出了"反抗资本主义的毒龙"，"爆发出无产阶级的精神"等口号。但是政治上比较成熟，理论上比较完整还是要等到郭先生发表《文学与革命》的时候，而光慈的革命文学理论的观点则早在一九二五年即已建立了。至于在这以后，则有一九二七年十一月廿三日，成仿吾发表的《从文学革命到革命文学》，成氏这篇文章，最值得注意的是他提出了"知识分子应该自己否定一遍，努力获得阶级意识"的问题。由一九二七年末到一九二八年初起，无产阶级文学的理论已经大加提倡，体系亦更加完密，这里用不着多说了。现在只附注于此，以供有文学史兴趣的读者们参考。

体的工作上，他究竟贡献了我们一些什么东西。我认为他有以下几点功绩。

第一，他在创作实践上替左翼文艺运动奠下了若干基础。文艺运动，不能光靠文艺理论的提倡，和对于反动的文艺作品之斥责来完成。文艺运动只有通过作品，才能够发挥他的广泛的积极作用，而文艺理论也只有成为了作家创作的方针，才能够发挥力量。而光慈恰好就是第一个运用革命的观点来从事创作而又获得相当成就的人。他于短短的六七年的时间，创作了一百万字左右的作品（翻译和论文在外），这不能不算是他的努力。有了光慈的作品，人们就不可能否认，革命文学是有他自己独特的作风，和它在中国新文学的建设上占有着特出的位置。

第二，他替我们的文艺带来了一些新鲜的题材和新鲜的人物。在光慈以前，作家们所描写的，大都是知识分子和围绕在知识分子周围的人物。可是在光慈的笔下，则有罢工的工人，店伙，革命的知识分子，地下工作者，农会的领袖，叛逆的女性，他把过去狭隘的写作范围推广开去。在题材方面，光慈显然是有意识的要反映社会上的主要矛盾和主要斗争，所以举凡当时比较重要的事件，如学生的抵制日货运动，粤汉路工人罢工，黄埔军校，上海工人的三次暴动，南昌暴动，湖南的农民运动等，他都或是正面或是侧面地接触到了。

第三，他替革命文学争取了许多读者，扩大了政治影响。正因为光慈能抓住当时社会历史事件的重要环节，所以他的作品就有着广泛的感召力。比方，他的《少年飘泊者》，在号召知识青年参加革命上就会发生很大的作用，而《冲出云围的月亮》，据郁达夫说，在出版的当年，就曾重版到了六次之多。他的书，照例是一出版就很风行的。这种情形，正是说明了作者所拥有的社会力量。

也许现在还有人感到奇怪，光慈的作品有时很粗糙和幼稚，何以当时广大读者会这样欢迎它。其实，如果从艺术社会学的见地说来，这也是并不足为奇怪的。因为一个作品之所以能获得广大的读众。并不光靠作品之成熟和丰富，同时还要看它当时所处的社会客观情况。如果正当社会群众心理异常紧张的时候，有时只一句话也就可以引起强烈的反应，又如果正当群众正在苦闷而急于要获得一条出路的时候，有时只一个标语，一句口号也就可以获得广大群众的热烈的拥护。诚如我上面所说，因为光慈的作品能够抓住当时群众所最关心的问题，所以他的作品能够获得群众们的广泛的欢迎，也就是一件很自然的事情了。

也许还有人感到奇怪，光慈笔下的人物，多数是凭主观的空想，缺乏具体的形象，但何以当时的读者，竟会受到这样大的感动。我想如果从当时现实的情况去研究，这也是并不足为奇怪的。因为革命阶级对于客观事物的认识，也是在发展过程中的，由最初的朦胧的认识，到后来的明确的认识。在那个时候"大多数的青年读者，只是有一种接近工农，向往革命的要求，但是真正的工农究竟是什么样子，革命工作究竟是怎么一回事，他们脑子里还是比较朦胧的。所以光慈的小说能够给予他们以一些工人和农民的侧影，革命工作的轮廓，他们也就感到异常高兴了。而且就是这样粗枝大叶的描写，在当时对于初觉悟的青年，已经是起着莫大的鼓舞作用了。如果今天我们还用光慈描写工农革命者的方法来写工农，那当然是幼稚，或者是"主观主义"的空想；但如果硬用今天的标准去否定光慈小说的价值，那也未免太机械，和忽视了历史发展的具体情形了。

二

不过，我们肯定光慈的作品和它在历史上所起的作用，这并不妨碍我们今天对于他的作品的缺点加以批判。

有人说，光慈的缺点，主要是在于他的文字的技巧。但是，我认为不对，他的缺点，主要还是在于思想上。

光慈出身于中产之家，早年曾参加五四后的学生运动，但不久就出国到苏联去学习了。回国以后，除了曾做短时期的翻译以外，就是在上海大学教书，对于中国下层人民的生活是了解得很少的，对于真正的群众工作也是毫没有经验的。由于他的这样的生活经历，所以在他的思想上，包含着最进步的马列主义的思想，同时又还残存有相当浓厚的五四初期右派的个人主义的意识，和从乡间旧社会带来的才子佳人的趣味。比方《何兰英和李宗保》里的男女主角，以及在《纪念碑》里的侠生和若瑜，在《少年飘泊者》里的汪中和玉梅，是不是都有些才子佳人的味道呢？是有的。比方，他爱以拜伦自况，他的

《海上秋风歌》，则还有苏曼殊的"独向遗篇吊拜伦"的神气，《纪念碑》里第三封信里说"我或者将飘零流浪以终生"；《野祭》里作者的化身陈季侠说"我是具有孤僻性的人"；《菊芬》里作者的化身江霞同志对菊芬说"很多人夸奖我，说我的文学天才还不错"……从这些话里面，我们就可以很清楚看到作者天才自命，风流自许，自高自大的飘飘然的神气。所以在光慈思想里面虽然进步的思想是占着主导的地位，可是因为有下面两种落后的思想混杂着，互相矛盾着，因而在作品里面也就不能不把他的思想的革命性充分发挥出来。本来进步的思想是应该能帮助作家清除自己的落后的意识的，但是由于光慈自满自足，不愿意毅然决然投身到革命的急流之中，而只愿做一条小鱼游泳在流水的边缘，因此他的理论就因为没有经过批评与自我批评的锻炼，没有经过革命生活实践的考验，而始终不能充分具体化成为有血有肉的东西，而以后各种程度停留在空泛的理想，和个人的浮浪的热情阶段上。

在理论上，光慈是主张革命者应该乐观的，但是在那些带有自叙传性质的作品里面，我们可以清楚看到他的抑郁和苦闷情绪。这些苦闷，当然不能说不是若干的反映了时代的心理状态，但这难道不是怀才不遇，孤高自赏的个人主义的心情在那里作祟么？

在理论上，光慈是反对哥哥呀，妹妹呀的花月文学的（见《少年飘泊者》自序），但光慈作品里面，大多数都是把革命和他的甚为自私的爱情交织在一起的。比方在《纪念碑》，侠生给若瑜的第三十六封信里："我很愿意同你拥抱着一块跳到长江的波浪里，大海的狂涛里，我俩永远地，永远地相爱，相抱，相聚，相恋以终古……"《李宗保和淑真》里，作者这样写着："我实在不能生存，会马上发狂，马上死，假使失去了你的话……"又在《菊芬》里作者这样写着："可是到了第三天，我无论如何忍不住了，不去看看菊芬我一定是要发疯了……"在《野祭》里作者这样写着："也许当她（淑君——药眠）在群众里声嘶力竭的时候，就是我陪着密斯郑散步，或者在戏院里寻乐的时候……"说这些话的人要不是作者的化身，就是为作者同情的人物。这样看来，难道光慈不也正是和当时的一般作家有其相同之处，恋爱至上主义者吗？殉情主义者吗？是的，恋爱自由，这原来也是反对封建的一种表现，可是恋爱问题到底只是附属的，次要的问题，而光慈老把它和严肃的革命工作对等地纠缠在一起，这岂不是遮盖了革命的光芒，而把读者的注意旁引到别的方面去起着抵消作用吗？

理论与实践不能统一，作品的具体思想性，赶不上他的理论，这是光慈的最基本的缺点。

从苏联回来以后，还有一种作为阻碍光慈更向前进步而终于抑郁以终的因素，那就是他脱离政治的倾向。在《纪念碑》里，光慈这样写着："我不愿做一个政治家，或一个出风头的时髦客……我想做一个伟大的文学家……"在《菊芬》里面，主人翁在那里怀疑："继续从事文学工作呢？还是将笔丢下去拿起枪来呢？"后来又说："……同时我又想道：我的小说还不坏，我还是尽我的所长吧！"又在《野祭》里作者这样写着："我虽然是一个流浪的文人，很少参加实际工作。"又说："我是一个流浪文人，平素从未做过实际的革命运动，照理讲，我没有畏惧的必要……"如果把这些话和我上面所引的三天不去见菊芬就会发疯的说法来比看一下，那我们将会觉得，光慈对于恋爱何以如此其热烈，而对于革命又何以如此其动摇啊！也许有人会说，光慈在《野祭》上的话是有苦心的，为了使得他的书能够出版和发行，和统治者不会追迫他这样紧，他不能不做些掩饰的工夫。但我认为这是没有必要的。而且光慈之想和政治保持一定的距离并不是从写《野祭》时开始，他是有一贯的态度的。其实光慈是错了。他不晓得，如果他不能做一个政治家，他也就一定无法做一个好的文学家。正因为他在思想上有这样的倾向，所以当一九二九至一九三〇年革命到了最艰苦的时候，他就支持不住了。那本为当年许多前进文人所诟病的《丽莎的哀怨》就是这个时候写出来的，这难道是一件偶然的事情吗？阶级斗争愈尖锐，光慈就愈想躲开一点，但也正因为阶级斗争愈尖锐，像光慈这样身份的文人也就愈无法躲开，统治者对他的追踪和围困也就愈紧，而光慈也就在这统治者残酷的压迫之下，精神上陷于异常苦恼和矛盾的情形之下溘然逝世了。

正因为光慈在思想上有这样的缺点，在生活上始终浮在上面，没有下层工作的实际经验，所以在艺术创作上也就不能作很现实的客观的描写，而多数是凭个人的主观的空想。在作品里面，有的是平面的叙述和隐在幕后的作者个人的独白，而不善于塑造出有血有肉的人物性格。光慈学来的理论，只是很生硬的被陈列出来，而并没有能够被具体化到对于每一个事物的看法和感觉上——是的，这就是光慈在创造上的主要的毛病。至于说他的文字技术上的缺点，那是次要的。试想，如果光慈能稍去其骄矜之气，到生活中去锻炼，去学习，以光慈的聪明，难道积六七年的写作经验还不能克服这个缺点吗？就纵使他自己一个人不能克服，难道朋友们不能帮助他克服这个缺点吗？

上面，我说了这许多话，目的无非是想表明光慈在左翼文学运动中的功绩，并从而说明我们这个运动是怎样从比较幼稚的情况成长到今天波澜壮阔的场面。光慈作品之所以还有这些缺点，一方面固然是由于客观历史条件的限制，但主要的还是由于自己主观努力的不足，不然，他的成绩一定是还要大的。

三

最后，我想说几句关于这本选集的话。

在选择作品的时候，我是根据以下几个标准来选择的：即它必须反映若干基本的客观的历史真实，表现出当时的时代精神，在当时已发生了很大的影响，而在今天又还有教育意义的。此外是它在作者作风上有代表的意义的，或是它在某方面能说明作者的生平史迹，带有自叙传性质，而有助于我们对他的了解的。

根据这些条件，所以我在这里选了以下几篇。第一是《少年飘泊者》，这是作者的初期作品。在这里面反映出了"五四"

以后的反日运动，一九二三年京汉路工人大罢工的"二七"惨案，一直到汪中到广东去投考黄埔军校，这部小说当时的确曾起了很大的影响。小说的主人公汪中，不是知识分子，而是由佃农的儿子，经过乞丐、学徒、店员、工人的生活，而最后参加革命，在惠州之役牺牲。主人公这样的出身和经历，在当时的文坛亦可说是别开生面。第二部是《短裤党》，这是作者在清党前夜写成功的。他的内容是描写上海工人响应北伐军的三次暴动。这里面虽然没有一定的主角（此书出版时，这一个问题，曾引起了争论），而且组织得散漫些，但作者以急速的步调从各个角度去反映这一个历史上伟大的斗争，诚不愧为一篇很出色的报告文学。第三部是选自《田野的风》中的两大段，第一段是写地主的儿子李杰，何松斋的侄女何月素背叛了自己的阶级，协助矿工张进德在自己本乡进行组织农会的情形。第二段是描写农民起来了，但从城里反拨过来的反革命的逆流，连同本乡的反革命势力却企图消灭革命势力。于是觉悟的农民乃起来组织革命的武装，来和反革命的武装对抗。这里所选的，是原书中最紧凑的两段。《田野的风》，是光慈最后的一部力作。和光慈过去的作品比较起来，这部书的风格显然是有了很大的转变，恋爱的罗曼蒂克的气氛是减少了，而且我们可以看出光慈已开始在努力改变他的单凭主观想象的空泛的描写，转而试图从事于客观人物性格的刻画，虽然结构松懈，最初一百页写得沉闷些，但这已经是一个很大的进步。从这一部书来看，如果光慈不死，他的创作是可能开出更美丽的花朵，结成更丰富的果实的。第四部是选自《冲出云围的月亮》。本书的内容是叙述一位青年女子曼英因朋友柳遇秋之招，跑到 H 镇去投考军事政治学校，后来因为资产阶级背叛革命，曼英乃不得不随军南下；但经过许多的艰苦，南征失败，曼英流落在 S 镇的小旅馆里。国民党小官僚陈洪运看见了她，想诱惑她做他的姨太太，因此没有把她逮捕起来。曼英没有办法，只得骗他让她先到上海去，再行结婚。到上海后，曼英因为对于革命的大业感到失望，光明的前途渺茫，因此转而咒诅这世界，企图用个人的力量来破坏和毁灭这世界，于是她在上海抱着愤世嫉俗的心情，过着自暴自弃的腐烂浪漫的生活。后来于无意中，她又碰见她以前的爱人柳遇秋，和以前曾追求她，而为她所拒绝的李尚志。前者已叛变革命做了国民党反动派的官，后者则仍在上海做地下工作。最后，她终于受到李尚志的感化，放弃她过去的腐烂生活，到工厂里去做女工，仍回到革命队伍中来。这里所选的是她和柳遇秋、李尚志在上海见面当中的一幕。从全书看来，其中有许多不健康的心理描写。但是这里面表现了一九二四年至一九二七年大革命失败后，一部分掉队的知识分子的投降叛变，或彷徨苦闷，和另一部分人，在由公开转入地下的苦难年月中的坚持革命的坚贞。所以也选录了一小部分。最后是《鸭绿江上》，这是光慈的比较完整的短篇小说。《弟兄夜话》是一篇带有自叙传意义的散文。因为限于篇幅，他的诗，只好都割爱了。

至于作者的生平，则于卷首附"作者小传"及"著作年表"。虽然我们曾尽一切的可能，通过各种关系搜集有关的资料，但由于过去多年的战乱，文献仍感不足。我们诚恳地希望光慈的生前友好能够协助我们，提供更多的意见和资料，以便我们将来有补订修正的机会。

一九五〇，八，廿四序于北京师范大学

蒋光慈小传

黄药眠

蒋光慈，原名蒋光赤（一九〇一至一九三一），安徽六安人。他的父亲是一个小商人，原本家道还算小康，但后来中落。

五四运动的时候，光慈即参加学生运动，不久加入共产党，被派赴苏联留学。在苏联留学时期，对于文学特别爱好，而且已开始写作，诗集《新梦》，大半就是在留学期间写成的。一九二五年初光慈从苏联回国（一说在一九二三年回国，确实的日期待考）。回国后，他曾任冯玉祥的苏联顾问的翻译，后来又任上海大学的教授。同时他的诗集《新梦》，小说《少年飘泊者》均陆续出版，颇得青年读者的欢迎。上海工人三次暴动后，光慈更根据当时他所目击耳闻的许多材料写成《短裤党》，这是光慈成功地走上文坛的一篇力作。

在这期间，光慈与一河南信阳女二师的女教师，开封人宋若瑜（即《纪念碑》的女主角）恋爱。宋本有肺病，但光慈不顾一切要求和她结婚。不幸和她结婚一个月以后，即发现她的肺病已到了第三期，而终于一九二六年十一月逝世。光慈为此，曾十分悲伤，而他后来所染的肠结核病大概亦就是种因于和宋若瑜的恋爱上。

一九二七年"四一二"事件爆发，光慈仓促走武汉。武汉政变后，光慈又只得回到上海。最初和创造社合作。后来另与钱杏邨、孟超等另组太阳社，出版《太阳月刊》（一九二八年）。接着又去编《时代文艺》（一九二八），《新流》（一九二九），《拓荒者》（一九三〇）等刊物，鼓吹革命文学。

一九二九年，因出版《丽莎的哀怨》受到许多进步人士的抨击，而当时又正是阶级斗争非常激烈的时候，光慈于是乃东游日本，与藏原维人等左翼作家往还，日记《异邦与故国》，小说《冲出云围的月亮》，就是在这个期间写的。而里别津斯基的《一周间》的译事也是于此时完稿。

回国后，一九三〇年他去编《海风周刊》，同时更努力从事于创作。在这一年间，他完成了《田野的风》这一个中篇小说。也是在这一年的春天，他和南国社的社员吴似鸿女士由恋爱而同居。

其时，政治斗争更加尖锐，光慈的《田野的风》，刚打好纸版即被禁止，而其馀的著作也大部分被反动当局禁售。光慈的生活全靠版税维持，反动派对作家的这一个经济封锁政策，的确会给予光慈以经济上的很大威胁，而光慈本人的倔强傲慢的性格，又给他自己以精神上莫大的苦闷。

一九三一年夏，光慈的肠胃病加剧，五月进同仁医院医治，经医生检验结果，证明是肠结核，六月下旬医生停止诊疗，这时吴似鸿亦由杭州赶回医院视疾，但光慈于剧痛了一星期后，终于六月三十日逝世。遗骸葬于上海公墓。

光慈生平非常自负，尝自称中国的普希金。郁达夫在一九三三年三月二十五日写的《光慈的晚年》（见《现代》第三卷第一期）有这么一段描写他在一九二五年和光慈会面时的话："光慈的态度谈吐，大约是受了西欧的文学家的影响的，说起话来，总有绝大的抱负，不逊的语气……"从这一段简单的描写里，也可以想见光慈的为人了。

一九五〇，八，二五日

蒋光慈著作年表

黄药眠

一　著作

（出版年月日）	（作品名称）	（说明）
一九二五	诗集《新梦》	是作者留学苏联时写的诗，而于回国后才出版的。
一九二六，一	小说《少年飘泊者》	完稿的时期是一九二五年一月一日。
一九二七，一	短篇小说集《鸭绿江上》	完成集稿的日期是一九二六年十月廿八日。其中包含《鸭绿江上》《碎了的心》《弟兄夜话》《一封未寄的信》《徐州旅馆之一夜》《橄榄》《逃兵》

		《寻爱》，共短篇小说八篇。
	小说《短裤党》	完稿的时期是一九二七年四月三日。
	通讯集《纪念碑》	是作者与宋若瑜的通讯集，时间是在一九二五年一月——一九二六年九月间。
二，二〇	小说《野祭》	
一九二八，四，一	小说《菊芬》	
	小说《最后的微笑》	此书收集在上海新兴文艺书店《蒋光慈小说全集》第三集中。根据顾凤城编的《中外文学家辞典》，说此书于一九二八出版。但其确切日期待考。
一九二九	诗集《战鼓》	完稿于一九二七年，但延迟到一九二九始行出版，其出版之月日待考。
	中篇小说《丽莎的哀怨》	

（出版年月日）	（作品名称）	（说明）
一九三〇，一	小说《冲出云围的月亮》	此书作者于上年九月十二日开始写作，到十月十三日写完。为留居东京时的作品。
一，一五	《故乡与异国》	是作者留居东京时的日记。时间是从一九二九年八月廿五日到同年十一月九日。
一九三二，四，三〇	小说《田野的风》	完稿的时期是一九三〇年十一月五日。当时因遭反动当局的禁止，未能出版。所以它的出版日期已在作者死后。

二　翻译

（出版年月日）	（作品名称）	（说明）
一九二九	《一周间》	
	《冬天的春笑》	（《新俄小说集》）翻译和出版日期待考。
	《爱的分野》	（罗曼诺夫原著）翻译和出版时期待考。

三 编辑的书籍

（出版年月日）	（作品名称）	（说明）
一九二八	《俄罗斯文学》	出版的确切日期待考。
	《失业以后》①	出版的确切日期待考。
	《两种不同的人类》	出版的确切日期待考。

四 作者主编的杂志

（出版年月日）	（杂志名称）
一九二八	《太阳月刊》
	《时代文艺》
一九二九	《新流》
一九三〇	《拓荒者》
	《海风周刊》

---

① 再版本序于一九三四年五月四日。

五 其他未收入专集的短篇

（出版年月日）　（作品名称）　　　　　　（说明）

《老太婆与阿三》　　　见一九三二年上海新文
艺书店出版之《蒋光慈
小说全集》第三集，其发
表日期待考。

《小三的故事》　　　　见一九三一年沪滨书店
出版之《蒋光慈全集》。
其发表日期待考。

《阎凤荔和郭玉姑》　　此四篇见于一九三一年
《李宗保和黄淑贞》　　上海爱丽书店之《蒋光
《何兰英和李宗保》　　慈小说全集》。均为恋
《马福生和任玉苹》　　爱书信，其发表日期
　　　　　　　　　　　待考。

目 次

少年飘泊者

拜伦呵！

你是黑暗的反抗者；

你是上帝的不肖子；

你是自由的歌者；

你是强暴的劲敌。

飘零呵，毁谤呵……

这是你的命运罢，

抑是社会对于天才的敬礼？

——缘自作者《怀拜伦》

自　序

在现在唯美派小说盛行的文学界中，我知道我这一本东西，是不会博得人们喝彩的。人们方沉醉于什么花呀，月呀，好哥哥，甜妹妹的软香巢中，我忽然跳出来做粗暴的叫喊，似觉有点太不识趣了。

　　不过读者切勿误会我是一个完全粗暴的人！我爱美的心，或者也许比别人更甚一点；我也爱幻游于美的国度里。但是，现在我所耳闻目见的，都不能令我起美的快感，更那能令我发美的歌声呢？朋友们！我也实在没有法子呵！

　　倘若你们一些文明的先生们说我是粗暴，则我请你们莫要理我好了。我想，现在粗暴的人们毕竟占多数，我这一本粗暴的东西，或者不至于不能得着一点儿同情的应声。

　　　　　　　　　　　　　　　　　　　　　　　蒋光赤

　　　　　　　　一九二五，十一，一，于上海。

一

维嘉先生：

　　我现在要写一封长信给你——你接着它时，一定要惊异，要奇怪，甚至于要莫名其妙。本来，平常我们接到人家的信时，一定先看看是从什么地方寄来的，是谁寄来的。倘若这个给我们写信的人为我们所不知道，并且，他的信是老长老长的，我们一定要惊异，要奇怪。因此，我能想定你接着我这一封长信的时候，你一定要发生莫名其妙而且有趣的情态。

　　你当然不知道我是何如人。说起来，我不过是一个飘泊的少年，值不得一般所谓文学家的注意。我向你抱十二分的歉——我不应写这一封长信，来花费你许多贵重的时间。不过我还要请你原谅我，请你知道我对于你的态度。我虽然不长于文学，但我对于文学非常有兴趣；近代中国文学家虽多，然我对于你比较更敬仰一点——我敬仰你有热烈的情感，反抗的精神，新颖的思想，不落于俗套。维嘉先生！你切勿以此为我恭维你的话，这不过是我个人的意思，其实还有多少人小觑你，笑骂你呢！我久已想写信给你，但是我恐怕你与其他时髦文学家同一态度，因之总未敢提笔。现在我住在旅馆里，觉着无聊已极，忽然想将以前的经过——飘泊的历史——提笔回述一下。但是向谁回述呢？我也不是一个大文学家，不愿做一篇自传，好借之以炫异于当世；我就是将自传做了，又有谁个来读它呢？就是倘若发生万幸，这篇自传能够入于一二人之目，但是也必定不至于有好结果——人们一定要骂我好不害臊，这样的人也配做自传么？维嘉先生！我绝对没有做自传的勇气。

现在请你原谅我。我假设你是一个不鄙弃我的人，并且你也不讨厌我要回述自己飘泊的历史给你听听。我假设你是一个与我表同情的人，所以我才敢提起笔来向你絮絮叨叨地说，向你表白表白我的身世。

维嘉先生！请你不要误会！我并不希望借你的大笔以润色我的小史——我的确不敢抱着这种希望。

我也并不是与你完全不认识。五六年前我原见过你几次面，并且与你说过几句话，写过一次信。你记不记得你在 W 埠当学生会长的时代？你记不记得你们把商务会长打了，把日货招牌砍了，一切贩东洋货的奸商要报你们的仇？你记不记得一天夜里有一个人神色匆促向你报信，说奸商们打定主意要报学生仇，已经用钱雇了许多流氓，好暗地把你们学生，特别是你，杀死几个？这些事情我一点儿都未忘却，都紧紧地记在我的脑里。维嘉先生！那一天夜里向你报信的人就是我，就是现在提笔写这一封长信给你的人。当时我只慌里慌张地向你报告消息，并没有说出自己的姓名；你听了我的报告，也就急忙同别人商量去了，并没有问及我的姓名，且没有送我出门。我当时并不怪你，我很知道你太过于热心，而把小礼节忘却了。

这是六年前的事，你大约忘记了罢？维嘉先生！你大约更不知道我生活史中那一次所发生的事变。原来我那一夜回去太晚了，我的东家疑惑我将他们所定的计划泄漏给你们，报告给你们了，到第二天就把我革去职务，不要我替他再当伙友了。这一件事情，你当然是不知道。

我因为在报纸上时常看见你的作品，所以很知道你的名字。W埠虽是一个大商埠，但是，在五六年前，风气是闭塞极了，所谓新文化运动，可以说是没有。自从你同几位朋友提倡了一下，W埠的新潮也就渐渐地涌起来了。我不愿意说假话，维嘉先生，我当时实在受你的影响不少！你记不记得有一年暑假时，你接到了一封署名汪中的信？那一封信的内容，一直到如今，我还记得，并且还可以背诵得出。现在，我又提笔写长信给你，我不问你于我的态度如何，讨厌不讨厌我，但我总假设你是一个可以与我谈话的人，可以明白我的人。

那一年我写信给你的时候，正是我想投江自杀的时候；现在我写信给你时的情绪，却与以前不同了。不过写这前后两封信的动机是一样的——我以为你能明白我，你能与我表同情。维嘉先生！我想你是一个很明白的人，你一定知道：一个人当万感丛集的时候，总想找一个人诉一诉衷曲，诉了之后才觉舒服些。我并不敢有奢望求你安慰我；倘若你能始终听我对于自己历史的回述，那就是我最引以为满意的事了。

现在，我请你把我的这一封长信读到底！

二

在安徽省 T 县 P 乡有一乱坟山，山上坟墓累累，也不知埋着的是哪些无告的孤老穷婆，贫儿苦女——无依的野魂。说起来，这座乱坟山倒是一块自由平等的国土，毫无阶级贵贱的痕迹。这些累累的坟墓，无论如何，你总说不清哪一个尊贵些，卧着的是贵族的先人；哪一个贫贱些，卧着的是乞丐的祖宗。这里一无庄严的碑石，二无分别的记号，大家都自由地排列着，也不论什么高下的秩序。或者这些坟墓中的野魂，生前受尽残酷的蹂躏，不平等的待遇，尝足人世间所有的苦痛；但是现在呵，他们是再平等自由没有的了。这里无豪贵的位置，豪贵的鬼魂绝对不到这里来，他们尽有自己的国土；这里的居邻尽是些同等的分子，所谓凌弱欺贱的现象，大约是一定不会有的。

乱坟山的东南角，于民国四年九月十五日，在丛集土堆的夹道中，又添葬了一座新坟。寥寥几个送葬的人将坟堆积好了，大家都回去了，只剩下一个带孝的约十五六岁的小学生，他的眼哭得如樱桃一般的红肿。等到一切人都走了，他更抚着新坟痛哭，或者他的泪潮已将新坟涌得透湿了。

夕阳渐渐要入土了，它的光线照着新掩埋的坟土，更显现出一种凄凉的红黄色。几处牧童唱着若断若续的归家牧歌，似觉是帮助这个可怜的小学生痛哭。晚天的秋风渐渐地凉起来了，更吹得他的心要炸裂了。暮帐愈伸愈黑，把累累坟墓中的阴气都密布起来。忽而一轮明月从东方升起，将坟墓的颜色改变一下，但是谁个能形容出这时坟墓的颜色是如何悲惨呢？

他在这时候实在也没有力量再哭下去了。他好好地坐在新坟的旁边，抬头向四面一望，对着初升的明月出了一会儿神。接着又向月光下的新坟默默地望着。他在这时候的情绪却不十分悲惨了，他的态度似乎觉得变成很从容达观的样子。他很从容地对着新坟中的人说道：

"我可怜的爸爸！我可怜的妈妈！你俩今死了，你俩永远抛下这一个弱苦的儿子，无依无告的我。

"你俩总算是幸福的了：能够在一块儿死，并且死后埋在一块，免去了终古的寂寞。黑暗的人间硬逼迫你俩含冤而死，恶劣的社会永未给过你俩以少微的幸福。你俩的冤屈什么时候可以伸雪？你俩所未得到的幸福又什么时候可以偿还呢？

"但是，我的爸爸！我的妈妈！你俩现在可以终古平安地卧着，人世间的恶魔再不能来扰害你俩了。这里有同等的邻居——他们生前或同你俩一样地受苦，他们现在当然可以做你俩和睦的伴侣。这里有野外的雨露——你俩生前虽然被了许多耻辱，但是这些雨露或可以把你俩的耻辱洗去。这里有野外的明月——你俩生前虽然一世过着黑暗的生活，但是现在你俩可以细细领略明月的光辉。

"爸爸，妈妈！平安地卧着罢！你俩从今再不会尝受人世间的虐待了！

"但是，你俩倒好了，你俩所抛下一个年幼的儿子——我将怎么办呢？我将到何处去？我将到何处去？……"

说到此时，他又悲伤起来，泪又不禁涔涔地流下。他想，他的父母既然被人们虐待死了，他是一个年幼的小孩子，当然更不知要受人们如何的虐待呢！他于是不禁从悲伤中又添加了一层不可言状的恐惧。

"倒不如也死去好……"他又这般地想着。

维嘉先生！这一个十六岁的小学生，就是十年前的我。这一座新坟里所卧着的，就是我那可怜的，被黑暗社会所逼死的父母。说起来，我到现在还伤心——我永远忘却不了我父母致死的原因！现在离我那可怜的父母之死已经有十年了，在这十年之中，我总未忘却我父母是为着什么死的。

江河有尽头，此恨绵绵无尽期！我要为我父母报仇，我要为我父母伸冤，我要破坏这逼使我父母惨死的万恶社会。但是，维嘉先生，我父母死去已十年了，而万恶的社会依然，而我仍是一个抱恨的飘泊的少年！

三

民国四年，我乡不幸天旱，一直到五月底，秧禾还没有栽齐。是年秋收甚劣，不过三四成。当佃户的倘若把课租缴齐与主人（我乡称地主为主人），就要一点儿也不剩，一定要饿死。有些佃户没有方法想，只得请主人吃酒，哀告将课租减少。倘若主人是有点良心的，则或将课租略略减少一点，发一发无上的大慈悲；不过多半主人是不愿意将课租减少的——他们不问佃户有能力缴课租与否，总是硬逼迫佃户将课租缴齐，否则便要驱逐，便要诉之于法律，以抗缴课租罪论。有一些胆小的佃户们，因为怕犯法，只得想方设法，或借贷，或变卖耕具，极力把课租缴齐；倘若主人逼得太紧了，他们又无法子可想，最后的一条路不是自杀，就是卖老婆。有一些胆大的佃户们，没有方法想，只得随着硬抵，结果不是被驱逐，就是挨打，坐监狱。因之，那一年我县的监狱倒是很兴旺的。

我家也是一个佃户。那一年上帝对于穷人大加照顾，一般佃户们都没脱了他的恩惠。我家既然也是一个佃户，当然也脱不了上帝的恩惠，尝一尝一般佃户们所受的痛苦。我家人口共三人，我的父母和我。我在本乡小学校读书，他们俩在家操作；因为天旱，我的书也读不成了，就在家里闲住着。当时我的父母看着收成不好，一家人将要饿死，又加着我们的主人势大，毫不讲一点儿理由，于是天天总是相对着叹气，或相抱着哭泣。这时真是我的小生命中一大波浪。

缴课租的日子到了。我家倘若把收得的一点粮食都缴与主人罢，则我们全家三口人一定要饿死；倘若不缴与主人罢，则主人岂能干休？我的父母足足哭了一夜，我也在旁边伴着他俩老人家哭。第二日早饭过后，主人即派人来到我家索课租。那两个奴才仗着主人的势力，恶狠狠地高声对我父亲说：

"汪老二！我们的主人说了，今天下午你应把课租担送过去，一粒也不许缺少，否则打断你的狗腿！"

我的父母很悲惨地相互默默地望着。那两个奴才把话说完就出门去了。我俯在桌子上，也一声儿不响。到后来还是我母亲先开口问我父亲：

"怎么办呢？"

"你说怎么办呢？只有一条死路！"

我听见我父亲说出一条死路几个字，不禁放声哭了。他俩见我放声哭了，也就大放声哭起来。后来，我想老哭不能完事，一定要想出一个办法。于是我擦一擦眼泪，抬头向父亲说：

"爸爸！我想我们绝对不至于走到死路的。我想你可以到主人家里去哀告哀告，或者主人可以发点慈悲，不至于拼命地逼迫我们。人们大约都有点良心，当真我们的主人是禽兽不成？爸爸，你去试一试，反正我们也没有别的方法可想……"

我们的主人是最可恶不过的。人家都称他为刘老太爷：因为他的大儿子在省署里做官——做什么官我也不清楚——有声有势；二儿子在军队里做营长，几次回家来威武极了。这位刘老太爷有这们两位好儿子，当然是可以称雄于乡里的了，因之做恶为祟，任所欲为，谁也不敢说一句闲话。他平素对待自己的佃户，可以说酷虐已极，无以复加！当时我劝我父亲去向他哀告，不过是不得已的办法；我父亲也知道这种办法，是不会得着效果的。不过到了没有办法的时候，也只得要走这一条路。于是我父亲听从了我的话，向我母亲说：

"事到如此地步，我只得去试一试，倘若老天爷不绝我们的生路，他或者也发现点天良，慈悲我们一下，也未可知。我现在就去了，你们且在家等着，莫要着急！"

我父亲踉跄地出门去了。

刘老太爷的家——刘家老楼——离我家不远。父亲去后，我与母亲在家提心吊胆地等着。我只见我母亲的脸一会儿发红，一会儿发白，一会儿又落泪。照着她脸上的变态，我就知道她心里是如何地恐慌，如何地忧惧，如何地悲戚，如何地苦痛。

但是我当时总找不出安慰她老人家的话来。

四

维嘉先生！人世间的惨酷和恶狠，倘若我们未亲自经验过，有许多是不会能令我们相信的。我父母之死，就死在这种惨酷和恶狠里。我想，倘若某一个人与我没什么大仇恨，我决不至于硬逼迫他走入死地，我决不忍将他全家陷于绝境。但是，天下事决不能如你我的想望，世间人尽有比野兽还毒的。可怜我的父母，我的不幸的父母，他俩竟死于毫无人心的刘老太爷的手里！……

当我劝父亲到刘老太爷家里哀告时，虽未抱着大希望，但也决料不到我父亲将受刘老太爷的毒打。就是我父亲自己临行时，大约也未想及自己就要死于这一次的哀告。我与我母亲老在家等我父亲回来，等他回来报告好的消息。我当时虽然未祷告，但是，我想，我的母亲，一定是在心中暗地祷告，求菩萨保佑我们的性命，父亲的安稳。但是菩萨的双耳听错了：我母亲祈祷的是幸福，而他给与的却是灾祸。从这一次起，我才知道所谓上帝，所谓菩萨，是与穷人们极反对的。

我们等父亲回来，但等至日快正中了，还未见父亲回来。母亲不耐烦跑到门外望——睁着眼不住地向刘家老楼那一方向望。我还在屋里坐在椅子上东猜西想，就觉着有什么大祸要临头也似的。忽而听见门外一句悲惨而惊慌的呼唤声：

"中儿！你出来看看，那，那是不是你的父亲？……"

我听见这一句话，知道是母亲叫唤我，我即忙跑出来。此时母亲的态度更变为惊慌了。我就问她：

"怎么了？父亲在什么地方？"

"你看，那走路一歪一倒的不是你的父亲么？吃醉了酒？喂！现在哪有酒吃呢？说不定被刘老太爷打坏了……"

呵！是的！被我母亲猜着了。父亲一歪一倒地愈走愈近，我和母亲便向前去迎接他，他的面色现在几如石灰一样的白，见着我们一句话也不说，只是泪汪汪地。一手搭在我的肩上，一手搭在母亲的肩上，示意教我俩将他架到屋里去。我和母亲将他架到屋里，放在床上之后，我母亲才问他：

"你，你怎么弄到这般样子？……"

我母亲哭起来了。

我父亲眼泪汪汪地很费力气地说了两句话：

"我怕不能活了，我的腰部，我的肚肠，都被刘老太爷的伙计踢坏了……"

我母亲听了父亲的话，更大哭起来。很奇怪，在这个当儿，我并不哭，只呆呆地向着父亲的面孔望。我心里想着："我父亲与你有什么深仇大恨，你忍心下这般的毒手？哀告你不允，也就罢了，你为什么将他打到这个样子？唉！刘老太爷你是人，还是凶狠的野兽？是的！是的！我与你不共戴天，不共戴天！

"你有什么权力这样行凶作恶？我们是你的佃户，你是我们的主人？哼！这是什么道理呀？我们耕种土地，你坐享其成，并且硬逼迫我们饿死，将我们打死，陷我们于绝境……世界上难道再有比这种更为惨酷的事么？

"爸爸！你死在这种惨酷里，你是人间的不幸者——我将永远不能忘却这个，我一定要……爸爸呀！"

当时我想到这里，我的灵魂似觉已离开我原有的坐处。模模糊糊地我跑到厨房拿了一把菜刀，径自出了家门，向着刘家老楼行去。进了刘家老楼大门之后，我看见刘老太爷正在大厅与一般穿得很阔的人们吃酒谈笑，高兴得不亦乐乎。他那一副黑而恶的太岁面孔，表现出无涯际的得意的神情；那一般贵客都向他表示出十二分的敬礼。我见着这种状况，心内的火山破裂了，任你将太平洋的水全般倾泻来，也不能将它扑灭下去。我走向前向刘老太爷劈头一菜刀，将他头劈为两半，他的血即刻把我的两手染红了，并流了满地，满桌子，满酒杯里。他从椅子上倒下地来了，两手继续地乱抓；一般贵客都惊慌失色地跑了，有的竟骇得晕倒在地下。

大厅中所遗留的是死尸，血迹，狼藉的杯盘，一个染了两手鲜血的我。我对着一切狂笑，我得着了最后的胜利……

这是我当时的幻觉。我可惜幻觉不能成为事实，但是有时候幻觉也能令人得到十分的愉快。在当时的幻觉中，我似觉征服了一切，斩尽了所有的恶魔，恢复了人世间的光明。倘若事实能够与幻觉相符合，幻觉能够真成为事实，维嘉先生，你想想这是多么令人满意的事呵！

我很知道幻觉对于失意人的趣味，一直到现在，我还未抛却爱幻觉的习惯。倘若在事实上我们战不胜人，则我们在幻觉中一定可以战胜人；倘若刘老太爷到现在还未被我杀却，但是在幻觉中我久已把他杀却了。

我以为幻觉是我们失意人之自慰的方法。

五

当晚我同母亲商议，老哭不能医好父亲的创伤，于是决定我第二日清早到 J 镇上去请 K 医生。

父亲一夜并未说别的话，只是"哎哟，哎哟……"地哼；母亲坐在床沿上守着他，只是为无声的暗泣。我一夜也没睡觉——这一夜我完全消耗在幻觉里。

第二日清早，我即到 J 镇上去请 K 医生。J 镇距我家有四五里之遥，连请医生及走路，大约要一两个钟头。

维嘉先生！我真形容不出来人世间是如何的狠毒，人们的心是如何的不测！在这一两个钟头之内，我父母双双地被迫着惨死——他俩永远地变成黑暗的牺牲者，永远地含冤以终古！说起来，真令人发指心碎呵！当时我还是一个小孩子，一点幼稚的心灵怎能经这般无可比拟的刺激？我真不晓得为什么我没有疯癫，我还能一直活到现在。

原来我去后不久，刘老太爷派一些伙计们到我家来挑课租。他们如狼似虎的拿着扁担稻箩跑到我家来，不问我家愿意与否，就下手向谷仓中量谷。我母亲起初只当他们是抢谷的强盗，后来才知道他们是刘老太爷的伙计。她本是一个弱女子，至此也忍不得不向他们大骂了。病在床上的父亲见着如此的情形，于是连气带痛，就大叫一声死去了——永远地死去了。母亲见着父亲死去，环顾室内的物品狼藉，以为没有再活着的兴趣，遂亦在父亲的面前用剪刀刺喉而自尽了。

当刘老太爷的伙计们挑谷出门，高唱快活山歌的时候，就是我父母双双惨死的时候。人世间的黑暗和狠毒，恐怕尽于此矣！

我好容易把医生请到了，实只望我父亲还有万一全愈的希望。又谁知医生还未请到家，他已含冤地逝去；又谁知死了一个父亲还不算，我母亲又活活地被逼而自尽。唉！人世间的凄惨，难道还有过于这种现象的么？

我一进家门，就知道发生了事变。及到屋内见着了母亲的惨状，满地的血痕，我的眼一昏，心房一裂，就晕倒在地，失却了一切的知觉。此时同我一阵来我家的 K 医生，大约一见势头不好，即逃之夭夭了。

这是一场完全表现出人间黑暗的悲剧。

晕倒过后，我又慢慢地苏醒过来。一幅极凄惨的悲景又重展开在我的面前，我只有放声的痛哭。唉！人世间的黑暗，人们的狠毒，社会的不公平，公理的泯灭……

维嘉先生！请你想想我当时的情况是什么样子！一个十五六岁的小孩子，没有经验，少经世故，忽然遇着这么大的惨变，这是如何的沉痛啊！我现在想想，有时很奇怪，为什么我当时没有骇死，急死，或哭死。倘若我当时骇死，或急死，或哭死，倒也是一件对于我很幸的事情。说一句老实话，在现在的社会中，到处都是冷酷的，黑暗的，没有点儿仁爱和光明，实在没有活着做人的趣味。但是，维嘉先生，不幸到现在我还没有死，我还要在这种万恶的社会中生存着。万恶的社会所赐与我的痛苦和悲哀，维嘉先生，就是你那一枝有天才的大笔，恐怕也不能描写出来万分之一呵！万恶的社会给与我的痛苦愈多，更把我的反抗性愈养成得坚硬了——我到现在还是一个飘泊的少年，一个至死不屈服于黑暗的少年。我将此生的生活完全贡献在奋斗的波浪中。

当时我眼睁睁地看着父母的死尸，简直无所措手足，不知怎么办才好。一个十五六岁的小孩子，遇着这种大惨变，当然是没有办法的。幸亏离我家不远的有一位邻家，当时邻家王老头子大约知道我家发生惨变，于是就拿着拐杖跑到我家看看到底是什么一回事。他一看见我家内的情形，不禁连哭带哼地说了一句：

"这是我们耕田的结果！……"

当时王老头子，他是一个很忠实的老农夫，指点我应当怎么办，怎么办。我就照着他老人家的指点，把几个穷亲戚，穷家族，请了来商量一商量。当时我的思想注重在报仇，要同刘老太爷到县内去打官司。大家都摇头说不行，不行：刘老太爷的势力浩大，本县县知事都怕他——每任县知事来上任时，一定先要拜访拜访他，不然，县知事就做不安稳；一个小百姓，况且又是他的佃户，如何能与他反抗呢？

"这也是命该的。"

"现在的世界，哪有我们穷人说理的地方！倒不如省一件事情，免去一次是非的好。里外我们穷人要忍耐一点。"

"汪中，你要放明白些，你如何是刘老太爷的对手？你的父母被他弄死，已经是很大的不幸，你千万再不要遭他的毒手了！"

"我的意思，不如碰他一下也好——"

"算了罢，我们现在先把丧事治好了要紧。"

大家七嘴八舌，谁也找不出一个办法。

维嘉先生！父母被人害了，而反无一点声诉的权利，人世间的黑暗难道还有过于此者？我一想起来现在社会的内情，有时不禁浑身发抖，战栗万状。倘若我们称现世界为兽的世界，吃人的世界，我想这并不能算过火。我们试一研究兽类的生活，恐怕黑暗的程度还不及人类呵！

结果，大家都主张不与刘老太爷打官司，我当时是一个小孩子，当然也不能有什么违拗。

于是，于是我的父母，我的可怜的父母，就白白地被刘老太爷逼死了！……何处是公理？何处是人道？维嘉先生！对于弱者，对于穷人，世界上没有什么公理和人道——这个我知道得很清楚，很详细，你大约不以为言之过火罢。唉！我真不愿意多说了，多说徒使我伤心呵！

六

丧事匆匆地办妥。有钱的人家当然要请和尚道士到家里念经超度，还要大开什么吊礼；但是，我家穷得吃的都没有，哪还有钱做这些面子？借贷罢，有谁个借给我们？——父母生前既是穷命，死后当然也得不着热闹。民国四年九月十五日，几个穷亲族冷清清地，静悄悄地，抬着两口白棺材，合埋在乱坟山的东南角。

于是黑暗的人间再没有他俩的影迹了——他俩从此抛却人间的一切，永远地，永远地脱离了一切痛苦……

维嘉先生！我飘泊的历史要从此开始了。父母在时，他俩虽是弱者，但对于我总是特加怜爱的，绝不轻易加我以虐待。他俩既死了，有谁个顾及一个零丁的孤子？有谁个不更加我以白眼呢？人们总是以势利为转移，惯会奉承强者，欺压弱者。维嘉先生！我又怎能脱离这弱者的遭遇呢？父母生前为人们所蹂躏，父母死后，一个孤苦的十五六岁的小孩子受人们的蹂躏更不足怪了！我成了一个孤苦而无人照顾的孩子。

伏着新坟痛哭，痛哭一至于无声无力而啜泣。热泪涌透了新坟，悲哀添加了夕阳的黯淡，天地入于凄凉的惨色。当时会有谁个了解这一个十五六岁小孩子的心境，谁个与他表一点人类的同情，谁个与他一点苦痛中的安慰，谁个为他洒一点热泪呢？他愈悲哀则愈痛哭，愈痛哭则愈悲哀，他，他真是人世间不幸的代表了！

维嘉先生！你当然是很知道的，在现代的社会中，穷孩子，特别是无父母的穷孩子，是如何受人们的欺侮。回忆过去十年中的生活，我真是欲哭无泪，心神战栗。我真了解了穷孩子的命运！倘若这个命运是上帝所赐与的，那我就将世界的穷孩子召集在一起，就是不能将上帝——害人的恶物——打死，也要骂得他一个头昏目眩！人们或者说我是上帝的叛徒，是呵！是呵！我承认，我承认我是上帝的叛徒……

当晚从新坟回来之后，一个人——此时我家里只剩下我一个人了——睡在床上，又冷清，又沉寂，又悲哀，又凄惨，翻来覆去，总是不能入梦。想想这里，想想那里，想想过去，想想将来，不知怎么办才好，继续读书罢，当然是没有希望了。耕田罢，我年纪轻了，不行。帮人家放牛罢，喂，又要不知如何受主人的虐待。投靠亲族罢，喂，哪个愿意管我的事？自杀罢，这个，恐怕不十分大好受。那么，到底怎么办呢？走什么路？向何处去？到处都不认识我，到处都没有我的骨肉，我，我一个小孩子怎么办呢？

维嘉先生！我当时胡思乱想的结果，得着了一条路，决定向着这一条路上走。你恐怕无论如何也猜不出这一条路是什么路。

我生性爱反抗，爱抱不平。我还记得我十三岁那一年，读《史记》读到朱家郭解传，不禁心神向往，慨然慕朱家郭解之为人。有一次先生问我："汪中！历史上的人物，据你所知道的，哪一个最令你钦佩些？"

"我所佩服的是朱家郭解一流人物。也许周公孔子庄周……及各代所谓忠臣义将有可令人崇拜的地方，但是他们对于我没有什么趣味。"我回答先生说。

"朱家郭解可佩服的在什么地方？"先生很惊异地又问我。

"他们是好汉，他们爱打抱不平，他们帮助弱者。先生！我不喜欢耀武扬威有权势的人们，我不明白为什么要尊敬圣贤，我专佩服为穷人出气的……"

我说到这里，先生睁着两只大眼向我看着，似觉很奇怪，很不高兴的样子。他半晌才向我哼一句：

"非正道也！"

维嘉先生！也许我这个人的思想自小就入于邪道了，但是既入于邪道了，要想改入正道，也是一件很不容易的事情。我到现在总未做过改入正道的念头，大约将来也是要走邪道到底的。但是，维嘉先生！我现在很希望你不以为我是一个不走正道的人，你能了解我，原谅我。倘若你能与我表一点同情，则真是我的万幸了！

民国四年，我乡土匪蜂起，原因是年年天旱，民不聊生，一般胆大的穷人都入于土匪的队伍，一般胆小一点的穷人当然伏在家中挨饿。闻说离我家约四十馀里远有一桃林村，村为一

群土匪约百馀人所盘踞。该一群土匪的头目名叫王大金刚，人
家都说他是土匪头目中的英雄：他专门令手下的人抢掠富者，
毫不骚扰贫民，并且有一些贫民赖着他的帮助，得以维持生
活。他常常说："现在我们穷人的世界到了，谁个不愿意眼睁
睁地饿死，就请同我一块儿来！我们同是人，同具一样的五
官，同是一样地要吃，同是一样的肚皮，为什么我们就应当饿
死，而有钱的人就应当快活享福呢？……"这一类的话是从别
人口中传到我的耳里，无论真确不真确，可是我当时甚为之所
引动。就是到现在，我还时常想起这位土匪头目的话，我虽未
见过他一面，但我总向他表示无限的敬意。喂！维嘉先生，我
说到此处，你可是莫要害怕，莫要不高兴我崇拜土匪！我老实
向你说，我从未把当土匪算为可耻的事情，我并且以为有许多
土匪比所谓文质彬彬，或耀武扬威的大人先生们好得多！倘若
你以为当土匪是可耻的，那么，请你把土匪的人格低于大人先
生的人格之地方指示出来！我现在很可惜不能亲身与你对面讨
论讨论这个问题。不过你是一个有反抗性的诗人，我相信你的
见解不至于如一般市侩的一样。你的见解或同我的一样。喂！
维嘉先生！我又高攀了。哈哈！

　　上边我说胡思乱想的结果，得着了一条路。维嘉先生！你
现在大约猜着了这一条路是什么路罢？这一条路就是到桃林村
去入伙当土匪。我想当土匪的原因：第一，我的身量也很长
了，虽然才十六岁，但是已经有当土匪的资格了；第二，无路
可走，不当土匪就要饿死；第三，王大金刚的为人做事，为我
所敬仰，我以为他是英雄；第四，我父母白白地被刘老太爷害

死，此仇不共戴天，焉可不报？我向王大金刚说明这种冤屈，或者他能派人来刘家老楼，把刘老太爷捉住杀死。有了这四种原因。我到桃林村入伙的念头就坚定了。

"到桃林村入伙去！"

打算了一夜，第二天清早我即检点一点东西随身带着，其馀的我都不问了，任它丢也好，不丢也好。到桃林村的路，我虽未走过一次，但是听人说过，自以为也没甚大要紧。当我离开家门，走了几步向后望时，我的泪不觉潸潸地下了！

"从此时起，你已经不是我的家了！……父母生前劳苦的痕迹，我儿时的玩具，一切一切，我走后，你还能保存么？……此后我是一个天涯的孤子，飘泊的少年，到处是我的家，到处是我的寄宿地，我将为一无巢穴的小鸟……你屋前的杨柳呵！你为我摇动久悬的哀丝罢！你树上的雀鸟呵！你为我鸣唱飘泊的凄清罢！我去了……"

将好到桃林村的路，要经过乱坟山的东南角，我当时又伏在新坟上为一次辞别的痛哭。东方已经发白了。噪晓的鸟雀破了大地的沉寂，渐渐地又听着牧歌四起——这是助不幸者的痛苦呢，抑是为飘泊少年的临别赠语？维嘉先生！你想想我这时的心境是如何地悲哀呵！

"我亲爱的爸爸妈妈！我可怜的爸爸妈妈！你知道你俩的一个孤苦的儿子现在来与你俩辞别么？你俩的儿子现在来与你俩辞别，也许是这最后的……永远的……

"我亲爱的爸爸妈妈！我可怜的爸爸妈妈！也许这一去能够成全我的痴念，能够为你俩雪一雪不世的冤屈；也许你俩的敌人要死在我手里，也许仇人的头颅终久要贡献在你俩的墓前；也许……

"但是，我亲爱的爸爸妈妈！我可怜的爸爸妈妈，也许你俩的儿子一去不复还，也许你俩的儿子永远要飘流在海角天边，也许你俩的儿子永远再不来瞻拜墓前……

"…………"

七

黑云渐渐密布起来了。天故意与半路的孤子为难也似的：起初秋风从远处吹来几点碎雨，以为还没有什么，总还可以走路的；谁知雨愈下愈大，愈下愈紧，把行路孤子的衣履打得透湿，一小包行李顿加了很大的重量。临行时忘却随身带一把伞，不但头被雨点打得晕了，就是两眼也被风雨吹打得难于展开。

"天哪！你为什么这么样与我为难呢？我是一个不幸的孤子，倘若你是有神智的，你就不应加我以这样的窘迫。

"这四周又没有人家，我将如何是好呢？我到何处去？……难道我今天就死于这风雨的中途么？……可怜我的命运呀！

"天哪！你应睁一睁眼呵！……"

我辞别了父母之墓，就开步向桃林村进行。本来我家离桃林村不过四十馀里之遥，半日尽可以到了；可是，一则我从未走过长路，出过远门，二则我身上又背着一小包行李，里边带着一点吃食的东西，虽然不大重，但对于我——一个十六岁的读书学生，的确是很重的了；因此，我走了半天，才走到二十多里路。路径又不熟，差不多见一个人问一个人，恐怕走错了路。临行时，慌里慌张地忘却带雨伞，当时绝未料及在路中会遇着大雨。谁知天老爷是穷人的对头，是不幸者的仇敌，在半路中竟鬼哭神号地下了大雨。维嘉先生！请你想一想我当时在半路中遇雨的情况是什么样子！我当时急得无法哭起来了。哭是不幸者陷于困难时的唯一表示悲哀的方法呵。

我正一步一步带走带哭的时候，忽听后面有脚步声，扑哧扑哧地踏着烂泥响。我正预备回头看的时候，忽听着我后边喊问一声："那前边走的是谁呀！请停一步……"听此一喊问，我就停着不动了。那人打着雨伞，快步走到我面前来，原来是一个五十馀岁的、面貌很和善的老头儿。他即速把伞将我遮盖住，并表示一种很哀悯的情态。

"不幸的少先生！你到什么地方去呀？"

"我到桃林村去；不幸忘却带伞，现在遇着雨了。"

"我家离此已经不远了，你可以先到我家避一避雨，待天晴时，然后再走。你看好不好？"

"多谢你老人家的盛意！我自然是情愿的！"

我得着了救星，心中就如一大块石头落下去了。当时我就慢慢地跟着这一位老头儿走到他的家里来。可是，刚一到了他家之后，因为我浑身都淋湿了，如水公鸡也似的，无论如何，我是支持不住了；浑身冻得打战，牙齿嗑着达达地响。老头儿及他的老妻——也是一个很和善的老太婆——连忙将我衣服脱了，将我送上床躺着，用被盖着紧紧地，一面又烤起火来，替我烘衣服。可是我的头渐渐大起来了，浑身的热度渐渐膨胀起来了，神经渐渐失却知觉了——我就大病而特病起来了。我这一次病的确是非常严重，几乎把两位好意招待我的老人家急得要命。在病重时的过程中，我完全不知道我自己的状况及他俩老人家的焦急和忙碌；后来过了两天我病势减轻的时候，他俩老人家向我诉说我病中的情形，我才知道我几番濒于危境。我对于他俩老人家表示无限的感激。若以普通惯用的话来表示之，则真所谓"恩同再造"了。

我的病一天一天地渐渐好了。他俩老人家也渐渐放心起来。在病中，他俩老人家不愿同我多说话，恐怕多说话妨害我的病势。等到我的病快要好了的时候，他俩才渐渐同我谈话，询问我的名姓和家室，及去桃林村干什么事情。我悲哀地将我的家事及父母惨死的经过，一件一件向他俩诉说，他俩闻之，老人家心肠软，不禁替我流起老泪来了；我见着他俩流起泪来，我又不禁更伤心而痛哭了。

"你预备到桃林村去做什么呢？那里有你的亲戚或家门？……那里现在不大平安，顶好你莫要去，你是一个小孩子。"

问我为什么到桃林村去，这我真难以答应出来。我说我去找亲戚及家门罢，我那里本来没有什么亲戚和家门；我说我去入伙当土匪罢，喂，这怎能说出呢？说出来，恐怕要……不能说！不能说！我只得要向这俩老人家说谎话了。

"我有一位堂兄在桃林村耕田，现在我到他那儿去。老爹爹！你说那里现在不平安，到底因为什么不平安呢？莫不是那地方有强盗——"

"强盗可是没有了。那里现在驻扎着一连兵，这兵比强盗差不多，或者比强盗还要作恶些。一月前，不错，桃林村聚集了一窝强盗，可是这些强盗，他们并不十分扰害如我们这一般的穷人。现在这些官兵将他们打跑了，就在桃林村驻扎起来，抢掠不分贫富，弄得比土匪强盗还厉害！唉！现在的世界——"

我听老头儿说到这里，心里凉了半截。糟糕！入伙是不成的了，但是又到何处去呢？天哪！天哪！我只暗暗地叫苦。

"现在的世界，我老实对少先生说，真是弄到不成个样子！穷人简直不能过日子！我呢？少先生！你看这两间茅棚，数张破椅，几本旧书，其他什么东西都没有；一个二十余岁的儿子，没有法想，帮人家打长工；我在家教一个蒙馆以维持生活，我与老妻才不至于饿死；本来算是穷到地了！但是，就是这样的穷法，也时常要挨受许多的扰乱，不能安安地过日子。

"我教个小书，有许多人说我是隐士，悠然于世外。喂！我是隐士？倘若我有权力，不瞒少先生说，我一定要做一番澄清社会的事业。但是，这是妄想呵，我与老妻的生活都难维持，还谈到什么其他的事业。

"少先生！我最可惜我的一个可爱的儿子。他念了几年书，又纯洁，又忠实，又聪明，倘若他有机会读书，一定是很有希望的；但是，因为家境的逼迫，他不得已替人家做苦工，并且尝受尽了主人的牛马般的虐待。唉！说起来，真令人……"

老头儿说到此地，只是叹气，表现出无限的悲哀。我向他表示无限的同情，但是这种同情更增加我自身的悲哀。

王老头儿（后来我才晓得他姓王）的家庭，我仔细打量一番，觉着他们的布置上还有十分雅气，确是一个中国旧知识阶级的样子，但是，穷可穷到地了。我初进门时，未顾得看王老头儿的家庭状况，病中又不晓得打量，病好了才仔细看一番，才晓得住在什么人家的屋子里。

老夫妻俩侍候我又周到，又诚恳。王老头儿天天坐在榻前，东西南北，古往今来，说一些故事给我听，并告诉了我许多自己的经验，我因之得了不少的知识。迄今思之，那一对老人家的面貌，待我的情义，宛然尚在目前，宛然回旋于脑际。但是，他俩还在人世么？或者已经墓草蓬蓬，白骨枯朽了……

当时我病好了，势不能再常住在王老头儿夫妻的家里，虽然他俩没有逐客的表示，但是我怎忍多连累他俩老人家呢？于是我决定走了。临行的时候，王老头儿夫妻依依不舍，送一程又一程，我也未免又洒了几点泪。他俩问我到什么地方去，我含糊地答应：

"到……到城里去。"

其实，到什么地方去呢？维嘉先生！何处是不幸者的驻足地呢？我去了！但是到什么地方去呢？……

八

离了王老头儿家之后，我糊里糊涂走了几里路，心中本未决定到什么地方去。回家罢，我没有家了；到桃林村去罢，那里王大金刚已不在了，若被不讲理的官兵捉住，倒不是好玩的；到城里去罢，到城里去干什么呢？想来想去，无论如何想不出一条路。最后我决定到城里去，俟到城里后再作打算。我问清了路，就沿着大路进行。肩上背着一个小包里带着点粮，还够两天多吃，一时还不至于闹饥饿。我预备两天即可到城里，到城里大约不至于饿死。

天已经渐渐黑了。夕阳慢慢地收起了自己的金影，乌鸦一群一群地飞归，并急噪着暮景。路上已没有了行人。四面一望，一无村庄，二无旅店——就是有旅店，我也不能进去住宿，住宿是要有钱才可以的，我哪有钱呢？不得已还是低着头往前走。走着，走着，忽看见道路右边隐隐约约似觉有座庙宇，俄而又听着撞钟的声音——叮当，叮当的响。我决定这是一座庙宇，于是就向着这座庙宇走去。庙宇的门已经闭了，我连敲几下，小和尚开门，问我干什么事，我将寻宿的意思告诉他。他问了老和尚的意思，老和尚说可以，就指定我在关帝大殿右方神龛下为我的宿处。大殿内没有灯烛，阴森森，黑漆漆地有鬼气，若是往常，你就打死我也不敢在这种地方歇宿，但是现在一则走累了，二则没有别的地方，只得将就睡去。初睡的时候，只听刺郎刺郎的响，似觉有鬼也似的，使我头发都竖了起来。但是因为走了一天的路，精神疲倦太甚，睡神终久得着胜利了。

第二天早晨，我正好梦方浓的时候，忽然有人把我摇醒了。我睁眼一看，原来一个不大的和尚和一个清瘦的斯文先生立在我旁边，向我带疑带笑地看。

"天不早了，你可以醒醒了，这里非久睡之地。"胖和尚说。

"你倒像一个读书的学生，为什么这样狼狈，为什么一个人孤行呢？你的年纪还不大罢？"清瘦的斯文先生说。

我只得揉揉眼起来，向他们说一说我的身世，并说我现在成一个飘流的孤子，无亲可投，无家可归。至于想到桃林村入伙而未遂话，当然没有向他们说。他俩听了我的话之后，似觉也表示很大的同情的样子。

"刘先生！这个小孩子，看来是很诚实的，我看你倒可以成全他一下。你来往斯文之门，出入翰墨之家，一个人未免有点孤单，不如把他收为弟子或做为书童，一方面侍候你，二方面为你的旅伴。你看好不好呢？"胖和尚向着清瘦的斯文先生说。

"可是可以的，他跟着我当然不会饿肚子，我也可以减少点劳苦。但不知他自己可愿意呢？"清瘦的斯文先生沉吟一下回答胖和尚说。

我听了胖和尚的话，又看看这位斯文先生的样子，我知道这位斯文先生是何等样的人了——他是一个川馆的先生。维嘉先生！川馆先生到处都有，我想你当然知道是干什么勾当的。

当时我因为无法可想，反正无处去，遂决定照着胖和尚的话，拜他做老师，好跟着他东西南北鬼混。于是就满口应承，顺便向他磕一个头，就拜他为老师了。斯文先生喜欢的了不得，向胖和尚说了些感激成全的话。胖和尚分付小和尚替我们预备早饭，我就大大的饱吃了一顿。早饭之后，我们向胖和尚辞行，出了庙门；斯文先生所有的一切所谓文房四宝，装在一个长布袋里，我都替他背着。他在前头走，我在后头行。此后他到哪里，我也到哪里，今天到某秀才家里写几张字画，明天到某一个教书馆里谈论点风骚，倒也十分有趣。我跟着他跑了有四个多月的光景，在这四个月之中，我遇着许多有趣味的事情。我的老师——斯文先生——一笔字画的确不错，心中旧学问有没有，我就不敢说了。但我总非常鄙弃他的为人：他若遇着比自己强的人，就恭维夸拍的了不得；若遇着比自己差的人，就摆着大斯文的架子，那一种态度真是讨厌已极！一些教蒙馆的先生们，所怕的就是川馆先生，因为川馆先生可以捣乱，使他们的书教不成。有一些教蒙馆的先生们见着我们到了，真是战战兢兢，惶恐万状。我的这位老师故意难为他们，好借此敲他们的竹杠——他们一定要送我们川资。哈哈！维嘉先生！我现在想起这些事情，真是要发笑了。中国的社会真是无奇不有呵！

倘若我的老师能够待我始终如一，能够不变做老师的态度，那么，或者我要多跟他一些时。但是他中途想出花头，变起卦来了。我跟他之后，前三个月内，他待我真是如弟子一般，自居于老师的地位；谁知到了最后一个多月，他的老师的

态度渐渐变了：他渐渐同我说笑话，渐渐引诱我狎戏；我起初
还不以为意，谁知我后来觉着不对了，我明白了他要干什么勾
当——他要与我做那卑污无耻的事情……我既感觉着之后，每
次夜里睡觉总下特别的戒备，虽然他说些调戏的话，我总不做
声，总不回答他。他见我非常庄重，自己心中虽然非常着急，
但未敢居然公开地向我要求，大约是不好意思罢。

　　有一晚，我们宿在一个小镇市上的客店里。吃晚饭时，他
总是劝我喝酒，我被劝得无法可想，虽不会喝，但也只得喝两
杯。喝了酒之后，我略有醉意，便昏昏地睡去。大约到十一二
点钟的光景，忽然一个人把我紧紧地搂着，我从梦中惊骇得一
跳，连忙喊问："是谁呀？是谁呀？""是我，是我，莫要喊！"
我才知道搂我的人是我的老师。

　　"老师！老师！你怎么的了？你怎么……"

　　"不要紧，我的宝宝！我的肉，你允许我，我……"

　　"老师！这是什么话。这怎么能行呢！"

　　"不要紧，你莫要害怕！倘若你不允许我，我就要……"

　　他说着就要实行起来。我这时的羞忿，真是有地裂我都可
以钻进去，但是，事已至此，怎么办呢？同他善说，教他把我
放开罢，那是绝对没有效果的。幸亏我急中生出智来，想了一
个脱逃的方法。

　　"好！老师！我顺从你，我一定顺从你。不过现在我要大
便，等我大便后，我们再痛痛快快地……你看好不好？"

　　"好！好，快一点！"

　　他听到我顺从他的话，高兴的了不得，向我亲几个嘴，就

把我放开了。我起来慌忙将上下衣服穿上，将店门开开，此时正是三月十六，天还有月亮，我一点什么东西都没带，一股气跑了五六里。我气喘喘地坐在路旁边一块被露水浸湿的石头上休息一下。自己一个孤凄凄地坐着，越想越觉着羞辱，越想越发生愤恨，我不禁又放声痛哭了。

"天哪！这真是孤子的命运呵！

"我的爸爸，我的妈妈！你俩可知你俩所遗留下来的一个苦儿今天受这般的羞辱么？

"唉！人们的兽行……"

当时我真悲哀到不可言状！我觉着到处都是欺侮我的人，到处都是人面的禽兽……能照顾我的或者只有这中天无疵瑕的明月，能与我表同情的或者只有这道旁青草内蛐蛐的虫声，能与我为伴侣的或者只有这永不与我隔离的瘦影。

九

自从那一夜从客店跑出之后，孑然一身，无以为生；环顾四周，无所驻足。我虽几番欲行自杀的短见，但是求生之念终战胜了求死之心。既然生着，就要吃饭，我因此又过了几个月乞儿的生活。今日破庙藏身，明夜林中歇宿，受尽了风雨的欺凌，忍足了人们的讥笑。在这几个月中，从没吃过一顿热腾腾的白饭，喝过一碗干净净的清茶。衣服弄得七窟八眼，几几乎把屁股都掩盖不住。面貌弄得瘦黑已极，每一临水自照，喂，自己不禁疑惑自己已入鬼籍了。维嘉先生！我现在很奇怪我居然没有被这种乞儿的生活糟踏死，每一想起当年过乞儿生活的情形，不禁又要战栗起来。好在因为有了几个月乞儿的经验，我深知道乞儿的生活是如何的痛苦，乞儿的心灵是如何的悲哀，乞儿的命运是如何的不幸……

维嘉先生！人一到穷了，什么东西都要欺侮他。即如狗罢，它是被人豢养的东西，照理是不应噬人的，但是它对于叫化子可以说种下了不世的深仇，它专门虐待叫化子。有一次我到一个村庄去讨饭，不料刚一到该村庄的大门口，轰隆一声，从门口跑出几只大狗来，把我团团地围住，恶狠狠地就同要吃我也似的，真是把我骇得魂不附体！我喊着喊着，忽然一条黑狗呼哧向我腿肚子就是一下，把我腿肚子咬得两个大洞，鲜血直流不止。幸亏这时从门内出来了一个十六七岁的小姑娘，她把一群恶兽叱开，我才能脱除危险，不然，我一定要被它们咬死了。小姑娘看着我很可怜的，就把我领到屋里，把母亲喊出来，用药把我的伤包好，并给了我一顿饭吃。

维嘉先生！到现在我这腿上被狗咬的伤痕还在呢。这是我永远的纪念，这是不幸者永远的纪念……

叫化子不做贼，也是没有的事情。维嘉先生，倘若你是叫化子，终日讨不到饭吃，同时肚子里饿得枯里枯里地响，你一定要发生偷的念头，那时你才晓得做贼是不得已的，是无可奈何的。但是没有饿过肚子的人，不知饿肚子的苦楚，一定要说做贼是违法的，做贼是不道德的——叫化子做贼，叫化子就是最讨厌的东西。

有一天，半天多没有讨到饭吃，肚子实在饿得难过；我恰好走到一块瓜田里，那西瓜和甜瓜一个一个的都成熟了，我的涎水不觉下滴，我的肚子一定要逼迫我的手摘一个来吃。当伸手摘瓜的时候，我心里的确是害怕：倘若被瓜主人看见了，我一定不免要受一顿好打。但是肚子的权威把害怕的心思压下去了，于是我就偷摘了一个甜瓜和一个西瓜。我刚刚将瓜摘到手里，瓜棚子里就跑出来了两个人，大声喊着：

"你还不把瓜放下，你这小子胆敢来偷我们的瓜呀！你大约不要命了，今天我们给你一个教训……"

他俩喊着喊着就来捉我，我丢了瓜就跑，可是因为肚子太空了，没有点儿力气跑，我终被捉住，挨了一次痛打。维嘉先生！偷两个瓜算什么，其罪就值得挨一次痛打么？为什么肚子饿了，没有吃瓜的权利？为什么瓜放在田里，而不让饿肚子的人吃？为什么瓜主人有打偷瓜人的权利？维嘉先生！你可以回答我的这些问题么？

我在乞儿生活上所受的痛苦太多了，现在我不愿一件一件地向你说，空费了你的时间。人世间不幸的真相，我算深深地感觉，深深地了解了。我现在坐在这施舍的一间房里，回忆过去当乞儿的生活，想象现在一般乞儿的情况，我的心灵深处不禁起伏着无限的悲哀。维嘉先生！哪一个是与我这种悲哀共鸣的人呢？

请君一走到街里巷间，看一看那囚首丧面衣衫褴褛的乞儿——他们代表世界的悲哀，人间的不幸。你且莫以为这是不必注意的事，他们是人类遗弃的分子！

人总还是人呵！他们的悲哀与不幸，什么时候才能捐除呢？他们什么时候才能进入快乐和幸福的领域？倘若人世间一日有它们的存在，我以为总不是光明的人世！或者有一些人们以为现在所存在的一切，是很可以令人满意的了，不必再求其他。我以为这些人们的生活状况，知识和经验，大约是不允许他们明白我所说的事情，或者他们永远不愿意明白……

维嘉先生！我写到这里，我又怕起来了，怕你厌烦我尽说这一类的话。但是，维嘉先生，请你原谅我，请你原谅我不是故意地向你这般说——我的心灵逼迫我要向你这样叨叨絮絮地说。或者你已经厌烦了，但是，我还请你忍耐一下，继续听我的诉说。

十

H 城为皖北一个大商埠，这地方虽没有 W 埠的繁盛，但在政治文化方面，或较 W 埠为重要。军阀、官僚、政客，为 H 城的特产，中国无论哪一处，差不多都没有此地产的多——这大约因为历史的关系。维嘉先生！你大约知道借外兵打平太平天国的李大将军，开鱼行的王老板，持斋念佛的段执政……这些有名的人物罢？这些有名人物的生长地就是 H 城。

这是闲话，现在且向你说我的正事。

我过着讨饭的生活，不知不觉地飘流到 H 城里来。在城里乞讨总是给铜钱——光绪通宝——的多，而给饭的少。在乡间乞讨就不一样了，大概总是给米或剩饭，差不多没有给钱的。在城里乞讨有一种好处，就是没有狗的危险。城里的狗固然是有，但对于叫化子的注意，不如乡间狗对于叫化子注意的狠。这是我的经验。

一日，我讨到一家杂货店叫瑞福祥的，门口立着一个五十几岁的胡子老头儿，他对我仔细地看一看，问我说：

"你今年多大年纪了？年轻轻的什么事不能做，为什么一定要讨饭呢？你姓什么？是哪里人氏？"

我听了他的话，不禁悲从中来，涔涔地流下了泪。"年轻轻的什么事不能做，为什么一定要讨饭呢？"这句话真教我伤心极了！我是因为不愿意做事而讨饭么？我做什么事情？谁个给我事情做？谁个迫我过讨饭的生活？我愿意因讨饭而忍受人们的讥笑么？我年轻轻的愿意讨饭？我年轻轻的居然讨饭，居然受人们的讥笑……哎哟！我无涯际的悲哀向谁告诉呢？天哪！唉！……

老头儿见我哭起来了，就很惊异，便又问道：

"你哭什么呢？有什么伤心事？何妨向我说一说呢？"

我就一五一十地又向他述了我的身世及迫而讨饭的原因。我这样并不希望他能怜悯我，搭救我，不过因为心中悲哀极了，总是想吐露一下，无论他能了解和表同情与否，那都不是我所顾到的。并且我从来就深信，要想有钱的人怜悯穷人，表同情于穷人——这大半是幻想，是没有结果的幻想。也许世界上有几个大慈大悲的慈善家，但是，我对于他们是没有希望的。维嘉先生！这或者是我的偏见，但是，这偏见是有来由的。

　　老头儿听了我的话，知道我是一个学生，又见我很诚实，遂向我提议，教我在他柜上当学徒。他说，他柜上还可以用一个人，倘若我愿意，他可以把我留下学生意，免得受飘零的痛苦。他并说，除了吃穿而外，他还可以给我一点零用钱。他又说，倘若我能忠心地做事，诚实地学好，他一定要提拔我。他还说其他一些别的好话头……我本知道当学徒也不是容易的事情，或者竟没过乞儿生活的自由，但是因过乞儿生活所受的痛苦太多了，也只得决定听老头儿的话，尝一尝当学徒的滋味。于是我从乞儿一变而为学徒了。

　　这是八月间的事。

　　老头儿姓刘，名静斋，这家杂货店就是他开的。杂货店的生意，比较起来，在 H 城里可以算为中等，还很兴盛。柜上原有伙友两位，加上我一个，就成为三个人了。可是我是学徒，他俩比我高一级，有命令使唤我的权利。有一个姓王的，他为人很和善，待我还不错；可是有一个姓刘的——店主人的本家——坏极了！他的架子，或者可以说比省长总长的架子都要大，他对我的态度非常坏，我有点不好，他就说些讥笑话，或加以责骂——我与他共了两年事，忍受了他的欺侮可真不少！但是怎么办呢？他比我高一层，他是掌柜先生，我是学徒……

　　维嘉先生！学徒的生活，你大约是晓得的，学徒第一年的光阴差不多不在柜上做事情，尽消磨在拿烟倒茶和扫地下门的里面。学徒应比掌柜的起来要早，因为要下门扫地，整理一切秩序。客人来了，学徒丝毫不敢怠慢，连忙同接到天神的样子，恭恭敬敬地拿烟倒茶，两只手儿小心了又小心，谨慎了又谨慎，生怕有什么疏忽的地方。掌柜先生对待学徒，就同学徒比他小几倍的样子。主人好的时候，那时还勉强可以；倘若主人的脾气也不好的时候，那时就叫着活要命，没有点儿舒服的机会。我的主人，说一句实在话，待我总算还不错，没有什么过于苛待的地方。

总共我在瑞福祥当了两年学徒，这两年学徒的生活，比较起来，当然比乞儿的生活好得多。第一，肚子不会忍饿；第二，不受狗的欺侮；第三，少受风雨的逼迫。有闲工夫时，我还可以看看书，写写字，学问上还有点长进。自然我当时所看的书，都只限于旧书，而没有得到新书的机会。

在两年学徒的生活中，我又感觉得商人的道德，无论如何，是不会好的——商业的本身不会使商人有好的道德。商人的目的当然是要赚钱，要在货物上得到利润，若不能得到利润，则商业就没有存在的可能。因为要赚钱，则凡可以赚钱的方法和手段，当然都是要尽量利用的；到要利用狡狯的方法和手段来赚钱，那还说到什么道德呢？

有一次，一个乡下人到我们店里来置布，大约是替姑娘办嫁妆。他向我们说，他要买最好的花洋缥；我们的刘掌柜的拿这匹给他看，他说不合适；拿那匹给他看，他说也不好；结果，给他看完了，总没有一匹合他的意。我们的刘掌柜的急得没法，于是向他说，教他等一等；刘掌柜到后边将给他看过的一匹花洋缥，好好用贵重的纸包将起来，郑重其事地拿出来给乡下人看，并对乡下人道：

"比这一匹再好的，无论你到什么地方去，你也找不出来，这种花洋缥是美国货，我们亲自从上海运来的。不过价钱要贵得多，恐怕你不愿出这种高价钱……"

乡下人将这匹用好纸包着的花洋缥看了又看，摸了又摸，似觉很喜欢的样子，连忙说道：

"这匹东西好，东西不错，为什么你早不拿出来呢？我既然来买货，难道我还怕价钱高么？现在就是这一匹罢，请先生替我好好地包起来，使我在路上不致弄皱了才好！"

我在旁边看着，几几乎要笑起来了。但是，我终把笑忍在肚子里，不敢笑将出来，倘若把这套把戏笑穿了，我可负不起责任。

维嘉先生！像这种事情多得很呢！我们把这种事情当作笑话看，未始不可；但是，从此我们可以看出商业是什么东西，商人的道德是如何了。

普通学徒都是三年毕业，或者说出师，为什么我上面说我过两年学徒的生活呢？维嘉先生！你必定要发生这种疑问，现在请你听我道来。

十一

维嘉先生！我此生只有一次的恋爱史，然就此一次恋爱史，已经将我的心灵深处，深深地刻下了一块伤痕。这一块伤痕到现在还未愈，就是到将来也不能愈，它恐怕将与吾生并没了。我不爱听人家谈论恋爱的事情，更不愿想到恋爱两个字上去。但是每遇明月深宵，我不禁要向嫦娥悲歈，对花影洗泪；她——我的可爱的她，我的可怜的她，我的不幸的她，永远地，永远地辗转在我的心头，往来在我的脑里。她的貌，她的才，当然不能使我忘却她；但是，我所以永远地不能忘却她，还不是因为她貌的美丽和才的秀绝，而是因为她是我唯一的知己，唯一的了解我的人。自然，我此生能得着一个真正的女性的知己，固然可以自豪了，固然可以自慰了；但是我也就因此抱着无涯际的悲哀，海一般深的沉痛！维嘉先生！说至此，我的悲哀的热泪不禁涔涔地流，我的刻上伤痕的心灵不禁摇摇地颤动……

刘静斋——我的主人——有一子一女。当我离开 H 城那一年，子九岁，还在国民小学读书；女已十八岁了，在县立女校快要毕业。这个十八岁的女郎就是我的可爱的她，我的可怜的她，我的不幸的她。或者我辜负她了，或者我连累她了，或者她的死是我的罪过；但是，我想，她或者不至于怨我，她或者到最后的一刻还是爱我，还是悬念着这个飘泊的我。哎哟！我的妹妹！我的亲爱的妹妹！你虽然为我而死，但是，我记得，我永远地为你流泪，永远地为你悲哀……一直到我最后的一刻！

她是一个极庄重而又温和的女郎。当我初到她家的时候，她知道我是一个飘泊的孤子，心里就很怜悯我，间接地照顾我的地方很多——这件事情到后来我才知道。她虽在学校读书，但是在家中住宿的，因此她早晚都要经过店门。当时，我只暗地佩服她态度的从容和容貌的秀美，但绝没有过妄想——穷小子怎敢生什么妄想呢？我连恋爱的梦也没做过——穷小子当然不会做恋爱的梦。

渐渐地我与她当然是很熟悉了。我称呼她过几次"小姐"。

有一次我坐在柜台里边，没有事情做，忽然觉着有动于中，提笔写了一首旧诗：

此身飘泊竟何之？人世艰辛我尽知。闲对菊花流
热泪，秋风吹向海天陲。

诗写好了，我自己念了几遍。恰好她这时从内庭出来，向柜上拿写字纸和墨水；我见她来了，连忙将诗掩住，问她要什么，我好替她拿，她看我把诗掩了，就追问我：

"汪中！你写的是什么？为什么这样怕人看？"

"小姐，没有什么；我随便顺口诌几句，小姐，没有什么……"我脸红着向她说。

"你顺口诌的什么，请拿给我看看，不要紧！"

"小姐！你真要看，我就给你看，不过请小姐莫要见笑！"

我于是就把我的诗给她看了。她重复地看了几遍，最后脸红了一下，说道：

"诗做的好，诗做的好！悲哀深矣！我不料你居然能——"

她说到此很注意地看我一下，又低下了头，似觉想什么也似的。最后，她教我此后别要再称呼她为小姐了；她说她的名字叫玉梅，此后我应称呼她的名字；她说她很爱作诗，希望我往后要多作些；她说我的诗格不俗；她又说一些别的话。维嘉

先生！从这一次起，我对于她忽然起了很深的感觉——我感觉她是一个能了解我的人，是一个向我表示同情的人，是我将来的……

我与她虽然天天见面，但是谈话的机会少，谈深情话的机会更少。她父亲的家规极严，我到内庭的时候少；又更加之口目繁多，她固然不方便与我多说话，我又怎敢与她多亲近呢？最可恨是刘掌柜的，他似觉步步地监视我，似觉恐怕我与她发生什么关系。其实，这些事情与他什么相关呢？他偏偏要问，偏偏要干涉，这真是怪事了！

但是，倘若如此下去，我俩不说话，怎么能发生恋爱的关系呢？我俩虽然都感觉不能直接说话的痛苦，但是，我俩可以利用间接说话的方法——写信。她的一个九岁的小弟弟就是我俩的传书人，无异做我俩的红娘了。小孩子将信传来传去，并不自知是什么一回事，但是，我俩借此可以交通自己的情怀，互告中心的衷曲——她居然成了我唯一的知己，穷途的安慰者。我俩私下写的信非常之多，作的诗也不少；我现在恨没有将这些东西留下——当时不敢留下，不然，我时常拿出看看，或者可以得到很多的安慰。我现在所有的，仅仅是她临死前的一封信——一封悲哀的信。维嘉先生！现在我将这一封信抄给你看看，但是，拿笔来抄时，我的泪，我的悲哀的泪，不禁如潮一般地流了。

亲爱的中哥！

我现在病了。病的原因你知道么？或者你知道，或者你也不知道。医生说我重伤风，我的父母以为我对于自己的身体太不谨慎，一般与我亲近的人们都替我焦急。但是，谁个知道我的病源呢？只有我自己知道，只有我自己知道我为什么病，但是，我没有勇气说，就是说出也要惹一般人的讥笑耻骂——因此，我绝对不说了，我绝对不愿意说了。

我真不明白，为什么人们爱做勉强的事情。我的父母并不是不知道我不愿意与王姓子订婚，但是，他俩居然与我代订了。现在听说王姓今天一封信，明天也是一封信，屡次催早日成结婚礼，这不是催早日成结婚礼，这是催我的命！我是一个弱者，我不敢逃跑，除了死，恐怕没有解救我的方法了！

中哥！我对于你的态度，你当然是晓得的：我久已认定你是我的伴侣，你是唯一可以爱我的人。你当然没有那王姓子的尊贵，但是，你的人格比他高出万倍，你的风度为他十个王姓子的所不及……中哥！我亲爱的中哥！我爱你！我爱你！……

但是，我是一个弱者，我不能将我对于你的爱成全起来；你又是一个不幸者，你也没有成全我俩爱情的能力。同时，王姓总是催，催，催……我只得病，我只有走入死之一途。我床前的药——可惜你不能来看——一样一样地摆满了。但是它们能治好我的病么？我绝对不吃，吃徒以苦人耳！中哥！这一封信恐怕是最后的一封信了！你本来是一个不幸者，请你切莫要为我多伤心，切莫要为我多流泪！倘若我真死了，倘若我能埋在你可以到的地方，请你到我的墓前把我俩生前所唱和的诗多咏诵两首，请你将山花多采几朵插在我的坟顶上，请你抚着我的坟多接几个吻；但是，你本来是一个不幸者，请你切莫要为我多伤心，切莫要为我多流泪！

中哥！我亲爱的中哥！我本来想同你多说几句话，但是我的腕力已经不允许我多写了！中哥！我亲爱的中哥！……

　　　　　　　　　　　　　　　妹玉梅临死前的话。

维嘉先生！这一封信的每一个字是一滴泪，一点血，含蓄着人生无涯际的悲哀！我不忍重读这一封信，但是，我又怎么能够不重读呢？重读时，我的心灵的伤处只是万次千番地破裂着……

十二

我接了玉梅诀别的信之后，不知道如何处置是好。难道我能看着我的爱人死么？难道只报之以哭么？

玉梅是为着我而病的，我一定要设法救她；我一定要使我的爱人能做如愿以偿的事情；我一定使她脱离王姓魔鬼的羁绊；呵，倘若我不能这样做，则枉为一个人了，则我成为一个负情的人了！我一定……

王氏子是一个什么东西？他配来占领我的爱人？他配享受

这种样子的女子——我的玉梅？我哪一件事情不如他？我的人格，我的性情，我的知识，我的思想……比他差了一点么？为什么我没有权利来要求玉梅的父母，使他们允许我同玉梅订婚？倘若我同玉梅订了婚，则玉梅的病岂不即刻就好了么？为父母的难道不愿意子女活着，而硬迫之走入死路么？倘若我去要求，或者，这件事——

喂！不成！我的家在什么地方？我的财产在什么地方？我现在所处的是什么地位？我是一个飘泊的孤子，一个寄人篱下的学徒，我哪有权利向玉梅的父母要求呢？听说王氏子的父亲做的是大官，有的是田地金钱，所以玉梅的父母才将自己的女儿许他；而我是一个受人白眼的穷小子，怎能生这种妄想呢？况且婚约已经订了，解约是不容易的事，就是玉梅的父母愿意将玉梅允许我，可是王姓如何会答应呢？不成！不成！

但是，玉梅是爱我的，玉梅是我的爱人！我能看着她死么？我能让她就活活地被牺牲了么？……

我想来想去，一夜没曾睡眠；只是翻来覆去，伏着枕哭。第二天清早起来，我大着胆子走向玉梅的父母的寝室门外，恰好刘静斋已经起床了。他向我惊异地看了一下，问我为什么这么样儿大清早起来找他；于是我也顾不得一切了，将我与玉梅的经过及她现在生病的原因，详详细细一五一十地告诉了他。他听了我的话后，颜色一变，又将我仔细浑身上下看了一下，只哼了一声，其外什么话也没说。我看着这种情形，知道十分有九分九不大妥当，于是不敢多话，回头出来，仍照常执行下门扫地的事情。

这一天晚上，刘静斋——玉梅的父亲——把我叫到面前，向我说了几句话：

"汪中，你在我这里已经两年了，生意的门道已经学得个大概；我以为你可以再往别处去，好发展发展。我这里现下用人太多，而生意又不大好，不能维持下去，因此我写了一封介绍信，将你介绍到 W 埠去，那里有我的一个朋友开洋货店，他可以收容你。你明天就可以动身：这里有大洋八元，你可以拿去做盘费。"

刘静斋向我说了这几句后，将八元大洋交给我，转身就走了。我此时的心情，维嘉先生，你说是如何的难受呵！我本知道这是什么一回事——刘静斋辞退我，并不是因为什么生意不好，并不是因为要我什么发展，乃是因为我与他的女儿有这么一层的关系。这也难怪他——他的地位，名誉，信用……比他女儿的性命更要紧些；他怎么能允许我的要求，成全女儿的愿望呢？

这区区的八元钱就能打发我离开此地么？玉梅的命，我对于玉梅的爱情，我与玉梅的一切，你这八元钱就能驱散而歼灭了么？喂！你这魔鬼，你这残忍的东西，你这世界上一切黑暗的造成者呵！你的罪恶比海还深，比山岳还高，比热火还烈！玉梅若不是你，她的父母为什么将她许与王姓子？我若不是你，我怎么会无权利要求刘静斋将自己的女儿允许我？玉梅何得至于病？我何得至于飘流？我又何得活活看着自己的爱人走入死路，而不能救呢？喂！你这魔鬼，你这残忍的东西，你这世界上一切黑暗的造成者呵！……

我将八元钱拿在手里，仔细地呆看了一忽，似乎要看出它的魔力到底在什么地方藏着。本欲把它摔去不要了，可是逐客令既下，势不得不走；走而无路费，又要不知将受若何的蹂躏和痛苦；没法，只得含着泪将它放在袋里，为到 W 埠的路费。

我走了倒无甚要紧，但是玉梅的病将如何呢？我要走的消息，她晓得了么？倘若她晓得，又是如何地伤心，怕不又增加了病势？我俩的关系就如此了结了么？

玉梅妹呵！倘若我能到你的床沿，看一看你的病状，握一握你那病而瘦削的手，吻一吻你那病而颤动的唇，并且向你大哭一场，然后才离开你，才离开此地，则我的憾恨也许可以减少万分之一！但是，我现在离开你，连你的面都不能一见，而况接吻，握手，大哭……唉！玉梅妹呵！你为着我病，我的心也为你碎了，我的肠也为你断了！倘若所谓阴间世界是有的，我大约也是不能长久于人世，到九泉下我俩才填一填今生的恨壑罢！

这一夜的时间，维嘉先生，纵我不向你说，你也知道是如何地难过。一夜过了，第二天清早我含着泪将行李打好，向众辞一辞行，于是就走出 H 城，在郊外寻一棵树底下坐一忽。我决定暂不离开 H 城，一定要暗地打听玉梅的消息：倘若她的病好了，则我可以放心离开 H 城；倘若她真有不幸，则我也可以到她的墓地痛哭一番，以报答她生前爱我的情意。于是找了一座破庙，做为临时的住足地。到晚上我略改一改装，走向瑞福祥附近，看看动静，打听玉梅的消息。维嘉先生，谁知玉梅就在此时死了！棺材刚从大门口抬进去，念经的道士也请到了，刘家甚为忙碌，我本欲跑将进去，抱着玉梅的尸痛哭一番，但是，这件事情刘家能允许么？社会能答应么？唉！我只有哭，我只有闷到破庙里独自一个人哭！

第三日，我打听得玉梅埋在什么地方。日里我在野外采集了许多花草，将它们做成了一个花圈；晚上将花圈拿在手里，一个人孤悄悄地走向玉梅棺墓安置的地方来。明月已经升得很高了，它的柔光似觉故意照着伤心人抚着新坟哭。维嘉先生！我这一次的痛哭，与我从前在父母坟前的痛哭，对象虽然不一样，而悲哀的程度，则是一样的呵！我哭着哭着，不觉成了一首哀歌——这一首哀歌一直到现在，每当花晨月夕，孤寂无聊的时候，我还不断地歌着：

前年秋风起兮我来时，
今年黄花开兮卿死去。
鸳鸯有意成双飞，
风雨无情故折翼。
吁嗟乎！玉梅妹！
你今死，
为何死？
江河有尽恨无底。

天涯飘泊我是一孤子，
妆阁深沉你是一淑女；
只因柔意怜穷途，
遂把温情将我许。

吁嗟乎！玉梅妹！

你今死，

为何死？

自伤身世痛哭你！

谨将草花几朵供灵前，

谨将热泪三升酬知己。

此别萍踪无定处，

他年何时来哭你？

吁嗟乎！玉梅妹！

你今死，

为何死？

月照新坟倍惨凄！

十三

　　巢湖为安徽之一大湖，由 H 城乘小火轮可直达 W 埠，需时不过一日。自从出了玉梅的家之后，我又陷于无地可归的状况。刘静斋替我写了一封介绍信，教我到 W 埠去；若我不照他的话做罢，则势必又要过乞儿的生活。无奈何，少不得要拿着信到 W 埠去走一趟。此外实没有路可走。

　　我坐在三等舱位——所谓烟篷下。坐客们——老的，少的，男的，女的，甚为拥挤；有的坐着打瞌睡，一声儿不响；

有的晕船，呕吐起来了；有的含着烟袋，相对着东西南北地谈天，他们各人有各人的心思，各人有各人的境遇，但总没有比我再苦的，再不幸的罢。人群中的我，也就如这湖水上被秋风吹落的一片飘浮的落叶；落叶飘浮到什么地方，就是什么地方，我难道与它有两样的么？

这一天的风特别大，波浪掀涌得很高，船乱摇着，我几乎也要呕吐起来。若是这一次的船被风浪打翻了，维嘉先生，则我现在可无机会来与你写这一封长信，我的飘泊的历史可要减少了一段；我也就要少尝些社会所赐给我的痛苦。但是，维嘉先生，这一次船终没被风浪所打翻，也就如我终未为恶社会所磨死；这是幸福呢，还是灾祸呢？维嘉先生！你将何以教我？

船抵岸了；时已万家灯火。W埠是我的陌生地，而且又很大，在晚上的确很难将刘静斋所介绍的洋货店找着，不得已权找一家小旅馆住一夜，第二日再打算。一个人孤寂寂地住在一间小房间内，明月从街外偷窥，似觉侦察飘泊的少年有何种的举动。我想想父母的惨死，乞讨生活的痛苦，玉梅待我的真情，玉梅的忧伤致死，我此后又不知将如何度过命运……我想起了一切，热泪又不禁从眼眶中涌出来了。我本不会饮酒，但此时没有解悲哀的方法，只有酒可以给我一时的慰藉；于是我叫茶房买半斤酒及一点饮酒的小菜——我就沉沉地走入醉乡里去。

第二日清早将房钱付了，手提着小包儿，顺着大街，按着介绍信封面上所写的地址找；好在W埠有一条十里大街，一切大生意，大洋货店，都在这一个长街上，比较很容易找着。

没有两点钟，我即找到了我所要找到的洋货店——陶永泰祥字号。

这一家洋货店，在 W 埠算是很大的了；柜上所用的伙友很多。我也不知道哪一个是主人，将信呈交到柜上，也不说别的话。一个三十几岁的矮胖子，从椅子上站起来，将信拆开看了一遍。维嘉先生！你知道这个看信的是谁？他是我将来的东家，他是洋货店的主人，他是你当学生会长那一年，要雇流氓暗杀学生，尤其要暗杀你的陶永清。维嘉先生，你还记不记得你从前当学生会长时代的生活呢？你知不知道现在提笔写长信给你的人，就是当年报告陶永清及其他商人要暗杀你们学生的人呢？说起往事来，维嘉先生，你或者也发生兴趣听呵！

陶永清问明我的身世，就将我留在柜上当二等小伙友。从此，我又在 W 埠过了两年的生活。这两年小伙友的生活，维嘉先生，没有详细告诉你的必要。总之，反正没有好的幸福到我的命运上来：一切伙友总是欺压我，把我不放在眼里，有事总摊我多做些；我忍着气，不愿与他们计较，但是我心里却甚为骄傲，把他们当成一群无知识的猪羊看待，虽然表面上也恭敬他们。

当时你在《皖江新潮》几几乎天天发表文章，专门提倡新文化，反对旧思想；我恰好爱看《皖江新潮》，尤其爱看你的文章，因之，你的名字就深印在我的脑际了。我总想找你谈话，但因为我们当伙友的一天忙到晚，简直没有点闲工夫，就是礼拜日，我们当伙友的也没有休息的机会；所以找你谈话一层，终成为不可能的妄想了。有几次我想写信请你到我们的店里来，可是也没有写；伙友伏在柜台上应注意买货的客人，招待照顾生意的顾主，哪里有与他人谈话的机会？况且你当时的事情很忙，又加之是一个素不知名的我写信给你，当然是不会到我的店里来的。

一日，我因为有点事情没有做得好，大受东家及伙友们的责备，说我如何如何地不行；到晚上临睡的时候，我越想越生气，我越想越悲哀，不禁伏枕痛哭了一场。自叹一个无家的孤子，不得已寄人篱下，动不动就要受他人的呵责和欺侮，想来是何等的委屈，一天到晚替东家忙，替东家赚钱，自己不过得一个温饱而已；东家连一点同情心都没有，无异将我如牛马一般的看待，这是何等的不平呵！尤可恨的，有几个同事的伙友，不知道为什么，故意帮助东家说我的坏话，而完全置同事间的情谊于不顾。喂！卑贱！狗肺！没有良心！想得着东家的欢心，而图顾全饭碗么？唉！无耻……你们也如我一样呵！空替东家拼命地赚钱，空牛马似的效忠于东家！你们不受东家的虐待么？你们不受东家的剥削么？何苦与我这弱者为难呵？何苦，何苦……

这时我的愤火如火山也似的爆烈着，我的冤屈真是如太平洋的波浪鼓荡着，而找不出一个发泄的地方！翻来覆去，无论如何，总是睡不着。阶前的秋虫只是唧唧地叫，一声一声地真叫得我的肠寸寸断了。人当悲哀的时候，几几乎无论什么声音，都足以增加他悲哀的程度，何况当万木寥落时之秋虫的声音？普通人闻着秋虫的叫鸣，都要不禁发生悲秋的心思，何况我是人世间的被欺侮者呢？此外又加着秋风时送落叶打着窗棂响；月光从窗棂射进来，一道一道地落在我的枕上；真是伤心的情景呵！反正是睡不着，我起来兀自一个人在阶前踱来踱去，心中的愁绪，就使你有锋利的宝剑也不能斩断。仰首看看明月，俯首顾顾自己的影子，觉着自己已经不立足在人间了，而被陷在万丈深的冰窟中。忽然一股秋风吹来。不禁打了一个寒战，又重行回到床上卧下。

这一夜受了寒，第二日即大病起来，一共病了五天。病时，东家只当没有什么事情的样子，除了恨少一个人做事外，其他什么请医生不请医生，不是他所愿注意的事情。可是我自己还知道点药方——我勉强自己熬点生姜水，蒙着头发发汗，病也就慢慢好了。我满腔的愤气无处出，一夜我当夜阑人静的时候，提笔写了一封信给你，诉一诉我的痛苦。这一封信大约是我忘了写自己的通信地址，不然，我为什么没接到你的覆信呢？维嘉先生，你到底接着了我的信没有？倘若你接到了我这一封信，你当时看过后就撕毁了，还是将它保存着呢？这件事情我倒很愿意知道。隔了这许多年，我自己也没曾料到我现在又写这一封长信给你；你当然是更不会料到的了。我现在提笔写这一封信时，又想起那一年写信给你的情形来：光阴迅速，人事变化无常，我又不禁发生无限的感慨了！

十四

维嘉先生！我想起那一年 W 埠学生抵制日货的时候，不禁有许多趣味的情形，重行回绕在我的脑际。你们当时真是热心呵！天天派人到江边去查货，天天派人到商店来劝告不要买东洋货，可以说是为国奔波，不辞劳苦。有一次，我亲眼看见一个学生跪下来向我的东家陶永清磕头。并且磕得扑通扑通地响。当时我心中发生说不出的感想；可是我的东家只是似理不理的，似乎不表现一点儿同情。还有一次，一个学生——年纪不过十五六岁——来到我们的店里，要求东家不要再卖东洋货，说明东洋人如何如何地欺压中国人，中国人应当自己团结起来……我的东家只是不允：

"倘若你们学生能赔偿我的损失，能顾全我的生意，那我倒可以不卖东洋货，否则，我还是要卖，我没有法子。"

"你不是中国人么？中国若亡了，中国人的性命都保不住，还说什么损失，生意不生意呢？我们的祖国快要亡了，我们大家都快要做亡国奴了，倘若我们再不起来，我们要受朝鲜人和安南人的痛苦了！先生！你也是中国人呵！……"

他说着说着，不觉哭起来了；我的东家不但不为所动，倒有点不耐烦的样子。我在旁边看着，恨不得要把陶永清打死！但是，我的力量弱，我怎么能够……

也难怪陶永清不能答应学生的要求。他开的是洋货店，店中的货物，日本货要占十分之六七；倘若不卖日本货，则岂不是要关门么？国总没有钱好，只要赚钱，那还问什么国不国，做亡国奴不做亡国奴？维嘉先生！有时我想商人为什么连点爱国心都没有，现在我才知道：因为爱钱，所以便没有爱国心了。

可是当时我的心境真是痛苦极了！天天在手中经过的差不多都是日本货，并且一定要卖日本货。既然做了洋货店的伙友，一切行动当然要受东家的支配，说不上什么意志自由。心里虽然恨东家之无爱国心，但是没有法子，只得厚着面皮卖东洋货；否则，饭碗就要发生问题了。或者当时你们学生骂我们当伙友的没有良心，不知爱国……可是我敢向你说一句话，我当时的确是有良心的，的确知道忧国，但是因为境遇的限制，我虽有良心，而表现不出来；虽知忧国，而不能做到。可是也就因此，我当时精神痛苦得很呵！

那一天，落着雨，街上泥浆甚深；不知为什么，你们学生决定此时游行示威。W埠的学生在这次大约都参加了，队伍拖延得甚长。队伍前头，有八个高大的学生，手里拿着斧头，见着东洋货的招牌就劈，我们店口的一块竖立的大招牌，上面写着"东西洋货零趸批发"也就在这一次亡命了。劈招牌，对于商店是一件极不利的事情，可是我当时见着把招牌劈了，心中却暗暗地称快。我的东家脸只气得发紫，口中只是哼，但是因为学生人多势聚，他也没有敢表示反抗，恐怕要吃眼前的亏。可是他恨学生可以说是到了极点了！

当晚他在我们店屋的楼上召集紧急会议，到者有几家洋货店的主人及商务会长。商务会长是广东人，听说从前他当过龟头，做过流氓；现在他却雄霸W埠，出入官场了。他穿着绿花缎的袍子，花边的裤子，就同戏台上唱小旦的差不多，我见着他就生气。可是因为他是商务会长，因为他是东家请来的，我是一个伙友，少不得也要拿烟倒茶给他吃。我担任了布置会

场及侍候这一班浑帐东西的差使，因之，他们说些什么话，讨
论些什么问题，我都听得清清楚楚地。首由陶永清起立，报告
开会的宗旨：

　　"今天我把大家请来，也没有别的，就是我们现在要讨论
一个对付学生的办法。学生欺压我们商人，真是到了极点！今
天他们居然把我们的招牌也劈了；这还成个样子么？若长此下
去，我们还做什么买卖？学生得寸进尺，将来恐怕要把我们制
到死地呢！我们一定要讨论一个自救的方法——"

　　"一定！一定！"

　　"学生闹得太不成个样子了！一定要想方法对付！"

　　"我们卖东洋货与否，与他们什么相干？天天与我们捣乱，
真是可恨已极！"

　　"依永清你的办法怎样呢？"

　　大家真都是义愤填胸，不可向迩！一个老头子只气得摸自
己的胡子；小旦派头的商务会长也乱叫"了不得"。陶永清看
着大家都与他同意，于是便又接着严重地说：

　　"量小非君子，无毒不丈夫！学生对待我们的手段既然很
辣，那我们对于他们还有什么怜惜的必要？我们应采严厉的手
段，给他们一个大吃亏，使他们敛一敛气——"

　　我听到这里，不禁打了一个寒战。心中想，怎么啦，这小
子要取什么严厉的手段？莫不是要——不至于罢？难道这小子
真能下这样惨无人道的毒手……

　　"俗语说得好，蛇无头不行；我们要先把几个学生领袖制
服住，其馀的就不成问题了。学生闹来闹去，都不过是因为有

几个学生领袖撑着；倘若没有了领袖，则学生运动自然消灭，我们也就可以安安稳稳地做生意了。依我的意思，可以直接雇几个流氓，将几个学生领袖除去——"

我真是要胆战了！学生运动抵制日货，完全是为着爱国，其罪何至于死？陶永清丧尽了良心，居然要雇流氓暗杀爱国的学生，真是罪不容诛呵！我心里打算，倘若我不救你们学生，谁还能救你们学生呢？这饭碗不要也罢，倒是救你们学生的性命要紧。我是一个人，我绝对要做人的事情。饿死又算什么呢？我一定去报告！

"你们莫要害怕，我敢担保无事！现在官厅方面也是恨学生达了极点，决不至于与我们有什么为难的地方！会长先生！但不知你的意见如何？"

小旦派头的商务会长点头称是，众人见会长赞成这种意见，也就不发生异议。一忽儿大家就决定照着陶永清的主张办下去，并把这一件事情委托陶永清经理，而大家负责任。我的心里真是焦急得要命，只是为你们学生担心，等他们散会后，我即偷偷地叫了一辆人力车坐上，来到你的学校里找你；恰好你还未睡，我就把情事慌慌忙忙地告诉你；你听了我的话，大约是一惊非同小可，即刻去找人开会去了。话说完后，我也即时仍坐人力车回来，可是时候已晚，店门早关了；我叫了十几分钟才叫开。陶永清见了我，面色大变，严厉地问我到什么地方去了；我知道他已明白我干什么去了，就是瞒也瞒不住；但我还是随嘴说，我的表兄初从家乡来至 W 埠，我到旅馆看他，不料在他那儿多坐了一回，请东家原谅。他哼了几声，别的也没说什么话。第二天清早，陶永清即将我帐算清，将我辞退了。

维嘉先生！我在 W 埠的生活史，又算告了一个终结。

十五

满大的乌云密布着，光明的太阳不知被遮蔽在什么地方，一点儿形迹也见不着。秋风在江边上吹，似觉更要寒些，一阵一阵地吹到飘泊人的身上，如同故意欺侮衣薄也似的。江中的波浪到秋天时，更掀涌得厉害，澎湃声直足使伤心人胆战。风声，波浪声，加着轮船不时放出的汽笛声，及如蚂蚁一般的搬运夫的哀哼声，凑成悲壮而沉痛的音乐；倘若你是被欺侮者，倘若你是满腔悲愤者，你一定又要将你的哭声渗入这种音乐了。

这时有一个少年，手里提着一个小包袱，倚着等船的栏杆，向那水天连接的远处怅望。那远处并不是他家乡的所在地，他久已失去了家乡的方向；那远处也不是他所要去的地方，他的行踪比浮萍还要不定，如何能说要到什么地方去呢？那漠漠不清的远处，那云雾迷漫中的远处，只是他前程生活的象征——谁能说那远处是些什么？谁能说他前程的生活是怎样呢？他想起自家的身世，不禁悲从中来，热泪又涔涔地流下，落在汹涌的波浪中，似觉也化了波浪，顺着大江东去。

这个少年是谁？这就是被陶永清辞退的我！

当陶永清将我辞退时，我连一句哀求话也没说，心中倒觉很畅快也似的，私自庆幸自己脱离了牢笼。可是将包袱拿在手里，出了陶永清的店门之后，我不知道向哪一方向走好。漫无目的地走向招商轮船码头来；在等船上踱来踱去，不知如何是好。兀自一个人倚着等船的栏杆痴望，但是望什么呢？我自己也说不出来。维嘉先生，此时的我直是如失巢的小鸟一样，心中有说不尽的悲哀呵！

父母在时曾对我说过，有一位表叔——祖姑母的儿子——在汉城 X 街开旅馆，听说生意还不错，因之就在汉城落户了。我倚着等船的栏杆，想来想去，只想不出到什么地方去是好；忽然这位在汉城开旅馆的表叔来到我的脑际。可是我只想起他的姓，至于他的名字叫什么，我就模糊地记不清楚了。

或者他现在还在汉城开旅馆，我不妨去找找他，或者能够把他找着。倘若他肯收留我，我或者替他管管账，唉，真不得已时，做一做茶房，也没什么要紧……茶房不是人做的么？人到穷途，只得要勉强些儿了！

于是我决定去到汉城找我的表叔王——

喂！维嘉先生！我这一封信写得未免太长了！你恐怕有点不耐烦读下去了罢？好！我现在放简单些，请你莫要着急！

我到了汉城，费了九牛二虎之力，才把我的表叔找着。当时我寻找他的方法，是每到一个旅馆问主人姓什么，及是什么地方人氏——这样，我也不知找了多少旅馆，结果，把我的表叔找着了。他听了我的诉告之后，似觉也很为我悲伤感叹，就将我收留下，可是账房先生已经是有的，不便因我而将他辞退，于是表叔就给我一个当茶房的差事。我本不愿意当茶房，但是，事到穷途，无路可走，也由不得我愿意不愿意了。

维嘉先生！倘若你住过旅馆，你就知道当茶房是一件如何下贱的勾当，当茶房就是当仆人！只要客人喊一声"茶房"，茶房就要恭恭敬敬地来到，小声低语地上问大人老爷或先生有什么分付。我做了两个月的茶房，想起来，真是羞辱得了不得，此后，我任着饿死，我也不干这下贱的勾当了，唉！简直是奴隶！……

一天，来了一个四十几岁的客人，态度像一个小官僚的样子，架子臭而不可闻。他把我喊到面前，叫我去替他叫条子——找一个姑娘来。这一回可把我难着了：我从没叫过条子，当然不知条子怎么叫法，要我去叫条子，岂不是一件难事么？

"先生！我不知条子怎样叫法，姑娘住在什么地方……"

"怎么！当茶房的不晓得条子怎样叫法，还当什么茶房呢，去！去！赶快去替我叫一个来！"

"先生，我着实不会叫。"

这一位混账的东西就拍桌骂起来了；我的表叔——东家——听着了，忙来问什么事情，为着顾全客人的面子，遂把我当茶房的指斥一顿。我心中真是气闷极了！倘若东家不是我的表叔，我一定忍不下去，决要与他理论一下。可是他是我的表叔，我又是处于被压迫的地位的，哪有理是我可以讲的……

无论如何。我不愿意再当茶房了！还是去讨饭好！还是饿死也不要紧……这种下贱的勾当还是人干的么？我汪中虽穷，但我还有骨头，我还有人格，哪能长此做这种羞辱的事情！不干了！不干了！决意不干了！

我于是向我的表叔辞去茶房的职务；我的表叔见我这种乖僻而孤傲的性情，恐怕于自己的生意有碍，也就不十分强留我。恰好这时期英国在汉城的 T 纱厂招工，我于是就应招而为纱厂的工人了。维嘉先生！你莫要以为我是一个知识阶级，是一个文弱的书生！不，我久已是一个工人了。维嘉先生！可惜你我现在不是对面谈话，不然，你倒可以看看我的手，看看我的衣服，看看我的态度，像一个工人还是像一个知识阶级中的人。我的一切，我所有的一切，都是工人的样儿……

T 纱厂是英国人办的，以资本家而又兼着民族的压迫者，其虐待我们中国工人之厉害，不言可知。我现在不愿意将洋资本家虐待工人的情形一一地告诉你，因为这非一两言所能尽；并且我的这一封信太长了，若多说，不知什么时候才能结束；所以我就把我当工人时代的生活简略了。将来我有工夫时，可以写一本"洋资本家虐待工人的记实"给你看看，现在我暂且不说罢。

十六

江水呜咽，
江风怒号；
可怜工人颈上血，
染红军阀手中刀！

我今徘徊死难地，

恨迢迢，

热泪涌波涛。

————《江岸》————

喂！说起来去年江岸的事情，我到如今心犹发痛！

当吴大军阀掌权的时候，维嘉先生，你当然记得：他屠杀了多少无罪无辜的工人呵！险矣哉，我几乎也把命送了，本来我们工人的性命比起大人老爷先生的，当然要卑贱得多；但是，我们工人始终是属于人类罢，难道我们工人就可以随便乱杀得么？唉！这有什么理讲……从那一年残杀的事起后，我感觉得工人的生存权是没有保障的，说不定什么时候，要如鸡鸭牛豕一般地受宰割。

当时京汉全路的工人，因受军阀官僚的压迫，大罢工起来了。我这时刚好在 T 纱厂被开除出来。洋资本家虐待中国工人，维嘉先生，我已经说过，简直不堪言状！工资低得连生活都几几乎维持不住，工作的时间更长得厉害——超过十二点钟。我初进厂的时候，因为初赌气自旅馆出来，才找得一个饭碗，也还愿意忍耐些；可是过了些时日之后，我无论如何，是再不能忍耐下去了。我于是就想方法，暗地里在工人间鼓吹要求增加工资，减少工作时间……因为厂中监视得很厉害，我未敢急躁，只是慢慢地向每一个人单独鼓吹。有一些工人怕事，听我的说话，不敢加以可否，虽然他们心中是很赞成的；有一些工人的确是被我说动了。不知是为着何故，我的这种行动被厂主察觉了，于是就糊里糊涂地将我开除，并未说出什么原故。一般工友们没有什么知识，见着我被开除了，也不响一声，当时我真气得要命！我想运动他们罢工，但是没有机会；在厂外运动厂内工人罢工，是一件不容易的事情。

我与江岸铁路分工会的一个办事人认识。这时因在罢工期间，铁路工会的事务很忙，我于是因这位朋友的介绍，充当工会里的一个跑腿——送送信，办办杂务。我很高兴，一方面饭碗问题解决了，胜于那在旅馆里当茶房十倍；一方面同一些热心的工友们共事，大家都是赤裸裸的，没有什么权利的争夺，虽然事务忙些，但总觉得精神不受痛苦。不过我现在还有歉于心的，就是当时因为我的职务不重要，军阀没有把我枪毙，而活活地看着许多工友们殉难！想起他们那时殉难的情形，维嘉先生，我又不禁悲忿而战栗了！

我还记得罢工第三日，各工团派代表数百人，手中拿着旗帜，群来江岸慰问，于是在江岸举行慰问大会，我那时是布置会场的一个人。首由京汉铁路总工会会长报告招待慰问代表的盛意，并将此次大罢工的意义和希望述说一番。相继演说的有数十人，有痛哭者，有愤詈者，其激昂悲壮的态度，实可动天地而泣鬼神。维嘉先生！倘若你在场时，就使你不憎恶军阀，但至此时恐怕也要向被压迫的工人洒一掬同情之泪了。最后总工会秘书李振英一篇的演说，更深印在我的脑际，鼓荡着在我的耳膜里：

"亲爱的同志们！我们此次的大罢工，为我国劳动阶级运命之一大关键。我们不是争工资争时间，我们是争自由争人权！倘若我们再不起来奋斗，再不起来反抗，则我们将永远受不着人的待遇。我们是自由和中国人民利益的保护者，但是，我们连点儿集会的自由都没有……麻木不仁的社会早就需要我们的赤血来濡染了！工友们！在打倒军阀的火线上，我们应该去做勇敢的先锋队。只有前进呵！勿退却呵！"

李君演说了之后，大家高呼"京汉铁路总工会万岁！中国劳动阶级解放万岁，全世界劳动者联合起来呵！"一些口号，声如雷动，悲壮已极！维嘉先生！我在此时真是用尽吃奶的力气喊叫，连嗓子都喊叫得哑了。后来我们大队游行的时候，我只听着人家喊叫什么打倒军阀，劳动解放……而我自己喊叫不出来，真是有点发急。这一次的游行虽然经过租界，但总算是平安地过去了。

但又谁知我们群众游行的时候，即督军代表与洋资本家在租界大开会议，准备空前大屠杀的时候！

箫大军阀派他的参谋长（张什么东西，我记不清楚了）虚诈地来与我们工会接洽，意欲探得负责任人的真相，好施行一网打尽的毒手。二月七日，总工会代表正欲赴会与张某开谈判，时近五点多钟，中途忽闻枪声大作，于是江岸流血的惨剧开幕了！张某亲自戎装指挥，将会所包围，开枪环击。可怜数百工友此时正在会所门口等候消息，躲避不及；又都赤手空拳，无从抵御！于是被乱枪和马刀击死者有三四十人，残伤者二百馀人。呜呼，惨矣！

我闻着枪声，本欲躲避，不料未及躲避，就被一个凶狠的兵士把我捉住了。被捉的工友有六十人，江岸分会正执行委员长林祥谦君也在内。我们大家都被缚在电杆上，忍受一些狼心狗肺的兵士们的毒打——我身上有几处的伤痕至今还在！这时天已经很黑了。张某——箫大军阀的参谋长——亲自提灯寻找林祥谦君。张某将林君找着了，即命刽子手割去绳索，迫令林君下"上工"的命令，林君很严厉地不允。张乃命刽子手先砍一刀，然后再问道：

"上不上工？"

"不上！绝对不上！"

这时林君毫不现出一点惧色，反更觉得有一种坚决的反抗的精神。我在远处望着，我的牙只恨得嗒嗒地响，肺都气得炸了！唉！好狠心的野兽！……只见张某又命砍一刀，怒声喝道：

"到底下不下命令上工？"

这时张某的颜色——我实在也形容不出来——表现出世间最恶狠的结晶，最凶暴的一切！我这时神经已经失去知觉了，只觉得我们被围在一群恶兽里，任凭这一群恶兽乱吞胡咬，莫可如何。我也没有工夫怜惜林君的受砍，反觉得在恶兽的包围中，这受砍是避不了的命运。林君接着忍痛大呼道：

"上工要总工会下命令的！今天既是这样，我们的头可断，工是不可上的，不上工！不上……工！"

张某复命砍一刀，鲜血溅地，红光飞闪，林君遂晕倒了。移时醒来，张某复对之狞笑道：

"现在怎样？"

这时我想将刽子手的刀夺过来，把这一群无人性的恶兽，杀得一个不留，好为天地间吐一吐正气！但是，我身在缚着，我不能转动……又只见林君切齿，但声音已经很低了，骂道：

"现在还有什么可说！可怜一个好好的中国，就断送在你们这般混账忘八蛋的军阀走狗手里！"

张某等听了大怒，未待林君话完，立命枭首示众。于是，于是一个轰轰烈烈的林祥谦君就此慷慨成仁了！这时我的灵魂似觉茫茫昏昏地也追随着林君而上。

林君死后，他的一个六十多岁的老父及他的妻子到车站来收殓，张某不许，并说了许多威吓话。林老头儿回家拿一把斧头跑来，对张某说道：

"如不许收尸，定以老命拼你！"

张某见如此情况，才不敢再行阻拦。这时天已夜半了，我因为受绳索的捆绑，满身痛得不堪言状，又加着又气又恨，神经已弄到毫无知觉的地步。

第二日醒来，我已被囚在牢狱里。两脚上了镣，两手还是用绳捆着。仔细一看，与我附近有几个被囚着的，是我工会中的同事；他们的状况同我一样，但静悄悄地低着头。

十七

牢狱中的光阴，真是容易过去。我初进牢狱的时候，脚镣，手铐，臭虫，虱子，污秽的空气，禁卒的打骂……一切行动的不自由，真是难受极了！可是慢慢地慢慢地也就成为习惯了，不觉着有什么大的苦楚。就如臭虫和虱子两件东西，我起初以为我纵不被禁卒打死，也要被它们咬死；可是结果它们咬只管咬我，而我还是活着，还是不至于被咬死。我何尝不希望它们赶快地给我结果了性命，免得多受非人的痛苦？但是，这种希望可惜终没有实现呵！

工会中的同事李进才恰好与我囚在一起。我与他在工会时，因为事忙，并没有谈多少话，可是现在倒有多谈话的机会了。他是一个勇敢而忠实的铁路工人，据他说，他在铁路上工作已经有六七年了。我俩的脾气很合得来，天天谈东谈西——反正没有事情做——倒觉也没甚寂寞。我俩在牢狱中的确是互相慰藉的伴侣，我倘若没有他，维嘉先生，我或者久已寂寞死在牢狱中了。他时常说出一些很精辟的话来，我听了很起佩服他的心思。有一次他说：

"我们现在囚在牢狱里，有些人或者可怜我们；有些人或者说我们愚蠢自讨罪受；或者有些人更说些别的话……其实我们的可怜，并不自我们入了牢狱始。我们当未入牢狱的时候，天天如蚂蚁般地劳作，汗珠子如雨也似的淋，而所得的报酬，不过是些微的工资，有时更受辱骂，较之现在，可怜的程度又差在哪里呢？我想，一些与我们同一命运的人们，就假使他们现在不像你我一样坐在这污秽阴凄的牢狱里，而他们的生活又何尝不在黑暗的地狱中度过！汪中！反正我们穷人，在现代的社会里，没有快活的时候！在牢狱内也罢，在牢狱外也罢，我们的生活总是牢狱式的生活……

"至于说我们是愚蠢，是自讨罪受，这简直是不明白我们！

汪中！我不晓得你怎样想；但我想，我现在因反抗而被囚在牢狱内，的确是一件很光荣的事情！我现在虽然囚在牢狱内，但我并不懊悔，并不承认自己的行动是愚蠢的。我想，一个人总要有点骨格，决不应如牛猪一般的驯服，随便受人家的鞭打驱使，而不敢说半句硬话。我李进才没有什么别的好处。惟我的浑身骨头是硬的，你越欺压我，我越反抗。我想，与其卑怯地受苦，不如轰烈地拼他一下，也落得一个痛快。你看，林祥谦真是汉子！他至死不屈。他到临死时，还要说几句硬话，还要骂张某几句，这真是够种！可惜我李进才没被砍死，而现在囚在这牢狱里，死不死，活不活，讨厌……"

李进才的话，真是有许多令我不能忘却的地方。他对我说，倘若他能出狱时，一定还要做从前的勾当，一定要革命，一定要把现社会打破出出气。我相信他的话是真的，他真有革命的精神！今年四月间我与他一同出了狱。出狱后，他向 C 城铁路工会找朋友去了，我就到上海来了。我俩本约定时常通信的，可是他现在还没有信给我。我很不放心，听说 C 城新近捕拿了许多鼓动罢工的过激派，并枪毙了六七个——这六七个之中，说不定有李进才在内。倘若他真被枪毙了，在他自己固然是没有什么，可是我这一个与他共患难的朋友，将何以为情呢！

李进才并不是一个无柔情的人。有一次，我俩谈到自身的家世，他不禁也哭了。

"别的也没有什么可使我系念的，除开我的一个贫苦的家庭，我家里还有三口人——母亲，弟弟和我的女人。母亲今年已经七十二岁了。不久我接着我弟弟的信说，母亲天天要我回去，有时想我的很，便整天地哭，她说，她自己知道快不久于人世了，倘若我不早回去，恐怕连面也见不着了。汪中！我何尝不想回去见一见我那白发苍苍，老态龙钟的，可怜的母亲！但是，现在我因在牢狱里，能够回去么？幸亏我家离此有三百多里路之遥，不然，她听见我被捕在牢狱内，说不定要一气哭死了。

　　"弟弟年纪才二十多岁，我不在家，一家的生计都靠着他。他一个人耕着几亩地，天天水来泥去，我想起来，心真不安！去年因为天旱，收成不大好，缴不起课租，他被地主痛打了一顿，几几乎把腿都打断了！唉！汪中，反正穷人的骨肉是不值钱的……

　　"说起我的女人，喂，她也实在可怜！她是一个极忠顺的女子。我与她结婚才满六个月，我就出门来了；我中间虽回去一两次，但在家总未住久。汪中！我何尝不想在家多住几天，享受享受点夫妻的乐趣？况且我又很爱我的女人，我女人爱我又更不待言呢！但是，汪中，你要晓得，我不能在家长住，我要挣几个钱养家，帮助帮助我的弟弟。我们没有钱多租人家田地耕种，所以我在家没事做，只好出来做工——到现在做工的生活，算起来已经八九年了。这八九年的光阴，我的忠顺的女人只是在家空守着，劳苦着……汪中！人孰无情？想起来，我又不得不为我可怜的女人流泪了！"

　　李进才说着说着，只是流泪，这泪潮又涌动了无家室之累，一个孤零飘泊的我。我这时已无心再听李进才的诉说了，昏昏地忽然瞥见一座荒颓的野墓——这的确是我的惨死的父母之合葬的墓！荒草很乱杂地丛生着，墓前连点儿纸钱灰也没有，大约从未经人祭扫过。墓旁不远，静立着几株白杨，萧条的枝上，时有几声寒鸦的哀鸣。我不禁哭了！

我的可怜的爸爸，可怜的妈妈！你俩的一个飘泊的儿子，现在犯罪了，两脚钉着脚镣，两手圈着手铐，站立在你俩的墓前。实只望为你俩伸冤，为你俩报仇，又谁知到现在呵，空飘泊了许多年，空受了许多人世间的痛苦，空忍着社会的虐待！你俩看一看我现在的这般模样！你俩被恶社会虐待死了，你俩的儿子又说不定什么时候被虐待死呢！唉！爸爸，妈妈！你俩的墓草连天，你俩的儿子空有这慷慨的心愿……

一转眼，我父母的墓已经变了——这不是我父母的墓了；这是——呵！这是玉梅的墓。当年我亲手编成的花圈，还在墓前放着；当年我所痛流的血泪，似觉斑斑点点地，如露珠一般，还在这已经生出的草丛中闪亮着。

"哎哟！我的玉梅呀！……"

李进才见着我这般就同发疯的样子，连忙就问道：

"汪中！汪中！你，你怎么啦？"

李进才将我问醒了。

十八

时间真是快极了！出了狱来到上海，不觉又忽忽地过了五六个月。现在我又要到广东入黄埔军官学校去，预备在疆场上战死。我几经忧患馀生，死之于我，已经不算什么一回事了。倘若我能拿着枪将敌人打死几个，将人类中的蟊贼多铲除几个，倒也了却我平生的愿望。维嘉先生！我并不是故意地怀着一腔暴徒的思想，我并不是生来就这样的倔强；只因这恶社会逼得我没有法子，一定要我的命——我父母的命已经被社会要去了，我绝对不愿意再驯服地将自己的命献于恶社会！并且我还有一种痴想，就是，我的爱人刘玉梅为我而死了，实际上是恶社会害死了她；我承了她无限的恩情，而没有什么报答她。倘若我能努力在公道的战场上做一个武士，在与黑暗奋斗的场合中我能不怕死做一位好汉，这或者也是一个报答她的方法。她在阴灵中见着我是一个很强烈的英雄，或者要私自告慰，自以为没曾错爱了我……

今天下午就要开船了。我本想再将我在上海五六个月的经过向你说一说，不过现在因时间的限制，不能详细，只得简单地说几件事情罢：

到上海不久，我就到小沙渡 F 纱厂工会办事，适遇这时工人因忍受不了洋资本家的虐待，实行罢工；巡捕房派巡捕把工会封闭，将会长 G 君捉住，而我幸而只挨受红头阿三几下哭丧棒，没有被关到巡捕房里去。我在街上一见着红头阿三手里的哭丧棒，总感觉得上面萃集着印度的悲哀与中国的羞辱。

有一次我在大马路上电车，适遇一对衣服漂亮的年少的外国夫妇站在我的前面；我叫他俩让一让，可是那个外国男子回头竖着眼，不问原由就推我一下，我气得要命，于是我就对着他的胸口一拳，几几乎把他打倒了；他看着我很不像一个卑怯而好屈服的人，于是也就气忿忿地看我几眼算了，我这时也说了一句外国话 You are savage animal；这是一个朋友教给我的，对不对，我也不晓得。一些旁观的中国人，见着我这个模样，有的似觉很惊异，有的也表示出很同情的样子。

有一次，我想到先施公司去买点东西，可是进去走了几个来回，望一望价钱，没有一件东西是我穷小子可以买得起的。看店的巡捕看我穿得不像个样，老在走来走去，一点东西也不买，于是疑心我是扒手，把我赶出来了。我气得没法，只得出来。心里又转而一想，这里只合老爷，少爷，太太和小姐来，穷小子是没有分的，谁叫你来自讨没趣——

呵！维嘉先生！对不起，不能多写了——朋友来催我上船，我现在要整理行装了。我这一封信虽足足写了四五天，但还有许多意思没有说。维嘉先生！他日有机会时再谈罢。

再会！再会！

汪中

十三年十月于沪上旅次。

维嘉的附语

去年十月间接着这封长信，读了之后，喜出望外！窃幸在现在这种萎靡不振的群众中，居然有这样一个百折不挠的青年。我尤以为幸的，这样一个勇敢的青年，居然注意到我这个不合时宜的诗人，居然给我写了这一封长信。我文学的才能虽薄弱，但有了这一封信为奖励品，我也不得不更发奋努力了。

自从接了这一封信之后，我的脑海中总盘旋着一个可歌可泣可佩可敬的汪中，因之天天盼望他再写信给我。可是总没有消息——这是一件使我最着急而引以为不安的事情！

今年八月里我从北京回上海来，在津浦车中认识了一位 L 君。L 君为陕西人，年方二十多岁，颇有军人的气概，但待人的态度却和蔼可亲。在说话中，我得知他是黄埔军官学校的学生，于是我就问他黄埔军官学校的情形及打倒陈炯明、刘震寰等的经过。他很乐意地前前后后向我述说，我听着很有趣。最后我问他，黄埔军官学校有没有汪中这个学生？他很惊异地反问我道：

"你怎么知道汪中呢？你与他认识么？"

"我虽然不认识他，但我与他是朋友，并且是交谊极深的朋友！"

我于是将汪中写信给我的事情向他说了一遍。L 君听了我的话后，叹了口气，说道：

"提起了汪中来，我心里有点发痛。他与我是极好的朋友，我俩是同阵入军官学校的——但是，他现在已经死了！"

我听了"已经死了"几个字，悲哀忽然飞来，禁不住潸潸地流下了泪。唉！人间虽大，但何处招魂呢？我只盼望他写信给我，又谁知道，他已经死了……

"我想起来他临死的情状，我悲哀与佩敬的两种心不禁同时发作了。攻惠州城的时候，你先生在报纸上大约看见了罢，我们军官学校学生硬拼着命向前冲，而汪中就是不怕死的一个人。我与他离不多远，他打仗的情况我都看得清清楚楚地。他的确是英雄，在枪林弹雨之中，他毫没有一点惧色，并大声急呼'杀贼呀！杀贼呀！前进呀！……'我向你说老实话，我真被他鼓励了不少！但是枪弹是无灵性的，汪中在呼喊'打倒军阀，打倒帝国主义'的声中，忽然被敌人的飞弹打倒了——于是汪中，汪中永远地离我们而去……"

L君说着说着，悲不可抑。我在这时也不知说什么话好。这时已至深夜，明月一轮高悬在天空，将它的洁白的光放射在车窗内来。火车的轮轴只是轰隆轰隆地响，好像在呼喊着：

光荣！光荣！无上的光荣！……

短裤党

写在本书的前面

法国大革命时，有一群极左的，同时也就是最穷的革命党人，名为"短裤党"（Des Sansculottes）。本书是描写上海穷革命党人的生活的，我想不到别的适当的名称，只得借用这"短裤党"三个字。

花了半个月的工夫，写成了这一本小书。当写的时候，我为一股热情所鼓动着，几乎忘记了自己是在做小说。写完了之后，自己读了两遍，觉得有许多地方很缺乏所谓"小说味"，当免不了粗糙之讥。不过本书是中国革命史上的一个证据，就是有点粗糙的地方，可是也自有其相当的意义。

我真感谢我的时代！它该给与了我许多可歌可泣的材料！可惜我的文学天才是很薄弱的，我不能将它所给与我的统统都好好地表现出来。我现在努力完成我的时代所给与我的任务。我能不能完成这个任务呢？这要看我努力的如何罢？……

当此社会斗争最剧烈的时候，我且把我的一枝秃笔当做我的武器，在后边跟着短裤党一道儿前进。

一九二七，四，三，于上海。

一

接连阴雨了数天，一个庞大的上海完全被沉郁的，令人不爽的空气所笼罩着。天上的阴云忽而由乌暗变为苍白，现出一点儿笑容，如丝的小雨一时地因之停止；忽而又摆出乌暗的面孔，小雨又顿时丝丝地下将起来。在这种沉郁的空气里，人们的呼吸都不舒畅，都感觉有一种什么压迫在胸坎上也似的。大家都渴望着可爱的阳光出现，换一换空气，消减精神上无形的压迫；但是可爱的阳光，令人渴望的阳光，总在什么地方藏着身子而不给人们看着它的面孔。这是因为阳光的胆怯呢，还是因为可恶的阴云把它障碍着了？唉！真是活闷人！……已经应该是春回大地，万象更新，和风令人活泼沉醉的时期，而天气还是这般闷人，还是如酷寒的，无生气的冬季一样。唉！真是有点活闷人！……

同时，整个的上海完全陷入反动的潮流里。黑暗势力的铁蹄只踏得居民如在地狱中过生活，简直难于呼吸，比沉郁的空气更要闷得人头昏脑痛！大家都私下地咒骂着：千刀万剐的沈船舫为什么还不死！米价闹得这么样地贵！这样捐，那样捐。唉！简直把小百姓的血液都吸尽了！真是万恶的东西呵！……大家都热烈地盼望着：北伐军为什么还不来呢？快些来才好！

快些来把沈船舫捉到，好救救上海小百姓的命！这外国人真可恶！北伐军来，一定要教他们滚蛋！呵，快点来罢，我的天王爷！大家都战兢兢地恐慌着。不得了了！外国人又派来许多兵舰打中国人呢！大英国人最可恶……张仲长的兵队南下了！唉！这真是活要命！他的兵队奸掠焚杀无所不为，比强盗还要凶，要来了，真是活要上海人的命！唉！不得了，简直不得了！……报纸的记载总都是隐隐约约的，令人揣摸不清。战事到底怎样了呢？北伐军来不来呢？浙江是否打下了？大家总是要知道这些，但是在严厉的检查之下，报纸敢放一个不利于军阀和帝国主义者的屁么？不敢，绝对地不敢！

如此，沉郁的天气闷煞人，反动的政治的空气更闷煞人！唉！要闷煞上海人！……

无数万身被几层压迫的，被人鄙弃的工人——在杨树浦的纱厂里，在闸北的丝厂里，铁厂里……在一切污秽的不洁的机器室里，或在风吹雨打的露天地里，他们因工作忙的原故，或者不感觉到天气的闷人，或者有所感觉，但无工夫注意这个——肚子问题都解决不了，还能谈到什么天气不天气呢？被军警随便捉去就当小鸡一般地杀头，被工头大班随便毒打辱骂，性命都保不安全，还能谈到什么天气不天气呢？什么结社，言论，开会，对于学生，对于商人，对于一切有钱的人，或者有点自由；但对于工人……呵！对于工人，这简直是禁律！工人是过激党！工人是无知识的暴徒！可以枪毙！杀头！唉，可怜的工人为着争一点人的权利，几乎都没有工夫，还能谈到什么天气不天气呢？是的！工人的确问不到这个！

但是对于政治反动的空气，工人比任何阶级都感觉得深刻些！沈船舫好杀人，但杀的多半是工人！军警好蹂躏百姓，但蹂躏的多半是工人！拉夫是最野蛮的事情，但被拉的多半是工人！红头阿三手中的哭丧棒好打人，但被打的多半是工人！米价高了，饿死的是谁？终日劳苦，而食不饱衣不暖的是谁？工资是这样地低！所受的待遇是这样地坏！行动是这样地不自由！唉！工人不奋斗，只有死路一条！……在政治反动的潮流中，在黑暗势力的高压下，上海无数万的劳苦群众，更天天诅咒着万恶的军阀早消灭，野蛮的帝国主义早打倒；更热烈地盼望着革命军，真正的革命军快些来。不，他们不但盼望着革命军快些来，而且要自己为自己开路——他们大半有觉悟地，或是无觉悟地，要拿到政权，要自己解放自己，要组织一个能为工人谋利益的政府，要以自己的力量来争夺到自己所应有的东西。

在黑暗的上海，在资产阶极的上海，在军阀和帝国主义统治之下的上海，有一般穷革命党人在秘密地工作——他们不知道劳苦，困难，危险，势力，名誉……是什么东西，而只日夜地工作，努力引导无数万万被压迫的，被人鄙弃的劳苦群众走向那光明的，正义的，公道的地方去。

风声陡然紧急起来了。沪杭车站不断地发现从前线运回来的伤兵，有时大批的溃兵竟发现于中国地界，不断地有抢劫的情事。南市，闸北一带的居民颇呈恐慌的现象，移居到租界住的络绎不绝。本地军事当局颁下了紧急的戒严令，下午九时起即断绝交通。整个的上海完全陷入恐慌的状态中。

北伐军占领杭州了！北伐军又占领绍兴了！呵！北伐军已经到了松江了！……租界内的中小商人都呈现着喜悦的颜色，但是中国界的居民却反为之惊慌起来：北伐军来了固然好，但是这沈船舫的败兵怎么办呢？抢劫！骚扰！这怎么能免掉呢？不得了，简直不得了！……只有劳苦的工人，受冻馁的平民，他们无论住在租界内或租界外，总都盼望北伐军快些到来，就如大旱之望云霓一样。呵！北伐军到了松江了？这岂不是说沈船舫已经打败了么？这岂不是说上海也要快入北伐军的手了？这岂不是说上海的工人也有伸腰的机会了？是的，这真是上海的工人要脱离压迫，换一换气的时候了！呵！好重的压迫！压迫得人连气都透不出来！

阴云漫布着黑的阴影，未到五点钟的时光，全城都黑沉下来，路灯已半明半暗地亮了。就在这个时候，在大众恐慌的空气中，T路W里S号一楼一底的房子里有秘密的集会。房子里布置很简单：客堂中放着一张空桌子，两条凳子；楼上放着一张小床，一张旧书桌，几件零碎东西。等到人到齐的时候，有三十馀人之谱，这一间楼几乎要挤破了，没再有容足之地。有的站着，有的坐在地板上，秩序似乎是很纷乱的样子，不十分像开会的形式。普通是没有这样开会的，总是大家一排一排地坐着，上边摆一主席的桌位，右边或左边摆一记录的桌位；但是现在这间集会室里，坐的凳子都没有，与会的人不是站着如树一样，就是坐在地板上，简直没有开会的体统。不过这些与会的人没有想到这些，他们以为能找到一个地方开会已经是万幸了，哪有闲心思顾到什么体统不体统呢？是的，他们只要有一个集会的地方，任受如何的委屈都可以。上海可以开会的地方多着呢：宁波同乡会，中央大会堂，少年宣讲团以及各大学校的礼堂和教室，都是很便于开会的，但是他们都不是为着这些穷革命党人而设的。

会场是这般地狭小，人数是这般地众多，而大家说话的声浪却都甚低微——没有一个人敢高谈阔论的，大家都勉力地把声浪放低些，生怕屋外有人听着的样子。谁个晓得隔壁两旁住的没有侦探？倘若被巡捕觉察了却怎么办呢？一条绳把大家如猪一般地拴去，可以使一切的计划完全失败，这，这万万是不可以的呵！是的，大家应当小心点！

人数是到齐了。靠着墙，坐在地板上的一个胡子小老头站起来了——他身着学生装，披一件旧大氅，中等的身材，看起来是有四十多岁的样子，其实他还不到三十岁，因为蓄了胡子的原故，加了不少的年纪；他两目炯炯有光，一望而知道他是一个很勇敢的人。他从大氅袋中掏出了一张小纸条，首先向大众郑重地说道：

"同志们！今天的紧急会议要讨论一个重大的问题，就是北伐军已到了松江了，说不定明天或后天就要到上海的，究竟我们的党和全上海的工人现在应当做什么？我们还是坐着不动，静等着北伐军来呢，还是预备响应北伐军呢？上海的工人受沈船舫李普璋的压迫，可以算是到了极点了！当此北伐军快要来到的时候，我们应当有所动作！好教帝国主义的走狗沈船舫李普璋快些滚蛋。今天请诸位同志好好地发表意见，因为这件事情是很重大的事情，不可儿戏。

"史兆炎同志还有详细的报告，现在请史兆炎同志报告。"

主席说了这些话，略挪了两步，好教坐在他旁边的史兆炎立起来。这是一位面色黄白的，二十几岁的青年，他头戴着鸭嘴的便帽，身穿着一件蓝布的棉袍，立起身来，右手将帽子取下，正欲发言时，忽然腰弯起来，很厉害地咳嗽了几声。等到咳嗽停住了，他直起身子时，两眼已流了泪水。他镇定了一下，遂低微地向大家说道：

"诸位同志们！刚才林鹤生同志已经把今天紧急会议的意义说清楚了，谅大家都能够了解是什么一回事。上海的市民，尤其是上海的工人群众，没有一刻不希望北伐军来。现在北伐军已到了松江了，我们是应当欢喜的。不过工人的解放是工人自己的事情，倘若工人自己不动手，自己不努力，此外什么人都是靠不住的。北伐军固然比什么直鲁军，什么讨贼联军好得许多倍，但是我们工人绝对不可仅抱着依赖的观念，以为北伐军是万能的东西！这是绝对不可以的！……"

史兆炎于是有条有理地解释上海各社会阶级的关系及工人阶级的使命。他说，上海的中小资产阶级虽然不能说一点儿革命性都没有，但是他们无组织！他们是怯懦的，上海的工人应当起来为国民革命的领导者。他说，国民党的农工政策时有右倾的危险，我们应当督促上海市民组织市政府，实现革命的民主政治。他说，我们应当响应北伐军，我们应当向军阀和帝国主义，并向北伐军表示一表示上海工人的力量。他的结论是：

"诸位同志们！我们应当响应北伐军！我们应当宣布总同盟大罢工，我们应当积极预备武装暴动！这是上海工人所不能避免的一条路！……"

奇怪的很，史兆炎当说话的时候，没曾咳嗽一声，可是说话刚一停止，便连声咳嗽起来。他又弯着腰向地板坐下了。大家听了他的报告之后，脸上都表现出同意的神情，大家的目光都聚集在他一个人的身上，会室里寂静了两分钟。这时窗外忽然沙沙地雨下大起来，天气更黑沉下去，于是不得不将电灯扭着。在不明的电光底下，会议室内的景象似觉稍变了异样。

"史兆炎同志的报告已经完了；你们有什么意见，请放简单些，快快发表出来！"

主席刚说完了这两句话，忽然坐在右边角上的一个穿着工人装模样的站将起来——大家向他一看，原来是Ｓ纱厂的支部书记李金贵。李金贵在自己很黑的面色上，表现出很兴奋的神情。他说道：

"刚才史兆炎同志的意见，我以为完全是对的！我老早就忍不住了！我老早想到：我们工人天天受这样的压迫，简直不是人过的日子，不如拼死了还快活些！我老早就提议说，我们要暴动一下才好，无奈大家都不以为然。我们厂里的工友们是很革命的，只要总工会下一个命令，我包管即时就动起来。我们这一次非干它一下子不可！"

李金贵的话简直如铁一般地爽硬。在他的简单的朴直的语句中，隐含着无限的真理，悲愤，勇敢，热情……大家的情绪都为之鼓动而兴奋起来了。每一个人都明白了：是的，现在是时机到了！我们现在不动作还等待何时？真的，像这样的消沉下去，真是不如拼他一个死活！况且沈船舫李普璋已经到了日暮途穷的时候，就是再挣扎也没大花样出来。干！干！干！我们将他们送到老家去……现在不干，还等待何时呢？全上海的工人都是我们的！……

　　真的，李金贵的几句话把大家鼓动得兴奋起来了。于是大家相继发言，我一句，你一句；有的问，动作是不成问题的，但应当怎样进行呢？有的问，各工会都能够一致动作么？有的问，军事的情形是怎样呢？……坐在地板上的史兆炎一条一条的将大家所发的问题用铅笔在小纸本上记下，预备好一条一条地回答。

　　"还有什么问题么？没有了？现在请史兆炎同志做个总解答。"主席说。

　　肺病的史兆炎又从地板上站立起来了。他这一次没脱帽子，手拿着记着问题的小纸本，一条一条地回答。他说着说着忽然很厉害地咳嗽起来了。唉！好讨厌的咳嗽！唉！万恶的肺病！他这时想道，倘若不是这讨厌的咳嗽，我将更多说些话，我将更解释得清楚些。唉！肺病真是万恶的呵！……大家看着他咳嗽的样子，都不禁表现出怜惜的神情，意欲不教他再说话罢，喂！这是不可以的！他的见识高，他是一个指导者，倘若他不将这次重大的行动说得清清楚楚地，那么，事情将有不好的结果，不可以，绝对地不可以！……就使大家劝他不要说话，他自己能同意么？不会地！个人的病算什么？全上海无数万工人的命运系于这一次的举动，如何能因为我个人的小病而误及大事呢？……如此，史兆炎等到咳嗽完了，还是继续说将下去。

大家听了史兆炎详细的解释之后，都没有疑义了。

决定了：各人回到自己的支部、工会、机关里去活动！

明天上午六时起实行总同盟大罢工！

明天游行，散传单，演讲！

呵！明天……

在会议的时候，邢翠英完全没有说话。她与华月娟坐在床上，一边听着同志们说话，一边幻想着，幻想着种种事情。往日里开会时，她发言的次数比男同志们还要多些，但是这一次为什么不说话？暴动，总同盟罢工，这是很危险的事情，她有点惧怕么？为什么好说话的人不说话了？她是丝厂女工的组织员，她的责任很重大呀，她这时应当发表点意见才是！但是她一点儿意见也不发表，这岂不是奇怪么？

真的，邢翠英在这一次会议上，可以算是第一次例外！她靠着华月娟的身上，睁着两只圆而大的眼睛，只向着发言的同志们望，似乎她也很注意听他们的说话，但是她的脑筋却幻想着种种别的事情。她不是不愿意说话，而是因为在幻想中，她没有说话的机会。她起初听到主席的报告，说北伐军已到了松江了，她满身即刻鼓动着愉快的波浪。难道说北伐军真正到了松江了？哼！千刀万剐的沈船舫李普璋倒霉的时期到了！这真是我们工人伸一伸头的时期！唉！想起来丝厂的女工真是苦，真是不是人过的日子！厂主，工头，真是一个一个地都该捉着杀头！北伐军到了上海时，那时我将丝厂女工好好地组织起来，好好地与资本家奋斗。唉！女工贼穆芝瑛真可恶！这个不要脸的恶娼妇，一定要教她吃一吃生活才好！……

邢翠英等到听了李金贵的话之后，心中的愉快更加了十倍！呵，还是我的黑子好！这几句话说得多痛快，多勇敢！哎哟！我的好黑子，我的亲爱的丈夫！……你看，同志们哪一个不佩服他有胆量？哪一个有他这样勇敢？我的亲爱的……邢翠英想到这里，暗暗地骄矜起来：哼！只有我邢翠英才有这样的丈夫呵！

最后，邢翠英又想起自己在丝厂中所经受过的痛苦，那工头的强奸，打骂，那种不公道的扣工资，那种一切非人的生活……唉！现在的世界真是不成世界！穷人简直连牛马都不如！这不革一革命还可以吗？革命！革命！一定要革命！不革命简直不成呵！……

"那么，就是这样决定了：明天早晨六时宣布总同盟大罢工！"

邢翠英被主席这一句话惊醒了：就是这样决定了？明晨六时宣布总同盟大罢工，我现在回去预备还来得及罢？好！大罢工！我们教狗沈船舫看一看我们的力量！……邢翠英忽然觉着有几句话要说，但是主席已经宣布散会了。

邢翠英总是与华月娟在一块儿的。散会时邢翠英与华月娟一阵出来。清瘦的华月娟身穿着自由布的旗袍，头发已经剪去了；照她的态度，她的年纪，她的面色看来，她是一个很可爱的，活泼的，具有热情的姑娘。邢翠英是一个中年的女工的模样。她俩非常地要好：邢翠英在平民夜校里受过华月娟的课，因之，邢翠英很尊敬她。邢翠英时常想道：

"好一个可爱的，有学问的姑娘！她什么事都晓得！"

散会出门时，华月娟向邢翠英问道：

"你是一个好说话的人，为什么今天一句话也不说呢？"

"我忘记说话了，"邢翠英这样笑着说。

"说话也会忘记了吗？"

"…………"

"明天我们教军阀和帝国主义看看我们的力量！"

"是的，明天我们教军阀和帝国主义看看我们的力量！"

已经是七点多钟了。讨厌的雨还是沙沙地下。没曾带雨具的她俩，饿着肚子，光着头在 T 路头鹄立着，等待往闸北去的电车。

二

总同盟大罢工？这简直不是随便的玩意！

仅仅在六小时之内，繁华富丽的上海，顿变为死气沉沉的死城，电车停驶了；轮船不开了；邮局关门了；繁盛的百货公司停止贸易了；一切大的制造厂停止工作了；工场的汽笛也不响了。你想想！这是在六小时之内的变化！六小时的时间居然教繁华富丽的上海改变了面目！喂！好一个总同盟大罢工！这简直不是随便的玩意！

好一个巨大的，严重的景象！这直令立在马路上的巡捕与军警打起寒噤来！谁个晓得这些蠢工人要干些什么？谁个又猜得透这些过激党在做什么怪？这大约就是所谓赤化罢？危险！可怕！这对于统治阶级真是生死关头！没有什么别的再比这种现象令人恐慌的了！这还了得！反了！反了！一定要赶快设法压服下去！

总同盟大罢工的消息，惊醒了上海防守司令李普璋的美梦。

李司令这些天真是劳苦极了！又要派兵到前敌去打仗，又要负起上海防守的责任，又要与外国领事接洽治安的事务，又要向上峰报告军情，又要筹划如何保留自己的地位，又要……总而言之，真是劳苦极了！李司令除了这些公事而外，又有自己的房事：姨太太四五个，呵，也许是七八个罢？这数目没有什么要紧，反正姨太太有的是就得了，我们的司令近来为着战事紧急的原故，几乎没有搂着姨太太消受的工夫！唉！真讨厌！这些革命党人真可恶！在家里安安静静的过日子不好，偏偏要革什么命！北伐？真是会玩花头！反对军阀？反对帝国主义？哼！浑蛋！胡闹！捣乱鬼！……

昨晚上一般穷革命党人秘密开会，进行罢工的时候，正是我们的司令躺在床上拿着烟枪过鸦片烟瘾的时候。四姨太太烧的烟真好，真会烧！就使不会烧，只要看见她那一双烧烟的玉手，她那一双妩媚的笑迷迷的眼睛，也要多抽几口。唉！好消魂的鸦片烟！我们的司令真是劳苦了，现在好好地要休息一下，畅快地抽它几口鸦片烟！在鸦片消魂，美人巧笑的当儿，我们的司令想道：还是这种生活好！上海大约不成问题：我有外国人保驾，有外国人帮助，我难道还怕他什么革命军不成？

他们有胆子同英国兵开仗吗？我量他们绝对地不敢！松江是有点危险罢？不，不要紧！反正上海他们是不敢来的！……

我们的司令越想越放心，好，怕它弄蛋！来！我的小宝贝！我的心肝！我已经有两天多没有同你好好地……今夜我俩好好地睡一觉罢！四姨太太，令人消魂的四姨太太，一下扒在司令的身上，又是捏他的耳朵，又是扭他的胡子，又是……唉！真是消魂的勾当！我们的司令到这时，什么革命军，什么松江危险，一齐都抛却了，且慢慢地和四姨太太享受温柔乡的滋味！

早晨八点多钟的时候，正是李司令搂着四姨太太嫩白的身躯，沉沉酣睡的时候。是的，我们的司令应有很好的美梦！

忽然总同盟大罢工！

忽然全上海入于恐慌的状态！

忽然革命党人大大地捣乱起来！

唉！工人真是可恶！革命党人真是浑蛋，居然惊断了我们的司令的美梦！这还了得吗？这岂不是反了吗？你们这些乱党敢与我李普璋做对吗？你们敢宣言杀我吗！哼！我杀一个给你们看看！杀！杀！杀！兵士们！来！你们给我格杀勿论！……

于是在白色恐怖的底下，全上海各马路上流满了鲜艳的红血！

章奇先生躺在细软的沙发上，脸朝着天花板，左手拿着吕宋烟慢慢地吸，右手时而扭扭八字胡，时而将手指弹弹沙发的边沿，似觉思想什么也似的。忽然将手一拍，脚一跺，长长地叹了一口气，并连着很悲愤地自语道："唉！想起来好不闷杀人也！"

真的，章奇先生这一年来，真是有点悲愤。章奇先生曾做过总长，章奇先生曾有民党健将之名，章奇先生曾受过一般人的敬仰，但是现在？现在章奇先生简直活倒霉！民党里没有他的位置，革命政府没有他的官做，左派骂他为右派，为军阀的走狗，一般人说他是莫名其妙……唉！想起来章奇先生真有今昔之感！

章奇先生想来想去，以为自己弄到现在这个样子，完全都是 C.P. 的不好。C.P. 包办革命，C.P. 吞食国民党，C.P. 利用左派分子……C.P. 真是可恨！倘若不是 C.P. 与我做对，我现在何至于被人称为反革命？何至于不能在革命政府下得到一官半职？唉！非反共不可！非把 C.P. 的人杀完不能称我的意！有时章奇先生恨起 C.P. 来，简直把胡子气得乱动，两脚气得乱跳。有一次，他与他的夫人吃饭，吃着吃着，他忽然颜色一变，将饭碗哗啦一声摔到地板上，这把他的夫人的魂几乎都吓飞了。当时他的夫人只当他陡然得着疯病，或是中了魔，等了半晌，才敢向他问一声："你怎么着了？"他气狠狠的答道："我想起来 C.P. 真可恶！"

章奇先生这样地恨 C.P.，真是有点太过度了！C.P. 当然是很可以恨的，但是章奇先生这样地恨法，实在对于章奇先生的健康有妨碍！章奇先生本来是已经黄瘦的了不得，就如鸦片烟鬼的样子（听说章奇先生并不吸鸦片烟，这是应当郑重声明的），如何再能有这样损伤神经的恨法？章奇先生纵不为自身的健康想一想，也应当为自己的夫人想一想。她是一个胆子极小的妇人，最怕的是革命，曾屡次劝章奇先生抛弃党的活动，而好好地找一个官做做，享享福，免去一些什么杀头，枪毙，坐牢的危险。章奇先生是很爱他的夫人的，应当处处为她打算才是。倘若这样无故摔饭碗的玩意多耍几套，这样急性的神经病多发几次，岂不是要把她活活地吓坏了么？

章奇先生躺在细软的沙发上，口衔着吕宋烟，慢慢地吞云吐雾，忽而觉着自己真是在腾云驾雾的样子。虽然一时地想起可恨的 C. P. 来，但这一次还好，恨的延长并未到一点钟的时间，也就慢慢地消逝了。章奇先生除了恨 C. P. 而外，还要做别的思维：如何才能勾结上一个大的有实力者，再尝一尝总长的滋味，再过一过官瘾？……又兼之这几年没做官，手里实在不十分大宽裕，一定要赶紧弄几个钱才好，一定地，一定地……章奇先生忽而假设自己是已经在做总长的模样，无形中就真的愉快到如腾云驾雾的样子。呵呵！总长！呵呵！大龙洋，中交钞票……

"叮当当当……叮当当当……叮当当当……当……"

电话！

章奇先生的幻想被电铃所打破了。他懒洋洋地欠起身来，慢慢地走到电话厢子旁边，口里叽咕了一句："现在是谁个打电话给我呢？时候还这样地早……"

"hello! hello!"

"你是谁呀？"电话中的人说。

"我是霞飞路，章宅……"

"呵呵，你是季全吗？我是屈真……"

"呵呵，你有什么事情?"

"今天全上海大罢工，你晓得吗?"

"怎么？全上海大罢工！我今天没出门，不晓得……"

"这次大罢工又是 C.P. 的人捣的鬼，我们不可不想一对付的方法，顶好教李普璋大大地屠杀一下，给他们一个利害……这正是我们报复的机会……"

"呵呵，是的，这正是我们报复的机会！……恢生海清他们呢?"

"他们正在 V 路会议这个事情呢。你顶好到龙华防守司令部去一趟!"

"…………"

"…………"

章奇先生喜形于色了。黄瘦的面庞顿时泛起了红晕，微微地冷笑两声。他郑重地把狐皮袍子拍一拍，整一整衣冠，对着穿衣镜子望了一下。遂即喊道：

"贵生!"

"就来了，老爷!"

"把汽车预备好!"

大屠杀开始了！

散传单的工人和学生散布了满马路。

大刀队荷着明晃晃的大刀，来往逡巡于各马路，遇着散传单，看传单，或有嫌疑者，即时格杀勿论；于是无辜的红血溅满了南市，溅满了闸北，溅满了浦东，溅满了小沙渡……有的被枪毙了之后，一颗无辜的头还高悬在电杆上；有的好好地走着路，莫名其妙地就吃一刀，一颗人头落地；有的持着传单还未看完，就扑哧一刀，命丧黄泉。即如在民国路开铺子的一个小商人罢，因为到斜桥有事，路经老西门，有一个学生递给他一张传单，他遂拿着一看——他哪里知道看传单也是犯法的事呢？他更哪里知道看传单是要被杀头的呢？他当时想道：呵！学生又散传单了，工人又罢工了，到底又因为什么事呢？且看一看传单上说些什么！他于是将传单拿到手里打开念道：

"全上海的市民们！

"我们受军阀的压迫，受帝国主义的虐待，已经够了！我们现在应当起来了！我们应当起来组织市政府！我们应当起来响应北伐军！

"打倒帝国主义！

"打倒军阀的黑暗政治！

"打倒一切反动派！

"…………"

这位小商人刚看到此地，不防大刀队来了。看传单？乱党！捉住！杀头！于是他的身首异处了：头滚到水沟里，而尸身横躺在电车的轨道上。

还有更莫名其妙，更残酷的事呢：

小东门有一个十一岁的小孩子阿毛，平素见着散传单，就乐起来了：又散传单了！快抢！多抢一些来家包东西！"先生，你多给我一张罢！先生，我也要一张！先生！……"张着一张小口，跟着散传单的人的后边乱叫。他不认识字，并不明白散传单有什么意义，他只晓得抢传单好玩，呵，多多地抢一些……

阿毛这一次又高兴起来了，他又跟着散传单的人的后边乱跑，张着一张小口乱叫："先生给我一张传单罢，先生，我要……"果然！果然阿毛又抢了一些传单拿在手里玩弄。忽然大刀队从街那边来了——阿毛看着他们荷着明晃晃的大刀，似乎有点好白相，于是就立着看他们一排一排地来到。阿毛正在立着痴望他们，忽然跑过来一个手持大刀的兵士，一把把他的小头按着，口中骂道：

"你这小革命羔子！你也散传单吗？我把你送到娘怀里吃奶去！"

可怜阿毛吓得还未哭出声的时候，一颗小头早已落在地下了！

不错，革命党人真该杀！演讲的学生该杀！散传单的工人该杀！但是这看传单的小商人？这天真烂漫世事不知的小阿毛？……呵呵，杀了几个人又算什么呢？在防守司令的眼中，在野蛮如野兽般的兵士的眼中，甚至于在自命为孙中山先生的信徒章奇先生的眼中，这种屠杀是应该的，不如此不足以寒革命党人之胆……

当阿毛的母亲抱着阿毛小尸痛哭的时候，正是章奇先生初从防守司令部出来，满怀得意，乘着汽车回府的时候。章奇先生得意，而阿毛的母亲哭瞎了眼睛；章奇先生安然坐在汽车里，而阿毛的母亲哭哭啼啼地将阿毛的小尸首缝好，放在一个新木匣里……

大罢工的第二天，天气晴起来了。午后的南京路聚满了群众，虽然几个大百货公司紧闭了铁槛，颇呈一种萧条的景象，然而行人反比平素众多起来。大家都似乎在看热闹，又似乎在等待什么。巡捕都荷枪实弹，如临大敌也似的；印度兵和英国兵成大队地来往逡巡，那一种骄傲的神情，简直令人感觉到无限的羞辱。

史兆炎在罢工实现后，几乎没有一刻不开会，没有一刻不在工人集会中做报告；他更比平素黄瘦了。今天午后，他因为赴一个紧急会议，路经南京路，见着英国兵成大队的在街上行走，于是也就在先施公司门口人丛中停步看了一看。他这时的情绪，真是难以形容出来。他看着无知识的愚蠢的印度兵在英军官带领之下，气昂昂地在街上行走，不禁很鄙弃他们。他们也是英帝国主义的奴隶呀！自己做了奴隶还不算，还帮助自己的仇人压迫中国人，来向中国人示威，这真是太浑蛋了！……他忽而又发生一种怜悯的心情：可怜的奴隶呵！什么时候才能觉悟呢？……他想道，倘若他们能掉转枪头来攻打自己的敌人。这是多么好的事呵！可惜他们不觉悟。他想到这里，似乎左边有一个人挤他，他掉转脸一看，原来是一个穿西装的少年，脸上有几点麻子——这似乎是一个很熟悉的面孔，似乎在什么地方见过也似的。史兆炎沉吟一想，呵，想着了：原来是法国留学生，原来是那一年在巴黎开留法学生大会时，提议禁止 C. P. 入会的国家主义者张知主！是的，是的！听说他现在编辑什么国家主义周报，听说他又担任什么反赤大同盟的委员……史兆炎将手表一看，呵，时间不早了，我要开会去了，为什么老立在这儿瞎想呢，管他娘的什么国家主义不国家主义，反赤不反赤呢，是的，我应当赶快开会去！

史兆炎在人丛中消逝了影子。

这时张知主并没猜到，与他并立着的，就是那年巴黎开留法学生大会时的史兆炎，就是他国家主义者的死对头。也难怪张知主没有猜到，事已隔了许多年，虽然张知主还是从前一样漂亮，脸上的麻子还是如从前一样存在，虽然张知主的面貌并未比从前改变，但是史兆炎却不然了。史兆炎归国后的这几年，工作简直没有休息过，在工人的集会中，在革命的运动上，不觉得把人弄老相了许多，又加之因积劳所致，得了肺病，几乎把从前的面貌一齐改变了。这样一来，张知主如何能认得与他并立着的史兆炎呢？张知主既不认得了史兆炎，所以当史兆炎离开的时候，他也没曾注意。

说起来张知主先生，他倒也是一个忙人，自从他从巴黎大学毕了业（？）归国以来，对于国家主义的运动，真是可以说是"鞠躬尽瘁"了！办周报哪，组织国家主义团体哪，演说哪，还有想方法打倒 C. P. 乱造谣言哪……张知主先生的确是一个热心家！他的朋友如郑启、李明皇、左天宝……都自命为中央的健将，等于曾国藩、李鸿章、左宗棠之流，的确是有声有色，令人"惊佩"！而我们的张知主先生自命为什么呢？张知主先生自己没有公开地说明过，我们也不便代为比拟，不过有一句话可以说，就是照他的言谈判断起来，他至小也可以比做张之洞！

国家主义的口号虽然是"内除国贼，外抗强权"，但是张知主先生也就如他的朋友一样，以为要实行国家主义，顶好把口号具体化起来，就是把这两句口号改为"内除共产，外抗苏俄"。拿这两句口号来做国家主义运动，不但可以顺利地做去，而且可以得到讨赤诸元帅的帮助，可以博得外国人的同情。不错，的确不错！好一个便利的口号！

张知主总算是个有羞耻心的人：当他初次领英国人所主办的反赤大同盟的津贴时，脸上的麻子未免红了一下。但是他转而一想，C. P. 都能拿俄国的卢布，而我就不能拿英国的金镑么？这又怕什么呢？于是张知主先生也就放心了。当他初次领五省总司令部宣传部的津贴时，他的脸上的麻子也照样地红了一红：受军阀的津贴未免有点不对罢？……但是我们的张知主先生是很会自解的：他想道，这比 C. P. 拿俄国的卢布好得多呢？中国人领中国人的钱，反正是自己人，这又算什么呢？于是张知主先生也就放心了。

在大罢工发生之后，张知主先生更加忙起来了。C. P. 的人又在做怪！又在鼓动工潮！又在利用罢工骗取苏俄的卢布！……张先生确信（也许是假信？不如此，便寻不出反对 C. P. 的材料！）每一次的工潮都是 C. P. 所鼓动的，并且 C. P. 在每一次工潮的结果，都要骗得许多万许多万的金卢布。你看他每一次的文章，他每一次所做的传单，都是说得真龙活现也似的。张知主先生在这一次更为发怒了，更为下了决心了。哼！这一次非设法杀掉许多工人不可，工人真正地浑蛋，你们为什么甘心被人利用呢？不杀你们几十个，你们永远不知道厉害！于是张知主先生投效直鲁联军反赤宣讲队，担任组长之职，于是他拼命拿笔写反赤的传单，于是他劳苦的不得了……

呵！张知主先生今天也不知以何因缘，挤到与史兆炎并立着一起在先施门口看热闹。当史兆炎看着印度兵和英国兵骄傲地在街上示威，而感觉着无限的羞辱的时候，张知主先生却只感觉得他们的军装整齐，只惊讶他们的刺刀明亮。史兆炎视他们为中国民众解放运动的敌人，而张知主先生有意识地，或无意识地，当他们为反赤的同志。是的，他们真是张知主先生的同志！张知主先生反对 C.P.，北伐军，而他们也反对 C.P.，北伐军；张知主先生想屠杀罢工的工人，帮助讨赤的联帅，而他们也是做如是想，完全与张知主先生取一致的行动。真的，真是很好的同志！

张知主先生是一个忙人，如史兆炎一样，不能老立在这儿看热闹，事情多的很：还有传单没有分配好，还有组员要训练，还有……真的，张知主先生要快到闸北直鲁联军宣传部办公才是！

张知主先生于是不看热闹了，坐着黄包车行向闸北来。

黄包车刚拖到宝山路铁路轨道的辰光，忽听一声：

"停住！"

"停住？为什么停住？"

张知主先生坐在车上正在俯着头想如何做反赤的传单才有力量，才能打动人，如何向人们宣讲反赤的真义……忽然被这一声"停住"吓得一大跳。张知主先生未来得及说话的时候，已经被走上来两个穿灰衣的人按着了，浑身上下一搜，搜出了一卷传单来。呵！传单！乱党！杀头！可怜两位穿灰衣的人不容张知主先生分辩，即胡乱地把他拖下车来，拖到路轨的旁边，手枪一举，啪地一声送了命！搜出来的传单本来是张知主先生所亲手做的，无奈兵大爷不识得字，就此糊里糊涂把他枪毙了。张知主先生做梦也没有做得到！张知主先生就是死了也不能瞑目！唉！真是冤哉！冤哉！

持传单着的小商人死得冤枉，抢传单包东西的十一岁小孩子阿毛死得冤枉，但是热心反赤的张知主先生死得更冤枉，在这一次运动中死了许多学生，工人——这是应该死的，谁个教他们要罢工？要散传单？要反对什么军阀和帝国主义？

但是热心反赤的张知主先生无辜地被枪毙了，这却为着何来？……

三

月娟真是疲倦了！这两天她的两条腿，一张口，简直没会儿闲过。她担任妇女部的书记，所有女工的组织等等，都须要她操心，一忽儿召集负责任的女同志们开会，一忽儿到区委员会报告，一忽儿又要到总工会料理事情。唉！真是忙得两条腿，一张口，没有休息的工夫！但是怎么办呢？工作是需要这样的，革命的事业不容许安逸的休息。为着革命，为着革命就是赴汤蹈火，就是死，也是不容避免的，何况一点儿疲倦呢？……

　　但是月娟真是太疲倦了！她的面庞眼看着更瘦得许多了；两只眼睛虽然还是如从前一样地清利，但瘦得大了许多；头发这两天从没整理过。当正在工作或跑路的时候，月娟还不觉得疲倦，或者有点觉得，但不觉得怎样地厉害。现在她乘着要回家改装的当儿，抽得十几分钟躺在自己一张小床上，真是觉得疲倦的了不得。呵呵，顶好多躺一下，呵呵，顶好多躺一个钟头！真舒服！虽然这是一张小板床，而不是有弹性的细软的钢丝床。虽然这两条被都是粗布制的，虽然这一间书房带卧室如鸟笼子一样，但是到这时简直变成了快乐的天堂了。呵呵，顶好是多休息一下，顶好是多躺一忽儿！但是工作是要紧的呵！没有办法。简直没有办法！

　　月娟躺在板床上，两手抱着头，闭着眼睛，回想起刚才区委员会开会的情形：

　　"史兆炎真正是一位好同志！他说话那样清楚，那样简洁了当，他的那种有涵养的态度……他对待同志也好。他对于我？……他真是一个可爱的人！可惜他也得了肺病！他说话时那种咳嗽得腰弯起来的样子，真是令人可怜！唉！为什么好同志都有病呢？真是奇怪的很！倘若他没有肺病，那他该更有用处呵！……

　　"鲁正平同志？鲁正平同志不十分大行。那样说话语无伦次，颠三倒四的！照理他不应负军事上的责任。他哪能够做军事运动呢？胡闹！易昌虞同志还不错，他很勇敢，做事又很有计划，很仔细。

　　"李金贵同志真勇敢，真热心！工人同志中有这样能做事的人，真是好得很！他明天率领纠察队去抢警察署，倒不知道结果怎么样呢。……翠英现在不知做什么。也许是在家里？好一个女工同志！不过脾气有点躁，少耐性。

"今天会议议决明天下午六时暴动，这当然是对的，不过我们的武器少一点。这两天杀了这些工人学生，唉！真是令人伤心的很！但是这又有什么方法避免呢？……明天暴动成功还好，暴动不成功时，又不知要死去多少人！反正暴动是不可免的，一般工人同志都忿恨的很，就是女工们也有忍不住之势，好在海军的接洽已有把握，明天也许一下子把李普璋这个屠户赶掉……

"我明天晚上去到西门一带放火，这却是一个难差使，现在虽然活到二十一岁，但却没经验过放火的事情，唉！管它，明天再看罢！……

"呵，我浑蛋！我老想什么？我应当赶快改装去找翠英去！"

月娟想到这里，一骨碌坐起来，即速把身上的旗袍脱下，拿一件又大又长的蓝布袍子穿上。袍子穿妥之后，又将自己的头用青布巾包裹起来，顿时变成了一个老太婆的模样。月娟的头发是剪了的，但是剪了头发的女子即犯了革命党人的嫌疑，照着沈船舫张仲长的法律，是有杀头的资格的。月娟并不怕死，但是倘若被大刀队捉去了，或是杀了，自己的性命倒不要紧，可不要误了革命的工作？月娟的模样一看就知是女学生，而女学生却不方便到工人的居处的地方去。月娟要到翠英的家里，又要到宝兴路去开女子运动委员会，因此，月娟便不得不改装，便不得不把自己原有的面目隐藏起来。月娟改装停当之后，拿镜子一照，自己不禁笑将起来了，呵！扮得真像！简直是一个穷苦的婆子！倘若这种模样在街上行走，有谁个认得出我是华月娟来？有谁个认得出我是一个女教员来？哈哈！哈哈！……月娟越看自己越有趣，越看越觉着好笑。她忽然想起自己从前所读过的俄国虚无党人的故事来：女虚无党人的那种热心运动，那种行止的变化莫测，那种冒险而有趣的生涯……难道说我华月娟不是他们一类的人吗？呵！中国的女虚无党人！……

在 B 路转角的处所，有一块矮小的房屋名为永庆坊。这个坊内的房屋又矮小，又旧，又不洁净，居民大半是贫苦的工人。贫苦的工人当然没有注重清洁的可能，又加之坊内没有一个专门打扫街堂的人，所以街堂的泥垢粪滓堆积得很厚，弄得空气恶臭不堪。倘若不是常住在这种弄堂里的人，那么他进弄堂时一定要掩住口和鼻子。坊的前面就是小菜场，小菜场内的鱼肉腥臭的空气，和弄内泥垢粪滓的臭味混合起来，当然更要令人感觉得一种特别的，难于一嗅的异味。但是本坊内的居民，或者是因为习惯成自然了，总未感觉得这些。他们以为只要有房子住，只要房子的租价便宜，那就好了，此外还问什么清洁不清洁呢？清洁的地方只有有钱的人才可以住。但是穷人？穷人是应该住在如永庆坊这类的地方。

李金贵和邢翠英也是永庆坊内的居民。他俩所住的房子是二十八号。这二十八号是一楼一底的房子，共住着四家人家：楼上住两家，楼底下住两家。虽然原来共总是两间房子，但因为要住四家的原故，所以不得不用木板隔成做四间房子用。若与本弄内其他房子所住的人家比较起来，那么这二十八号住四家人家还不算多：因为大半都是住着五家或是六家的。至于他们怎样住法，那是有种种不同的情形的，有的两家合住在一小间房子里的，有的把一间房子隔做两层，可以把一楼一底的房子造成四层楼的房子。

李金贵和邢翠英住的是楼底下靠着后门的一间，宽阔都不过五六尺的样子，除开摆放一张床和一张长方桌子，此外真不能再要搁一点大的东西。好处在于这间房子是独立的，与其他的房子完全隔断了，一道后门不做共同的出路。睡觉于斯，烧锅于斯，便溺于斯——这一间形如鸟笼子的房子倒抵得许多间大房子用处。房内摆设的简单，我们可以想象出来，一者这一对穷夫妻没有钱来买东西摆设，二者就是有摆设的东西也无从安搁。不过这一对穷夫妻虽然住在这种贫民窟里，而他俩的精神却很愉快，而他俩的思想却很特出，而他俩的工作却很伟大……

天已经要黑了，已经要到开电灯的时候了，但是邢翠英的家里却没有明亮的电灯可以开。邢翠英今天忙了一天，现在才回到自己的家里。此时觉着有点饿了，在把煤油灯点着之后，遂把汽油炉子上上一点煤油，打起汽来，预备烧晚饭吃。翠英今天晚上回来的时候，情绪非常愉快：女工们真热心！女工们真勇敢！尤其是年轻的小姑娘们！……今天会议上的情形真好，你看，阿兰那样小小的年纪，小小的姑娘家，居然怪有见识，居然那样明白事情……翠英本来是疲倦了，但是，因为有这种样的高兴的情绪鼓动着，倒不感觉着什么疲倦了。

曾几何时？Y 丝厂的一个女工人，一个知识很简单的女工人，现在居然担任党的重要的工作！现在也居然参加伟大的革命的事业！……翠英有时也觉得自己有这样大的变化，当每一觉得这个时，不禁无形中发生一种傲意：女工人有什么不如人的地方？你看看我邢翠英！我邢翠英现在做这种伟大的事情，也居然明白社会国家的事情！可见人总要努力！倘若一切的女工人都像我邢翠英一样的觉悟，那可不是吹牛，老早就把现在的社会弄得好了。但是当翠英每一想到此处，一个清瘦的，和蔼的姑娘——华月娟的影子便不得不回绕于脑际。华月娟是翠英的好朋友，是翠英的爱师——华月娟从人众中把翠英认识出来了，把她拉到平民夜校读书，灌输了她许多革命的知识。——真的，翠英无论如何忘记不了华月娟，一个平民夜校的女教师，一个清瘦的，和蔼的姑娘！

今天翠英特别高兴，因想起开会的事情，想到自身，由自身又想到华月娟的身上。翠英把汽炉打着了，将锅放在上面，即让它煮将起来，而自己一边坐在床上等着。正在一边等着，一边想着华月娟的当儿，忽听得有人敲门，遂问道：

"谁敲门？"

"是我！"

"呵，原来是你！"

翠英把门开了，见着月娟的模样，不禁笑道：

"好一个可爱的娘姨！"

"你看像不像？"

"怎么不像？真是认不出来呀！"

"那么就好！"

"我正在想你，恰好你就来了。"翠英把门关好，回过脸跟着就问道："你们今天开会怎么样决定的？明天晚上是不是要……"

"决定了。"月娟向床坐下说，"明天晚上要暴动。"

"呵呵！……"

"我问你，女工的情绪怎么样？杀了这些人，她们怕不怕？"

"女工的情绪很好，她们现在都愤恨的了不得！我已经把工作都分配妥当了。金贵呢？你看见他了吗？他到现在还没有回来。"

"在会场上看见的。明天暴动时，决定他带领几十个纠察队去攻打警察署，夺取警察的枪械……"

"怎么？是他带领着去吗？……"翠英听了月娟的话，顿呈现出一种不安的神情，但是月娟并没注意到，还是继续接着说道：

"是的，是他带领着去。我们自己没有武装，只得从敌人的手里抢来！明天晚上决定海军一开炮时，即动手抢兵工厂……计划都弄好了，大约是总可以成功的。现在势已至此，没有办法，难道说就这样地让李普璋杀吗？"

"呵呵。"

"我担任的真是一个难差使；教我到西门一带放火，你说是不是难差使呢？长到这样大，真是不知火是怎样放的！没有办法，只得去放罢……"月娟忽然将手表一看，惊慌地说，"我还有一个会要开，要去了。明天再会罢！"

月娟刚出永庆坊的弄口，即与李金贵遇着了——他这时是从军事委员会开会回来。两人互相点一点头，笑一笑，就分开了，并没有说一句话。

在灰黄不明的煤油灯光中，李金贵邢翠英坐在床上互相拥抱着，紧紧地拥抱着……一对穷夫妻在同居的五六年中，虽然是相亲相爱，没曾十分反目过，但也从没曾有过此刻这样地亲爱，从没曾相互地这样紧紧地拥抱过。此刻的一分钟，一秒钟，对于这一对相互拥抱着的穷夫妻，比什么东西都可贵些！

明天金贵要带领着人去抢警察署了！大家都是徒手没有枪，抢的好或可以生还，抢的不好，一定是免不了要送掉性命。两人都明白这个，但是不能避免这个！呵，党的决议，革命的要求，就是知道一定地要送命，那又有什么办法呢？金贵能临时脱逃？能贪生而丢弃革命的工作？不，绝对地不能！金贵连这种卑怯的心理起都没有起过！对于金贵，吃苦也可以，受辱也可以，挨打也可以，就是死也可以。但是背叛革命，但是放弃自己的责任，金贵无论如何是不会的！

说也奇怪，金贵的意志如铁一样的坚，金贵的信心比石头还硬。金贵是一个朴直的工人，所知道的也就仅是关于工人阶级的事情。现在社会非改造不可！工人阶级真苦！有钱的都不是好东西呵！呵！赶快革命，革命，革命……真的，金贵无时无刻不想革命的实现。金贵的性情很急躁，老早就向党部提议暴动，但是总都被否决，可是现在？可是明天？呵，明天暴动，这是我李金贵发泄闷气的时候了！把李普璋这个狗东西捉住，把他千刀万剐才如我意！……

金贵想到，明天也许弄的不好要死的，但是这又有什么办法呢？死就死，大丈夫还怕死不成么？但是翠英？与我共甘苦的翠英？……没有办法！也许明天弄的好不至于死，况且我还有一支手枪呢。放小心些，大约不妨事的。

金贵觉着心中有点难过，想说几句安慰翠英的话，但是金贵素来就不长于说话，到此时更不知为什么，连一句话几乎都说不出来。他只有用自己粗糙的手抚摩着翠英的蓬松的黄头发，他只有用自己的大口温情地吻翠英的额，不断地吻……至于这时的翠英呢？翠英本是一个会说话的人，到这时应当向金贵多多地说一些，倘若这时不说，也许永没有再与金贵说话的机会了。是的，翠英这时应当多多地说些话！这时不说，还待什么时候说呢？但是翠英也如金贵一样地沉默着，沉默着，沉默到不可再沉默些的地步。平素会说话而且好说话的翠英，到现在却没有话好说了——本来呢，这时有什么话好说？说一些什么话才好？翠英这时候的情绪没有什么言语可以表示出来！劝阻金贵不要去干？不，不，翠英无论如何不好意思把这种意思说出来！党的决定，革命的需要，我哪能以个人的感情来劝阻他？而况我自己是一个什么人呢？不可以，绝对地不可以！这也只好碰运气，也许不至于有什么意外的事情罢？但是，倘若有什么不测的时候……唉！那时我也只有一个死……陪着他死……

　　翠英想起五年前与金贵初认识的时候，想起与金贵初同居的那一夜，呵，那一夜也曾与金贵如今夜地这样拥抱着，但是那时的拥抱是什么味道？现在的拥抱是什么味道？想起前年金贵因指挥罢工而被捕入狱的时候；想起她害病时，金贵是如何地焦急，而侍候到无所不至的时候；想起金贵对于她的纯洁的真挚的爱；想起金贵有许多不可及的好处，想起……呵呵！好亲爱的黑子！好亲爱的丈夫！好亲爱的朋友！好亲爱的同志！……但是明天？唉！没有办法！只好听他去！也许碰得好，不至于大要紧罢？翠英刚想到这个当儿，忽然金贵高兴地叫一声：

　　"我的翠英！"

　　"什么？"

　　"你怕么？"

　　"不怕！"

　　"我以为，只有我们穷革命党人才算得英雄好汉！你想想是不是？我们的责任该多么样大呵！……"

　　"是的，我的亲爱的黑子！只有你才算得真正的英雄，真正的好汉！……"

　　金贵很满意地向着翠英笑了一笑。

四

　　白色的恐怖激起了红色的恐怖。

偌大的一个上海充满着杀气！英国的炮车就如庞大的魔兽一样，成大队地往来于南京路上，轰轰地乱吼，似乎发起疯来要吃人也似的。黄衣的英国兵布满了南京路，高兴时便大吹大擂地动起了鼓号。呵呵，你看，那些有魔力的快枪，那些光耀夺人的刺刀，那些兵士睁着如魔鬼也似的眼睛，那些……呵呵，他们简直要吃人！

森严的大刀队来往逡巡于中国地界各马路上，几乎遇人便劈，不问你三七二十一！是的，这是一群野兽，它们饿了，它们要多多地吃一些人肉！……

坐镇淞沪的防守司令李普璋现在可以安心了：走狗有这样地多，刽子手有这样地好，国民党右派的人又这样地出力，国家主义者又这样地帮忙，呵呵，我还怕什么呢，难道说这些愚蠢的，手无寸铁的工人还能做大怪不成？罢工？散传单？你们的本事也就止于罢工散传单了！难道说你们另外还有什么花头吗？……何况我有英国兵做后盾？呵呵，英国人真是好！英国人这样地帮我忙，真是难得！你们反对什么帝国主义，反对外国人，唉，这简直是浑蛋！我看看你们如何反对他们！哼！这简直是笑话！

真的，我们的防守司令现在可以安安稳稳地躺在床上大抽起鸦片烟，鸦片烟抽足了之后，可以安安稳稳地搂着白嫩的四姨太太睡觉。

但是这被屠杀的工人？这一般不安分的穷革命党人？

胆小的，卑怯的市侩见着这种屠杀的景象，大半都吓得筛糠带抖霖；一部分心软的知识阶级只是暗暗地在自家的屋里叹气。唉！这简直没有人道了，这，这，这简直不合乎人道主义！……但是粗笨的工人群众越受屠杀越愤激，越受压迫越反抗。——在这两天内，工人群众的情绪更愤激得十倍于前，他们并不知道什么叫做人道主义，他们只知道拼命，只知道奋斗，不奋斗便有死，反正都是一死，与其饿死，不如被枪打死。一般专门的穷革命党人，他们还是秘密地进行自己的工作；从前他们仅是从事于和平的示威，而现在却进行武装的暴动。革命没有武装，总归是不行的，一定要有武装，武装呵，但是自己没有武装怎么办呢？从什么地方才能得到武装？只有去抢敌人的营寨，只有从敌人的手里把武装抢来。

于是红色的恐怖开始了！

在二十二日的下午，在浦东，在闸北，在中国界各区域内，到处发生徒手工人袭击兵警的事实。有的地方徒手工人与警察互斗数小时之久，有的地方警察的枪械真被工人所抢去，并且有一处警察巡长被工人打死。在这些争战中，工人的勇敢的精神简直令雇佣的警察惊心动魄。喂！工人真不要命！工人真不怕死！不要命，不怕死的工人当然要吓得雇佣的警察们屁屎横流……

李金贵与十几个纠察队约在C路头一家茶馆内聚齐，只要一到五点半的光景，大家就向北区警察署进攻，夺取警察署的枪械。十几个纠察队腰里都暗藏着冷的兵器，有的是菜刀，有的是斧头，还有几个人揣着几块石头。但是李金贵，因为是队长，却带了一支手枪和着十几粒子弹。

这一家茶馆是专门为所谓下等人开的，所以十几个工人进内吃茶，倒也不会惹人注意。大家在茶馆内都不准谈关于什么政治上或军事上的话，只都默默地坐着，各吃各的茶，似乎相互间没有什么关系的样子。大家一边吃着茶，一边想着：他们也不知已经有防备了没有？……这菜刀倒可以一下子将脑袋砍去半个！……这斧头是劈好些呢，这是用斧头背扎好些？……我一石头就可以要一个狗命！……糟糕！我长这么大还没曾放过枪呢。我就是抢到枪时也不会放，这倒怎么办呢？……大家你想你的我想我的，各有各的想法，但目的却是一样的：把警察署长打死，把枪抢来，好组织武装的工人自卫军。

李金贵抱着热烈的希望：倘若今天暴动得能够成功，倘若我们今天能抢得许多枪械，那么我们可以将李普璋捉到，可以组织工人自卫军，可以把上海拿到我们的手里……呵呵，这是多么好的事情，难道说我们工人就不能成事吗？唉，中国的工人阶级真是苦得要命！真是如在地狱中过生活！依我的意思，倘若我们今天能把上海拿到手里，我们就可以一搭刮子行起社会主义来，照着俄国的办法。怕什么呢？我想是可以办得到的。但是有些同志，甚至于负责任的同志，他们总是说现在还没到实行社会主义的时机，还是先要实行什么民主政治，还是要……我真是大不以为然！怕什么呢？我看有个差不多。北伐军？北伐军固然比较好些，但是这总不是工人自己的军队，谁个能担保他们将来不杀工人？你看，从前以拥护工农政策自豪的江洁史，现在居然变了卦，现在居然要反共？唉！这些东西总都是靠不住的，我们自己不拿住政权，任谁个都靠不住。

李金贵平素似乎不喜欢听一般负责任的知识阶级同志的这样话："金贵同志！请你不要性急，我们要慢慢地来，哪能够就一下子成功呢？"他每每想道："唉！你们老说慢慢地，你们可晓得工厂里的工人简直在坐监狱！比坐监狱更难受！我李金贵当了许多年工人，难道说还不晓得吗？能够早成功一天，他们就早一天出地狱！你们大约还是不知道他们的苦楚！倘若你们试一下子这种地狱生活的滋味，包管教你们也不说慢慢地了！……"李金贵每一想起来工人的痛苦，资本家的狠毒，恨不得一拳把现在的社会打破。这也难怪他这样！他的父亲是穷得无钱病死的；他的一个十七岁的妹妹是被工头污辱了而投水死的；至于他自己呢，被巡捕打的伤痕还存留着，被工头把痰吐在脸上的污辱，还没洗雪掉。金贵永远忘不了这种永世不没的侮辱！他要复仇，他要雪耻，他要打倒万恶的敌人。

金贵想着想着，忽然想起翠英来：一颗朴直的心不禁为之动了一动。她现在在做什么？也许在那里与女工们谈话？也许在开会？也许今天在家里没有出来？也许她在那里为我担心，正在想着我哭？呵！不会！绝对地不会！她真是一个好汉，居然没曾向我说一句惧怕的话，居然一点儿也没表示劝阻我的意思。呵，真难得！但是，倘若我今天有什么不幸……唉！随他去！我的亲爱的翠英呵！也许我们再没有见面的时候了！……金贵想到此处，眼睛不禁红湿了一下，心里觉着有无限的难过，但即时吃了一口茶，又镇定地忍住了。

金贵又忽然想起腰间的手枪来，遂用手摸一摸，呵，还好，还没有丢掉！若把它丢掉了，那真是大大地糟糕！今天全靠它做本钱，若没有它，那可真是不行！……林鹤生将这一支手枪交给我，我从没试验过，也不知道到底灵不灵；若是放不响，那可真是误事呀？不，不会，绝对地不会！他既然交给我，当然是可以用的，不至于放不响。我一把把警察署长捉住，我就啪地一枪要他狗命，再放几枪，包管那些警察狗子吓得屁屎横流，跑得如兔子一样。金贵设想将枪械夺到手里的情形，不禁黑黝的面孔上荡漾起了愉快的、微笑的波纹。对于金贵，这恐怕是最愉快的事情罢？

"金贵！你将你的表掏出来看看，到底是什么时候了？我恐怕时候已经到了，"与金贵同桌吃茶的，一个年青的工人王得才这样轻轻地向金贵说。金贵的想念被他打断了。金贵稍微吃了一惊，即时从胸前的衣袋里掏出来一只铜壳无盖的夜光表，很注意地看一下，真是到时候了。金贵立起身来向同伴们丢一个眼色，同伴们即时都会意了，遂跟着金贵的后边，一个一个地出了茶馆门。走了十几步的光景，走到一个转角上，金贵略为停了一停，点一点人数，向同伴们宣言道：

"请大家都把家伙预备好！无论谁都不可临阵脱逃！"

"谁个要怕死，谁个就不是爷娘养的！"王得才很坚决地说。

"到现在还怕死么？"

"怕死也就不敢来了。"

"…………"

大家说着说着，已经来到了警察署。这时李金贵掏出了手枪，王得才拿出了斧头，朱有全握着石头，潘德发持着菜刀……各露出了各人的武器，大家的面孔上丝毫没表现出来一点儿惧色。两个守门的警察见着来势汹汹，吓得翻身就向屋里跑，金贵等这时一拥上前，将警察署的门拦住了。屋内的警察署长及几十个警察闻着讯，也即时持枪出来，在这个当儿，李金贵冷不防一箭步跳进屋内，左手将警察署长抓住，右手向着他的肚子举起手枪来，高声喊道：

"你们现在还想反抗么？赶快将枪放下，我们好饶你们的狗命！"

李金贵将话刚说完，年青的王得才不问三七二十一，就举起斧头乱砍起来。朱有全一石头将一个警察的头击破了，倒在地下。这时警察还不敢放枪，因为署长被金贵抓着在，只用刺刀乱刺。金贵看着势头不对，即连忙扣机放枪，想将署长先打死，以寒其馀人之胆，不料连扣三次都放不响；众警察看着金贵的手枪是坏的，于是胆大起来了，向金贵等放起枪来。金贵的腹部中了一弹，即时倒在地下，临倒在地下的当儿，他还将手枪向着署长的面上摔去，不幸未打到署长，而落在一个警察的肩上。众人看见金贵已死，自己手中又无枪械，只得四散脱逃。潘德发被打死了，王得才肩上中一弹，躺在地下不能动。其馀的人都逃脱了。警察共总死伤了五六个。王得才虽然身受重伤，但心里还明白，还能说话，他睁着他的痛得红胀起来的眼睛，向一般警察们愤恨地然而声音很微弱地骂道：

"你们这一般军阀的小走狗，你们还凶什么！你们总有头掉下的时候呵！……"

王得才转过脸一看，李金贵躺在他的右边，死挺地不动，从他的腹部流出一大滩殷血来；这时王得才的心里陡然难过起来，如火烧着也似的。他渐渐地失去了知觉，在模糊的意念中，他似乎很可惜李金贵死了——李金贵是他平生最佩服的人，是最勇敢的人，是最忠实最公道的人，是党里头最好的一个同志。

"呵，今晚上……暴动……强夺兵工厂……海军放炮……他们到底组织得好不好？这种行动非组织好不行，可惜我病了，躺在床上，讨厌！……"

在有红纱罩着的桌灯的软红的光中，杨直夫半躺半坐在床上，手里拿着一本列宁著的《多数派的策略》，但没有心思去读。他的面色本来是病得灰白了，但在软红色的电光下，这时似乎也在泛着红晕。他这一次肺病发了，病了几个月，一直到现在还不能工作，也就因此他焦急的了不得；又加之这一次的暴动关系非常重大，他是一个中央执行委员，不能积极参加工作，越发焦急起来。肺病是要安心静养的，而直夫却没有安心静养的本领，他的一颗心完全系在党的身上，差不多没曾好好地静养过片刻。任你医生怎样说，静养呀，静养呀，不可操心呀……而直夫总是不注意，总是为着党，为着革命消耗自己的心血，而把自身的健康放在次要的地位。这一次病的发作，完全是因为他工作太过度所致，病初发时，状况非常地危险，医生曾警告过他说，倘若他再不安心静养，谢绝任何事情，那只有死路一条。直夫起初也很为之动容，不免有点惧怕起来：难道说我的病就会死？死？我今年还不满三十岁，没有做什么事情，就死了未免太早罢？呵呵，不能死！我应当听医生的话，我应当留着我的身子以待将来！……但是到他的病略为好一点，他又把医生的话丢在脑后了。这两天因为又太劳心了，他的病状不免又坏起来了。当他感觉到病的时候，他不责备自己不注意自己的健康，而只恨病魔的讨厌，恨世界上为什么要有"病"这种东西。

"呵，今天晚上暴动……夺取政权……唉！这病真讨厌，躺在床上不能动；不然的话，我也可以参加……"

直夫忽而睁开眼睛，忽而将眼睛闭着，老为着今天晚上的暴动设想。他深明了今天晚上暴动的意义——这是中国工人第一次的武装暴动，这一次的暴动关系全中国工人运动的发展……他这时希望暴动成功的心，比希望自己的病痊愈的心还要切些。是的？病算什么呢？只要暴动能够成功，只要上海军阀的势力能够驱除，只要把李普璋沈船舫这些混账东西能够打倒……至于病，病算什么东西呢？

他这时只希望今晚的暴动能够胜利。

"嘭！嘭！……"大炮声。

"啪！啪！……"小枪声。

直夫正在想着想着，忽然听见炮声枪声，觉着房子有点震动；他知道暴动已经开始了。他脸上的神情不禁为之紧张一下，心不禁为之动了一动。在热烈的希望中，他又不禁起了一点疑虑：这是第一次的工人武装暴动，无论工人同志或负责任的知识阶级同志，都没有经验，也不知到底能不能成功……他忽然向伏在桌上写字的他的妻秋华问道：

"秋华！你听见了炮声没有？"

秋华，这是一个活泼的，富有同情心的，热心的青年妇人，听见她的病的丈夫问她，即转过她的圆脸来，有点惊异地向直夫说道：

"我听见了。我只当你睡着了，哪知道你还醒着在！"

"我今天晚上无论如何也睡不着！你听，又是炮声！"

"大约他们现在动手了。这一定是海军同志放的炮！"

"也不知他们预备得怎样……"

"你还是睡你的罢！把心要放静些！……"

"哼，我的一颗心去抢兵工厂去了。"

秋华本拟再写将下去，但因闻着炮声，一颗心也不禁为之动起来了；又加之直夫还没有睡着，她应当好好地劝慰他，使他能安心睡去，无论如何没有拿笔继续写下去的心情了。她将笔放下，欠起身来，走到床沿坐下，面对着直夫说道：

"月娟带领整个女工到西门一带放火，也不知道现在怎样了？……呵呵！你好好地睡罢！我的先生……"

直夫沉默着，似乎深深地在想什么。

秋华这一次本要参加工作的，可是因为一个病重的他躺在床上。唉，怎么办呢？……昨天晚上在中央的会议中，老头子向秋华说道：

"秋华！你能够把直夫的病伺候好了，这就是你的一件大功劳！直夫对于党是很重要的，你可以不做别的事，只好好地看护他就得了。"

秋华听了老头子的话，不禁感觉得一种侮辱：岂有此理！

难道说女子是专门伺候男子的？难道说我的工作就只限于伺候直夫？难道说……岂有此理？老头子简直侮辱女性，简直看轻女同志，这，这的确是不应当的！直夫病了，我是应当伺候他的，何况我爱他……我希望他的病赶快好，但是倘若说我的责任仅仅只限于伺候他……岂有此理！这简直是看不起我！……

秋华一方面感觉老头子的话是侮辱她，但一方面又想道：倘若我能把直夫的病伺候得好，他能早日健康起来，呵呵，那是多么愉快的事情呵！那是多么好的事情呵！我的亲爱的直夫，我的亲爱的老师！秋华真是爱直夫到了极点！她为着直夫不惜与从前的丈夫，一个贵公子离婚；她为着直夫不顾及一切的毁谤，不顾及家庭的怨骂；她为着直夫情愿吃苦，情愿脱离少奶奶的快活生涯，而参加革命的工作；她为着直夫……呵呵，是的，她为着直夫可以牺牲一切！

秋华爱直夫，又敬直夫如自己的老师一般。这次直夫的病发了，她几乎连饭都吃不下，她的丰腴的，白嫩的，团圆的面庞，不禁为之清瘦了许多。今天她本欲同华月娟一块去参加暴动的工作，但是他病重在床上，又加之老头子那般说，又加之自己也的确不放心……秋华不得已，只得在家里看护病的直夫。

秋华这时坐在床沿上，一双圆的清利的眼睛只向直夫的面孔望着；她明白这时直夫闭着眼睛不是睡着了，而是在沉思什么。她不敢扰乱他的思维，因为他不喜欢任何人扰乱他的思维。秋华一边望一边暗暗地想道：

"这个人倒是一个特别的人，他对于我的温柔体贴简直如多情的诗人一样；说话或与人讨论时，有条有理，如一个大学者一样；做起文章来可以日夜不休息，做起事来又比任何人都勇敢，从没惧怕过；他的意志如铁一般的坚，思想如丝一般的细。这个人真是有点特别！……他无时无地不想关于革命的事情……"

月娟日里已与几个女工看好了易于放火的地点，这是C路背后一处僻静的地方，有几间低矮的草房。月娟看好了，以为这是最易于放火的地点，但是在别一方面想道：这几间草房里住的是穷人，倘若把它烧了，那岂不是害了他们？我们是为着穷苦人奋斗的，现在我来烧穷苦人的房子，这么免有点不忍罢？……唉！这又有什么办法呢，为着革命的成功，为着多数人的利益，也只有任着极少数人吃点苦了。如果这一次暴动成功后，如果能把李普璋打倒，我一定提议多多地救恤他们，不然的话，我的良心的确也过不去。呵呵，是的，为着多数人利益的实现，少不得少数人要受一点痛苦的！

月娟稍微犹疑了一下，也就忍着心决定了。

时已是晚上七点钟的光景了，因为在大罢工的时期中，全市入于惊慌的状态，晚上的行人比平常要稀少一倍。月娟与两个年青的女工（还有其他的几个女工从别的路走向目的地）手持着燃料等物，偷偷地，小小翼翼地顺着僻静的路，走向预备放火的地点；月娟一边走着，一边想着，呵呵，倘若今天晚上能够成功，倘若我能把我的工作完成，这是多么愉快的事呵！真的，这是再愉快没有的！我们将统治上海，我们将要令帝国主义者，军阀，资本家看一看我们穷人的力量。我们组织革命的市政府，我们的党得领导一切的革命运动。至于我呢，我将指挥一切妇女运动的事情。月娟的全身心充满着热烈的希望，只希望明天的上海换一换新的气象。

"嘭！嘭！啪！啪！……"月娟听见炮声和枪声了，月娟知道他们在动作了。

"你们听见了么！"月娟回头向在她后边走的两位青年女工说。

"听见了。"

"我们走快一点罢！恐怕慢了来不及。"

"是的，我们应当走快一点！"

她们三人加快脚步，正走到 S 巷一个转拐的当儿，忽然迎头碰着了两个巡街的警察。糟糕的很！这两位荷枪的警察见着她们行色匆匆，各人手中都持着什么东西，不禁起了疑心，大声喝道：

"你们往哪里去？干什么的？"

警察不容分说，即上前来夺看她们手中的东西。这时一个手提煤油壶的青年女工见着势头不对，即把煤油壶向一个警察的脸上掼去，不料警察躲让得快，没有掼中，砰然一声落在地上，所有的煤油都流出来了，弄得煤油气令人难闻。别一个女工手中拿的是一个包子，她却把又一个警察的脸部打伤了。月娟意欲上前夺取警察的枪械，可是警察已经鸣起警笛来了，大家只得以逃跑为是。幸而是晚上，又加之这个转拐儿没有电灯，月娟三人得以安全逃脱，没有受伤。

　　事情是失败了，这真是糟糕的很！怎么办呢？没有办法！月娟跑到 T 路似觉没有危险的时候，才停住喘一喘气。回头一看，只有一个女工了，别一个女工却不知道跑到什么地方去了。月娟这时真是又羞又愤，说不出心中的情绪是什么样子。唉！糟糕！实指望能够达到目的，实指望能够……但是现在？现在完了！火放不着倒不要紧，可是莫不要因此误了大事？若误了大事，那我华月娟真是罪该万死！现在怎么办呢？预备好的东西都失掉了，若再去预备，已经是来不及了。唉！真是活气死人！……

　　现在到什么地方去呢？月娟定神一看，即时知道了这是秋华住的一条马路，秋华的住所就在前边，不远。月娟这时没有地方好去，遂决定到秋华的家里来。

　　这时秋华坐在床沿上，两眼望着直夫要睡不睡的样儿，心里回忆起她与直夫的往事：那第一次在半淞园的散步，那一日她去问直夫病的情形，那在重庆路文元坊互相表白心情的初夜，那一切，那一切……呵，光阴真是快呵！不觉已经是两年多了！抚今思昔，秋华微微地感叹了两声，秋华与直夫初结合的时候，直夫已经是病得很重了。但是到了现在？现在直夫还是病着，秋华恨不得觅一颗仙丹即时把直夫的病医好起来！秋华不但为着自己而希望直夫的病快些好，并且为着党，为着革命，她希望他能早日健全地工作起来。呵呵，他是一个很重要的人，他是一个很可宝贵的人！……秋华想到此地，忽听见有人敲门，遂欠起身来，轻轻地走下楼来问道：

　　"是谁呀？"

"是我，秋华！"

"呵呵！……"

秋华开门放月娟等进来，见着她俩是很狼狈的样子，遂惊异地问道：

"你们不是去……怎样了？"

"唉！别要提了，真是恨死人！……"

"究竟是怎么一回事？呵，上楼去再说罢！"

秋华等刚上楼未进直夫房子的时候，直夫已经老远问起来了：

"是谁呀，秋华？"

"直夫，是我，你还没有睡吗？"

"呵呵，原来是你，事情怎样了？"

月娟进到房内坐下，遂一五一十地述说放火的经过。直夫听了之后，长叹一声：

"糟糕！"

"这也是没办法的事情！"秋华插着说。

"你们晓得吗？我在这里睡在床上，听外边放炮放枪的情景，我感觉得今晚一定是不大妥当的。唉！没有组织好，少预备。"

室外远处还时闻着几声稀少的枪声，室内的几个人陷入极沉默的空气中。月娟觉得又羞又愤，本欲向大家再说一些话，但是再说一些什么话好呢？

五

　　当李金贵在茶馆里想起邢翠英的时候，也正是在杨树浦开工人大会上，邢翠英向工人演说的时候。男工和女工聚集了有五六千人，群众为一股热血所鼓动，如狂风般的飞腾。在群众的眉宇上，可以看出海一般深沉的积恨，浪一般涌激的热情。

　　杀李普璋！杀沈船舫！

　　打倒军阀！

　　打倒帝国主义！

　　工人有结社，集会，言论的自由！

　　大家团结起来，

　　不自由，毋宁死！……

　　呵呵！请你想想，在黑暗地狱过生活的上海工人，他们是如何地痛苦！他们要求解放的心情是如何地迫切！帝国主义者的铁蹄，军阀的刀枪，资本家的恶毒……呵呵！这一切都逼着被压迫的上海工人拼命为争自由而奋斗。是的，不自由，毋宁死，上海的工人所要求的不是免死，而是一点人的自由！……

　　会场是Ｋ路头一块广大的土场，会场内没有一点儿布置，连演说台都没有。会场内有一座二尺多高的小土堆，演说的人立在小土堆上；谁个愿意跑上说几句，谁个就跑上说几句，没有任何的议事日程。这一次的集会完全是偶然的，因为罢工了无事做，起先少数人集合在会场内讨论事情，后来越聚越多，越多越热烈。这个说走，我们去开会去；那个说走，我们去开会去；如此，就开了一个群众大会。只听见一片喧嚷声；这个喊一句："杀李普璋！"那个就和一句："枪毙沈船舫！"这个喊一句："打倒军阀！"那个就和一句："打倒帝国主义！……"跑上土堆的演说者，有的说了几句不明不白地就下来了；有的高声喊了几句口号；有的跑上去本想说几句话，但不知因为什么一句话也说不出来。

"邢翠英呢？请邢翠英说话，她会说。"有一个工人这样地喊着。

"呵呵，是的，请邢翠英说话。邢翠英！"别一个工人附议。

"呵呵，邢翠英来了！"

"…………"

果然，邢翠英从一群女工中走出来了。邢翠英登上土堆了。邢翠英这时的打扮当然与其他女工一样，没有什么特出的地方。头发蓬松着，老蓝布的旗袍，黑黑的面孔，一切一切，真的，没有什么出色的地方。但是，请你看一看她那一双发光眼睛！请你看一看她那说话时的神情！请你听一听她那说话的内容！……当她一登土堆时，群众的喧哗即时寂静下去了。她稍微向四处一看之后，即开始向群众说道：

"在上海惟有我们工人最吃苦头，吃的不好，穿的不好，简直连牛马都不如。处处都是我们的敌人，什么帝国主义者啦，军阀啦，资本家啦，那莫温啦，包打听啦……你们看看我们的敌人该有多少呢！现在我们大家应当齐起心来，团结得坚坚固固地才行，才能同敌人奋斗；不然的话，一人一条心，十人十条心，我们人虽多，可是永远要吃苦头的。我们要齐心，我们要坚持到底……"

邢翠英说到此处，群众都兴奋地高声喊起来。

"我们要齐心！我们要坚持到底！"

"谁个要不齐心，谁个就不是爷娘养的！"

"请别要吵？听她说好罢？乱叫什么呢？"有一个年老的工人这样地生着气说。

忽然会场的西南角喧嚷起来了：

"呵！工贼，小滑头，捉住！"

"在哪里呀？"

"别让他逃跑了！"

"哼！今天你可要倒霉了！你想逃命是万万不能的！"

"…………"

这一种纷乱的喧哗声打断了邢翠英的演说。翠英定神一看，几位工人拖住了一个人，蜂拥地走向演说台子这边来。翠英起初莫名其妙，甚为惊异，及这个人拖到跟前时，仔细地看一看，他原来是工贼绰号叫小滑头的，不禁心中大喜。呵呵！原来是他，原来是巡捕房和资本家的小走狗！原来是专门破坏工会陷害工人的工贼！原来是有一次要强奸我的混账东西！……呵呵！你也有今日！今日我教你看一看我们的厉害！……这时大家你说一句，我说一句，有的主张把他一刀一刀地割死，有的主张把他活活地打死，有的主张把他拖到粪池里淹死，有的主张把他用火烧死……结果，首先捉住小滑头的一位工人说道：

"我在他身边搜出一支手枪来，这支手枪大约是他用来对付我们的，以我的主张，现在我们可以用他自己的手枪将他枪毙，给他一颗洋点心吃一吃。你们看好不好？"

翠英见大家争议不休，遂向大家宣言道：

"大家这样地乱叫，到底也不知从谁个的主张好些。我现在来表决一下？请大家别要再叫了，好好地听清楚！赞成将小滑头枪毙的请举手！"

"呵呵！赞成，赞成！"

"枪毙小滑头！"

"呵！多数！枪毙小滑头！但是谁个动手呢？"

"我来，我来，让我来！"

"你不行，让我来！"

"还是让我来罢！"

"喂！别要闹！我看还是让王贵发动手罢，他的胆子大些。"

"赞成！……"

这时年青的，英气勃勃的，两眼射着光芒的王贵发将手枪拿在手里，即大声嚷道：

"请大家让开，我来把他送回老家去，包管他此后不再做怪了！"

穿着包打听的装束——带着红顶的瓜皮帽，披着大氅——的小滑头，这时的面色已吓得如白纸一般，大约三魂失了九魄，不省人事了。大家让开了之后，两个工人在两边扯着他的两只手，使他动也不能动。说时迟，那时快，王贵发将手枪举好，对着他的背心啪啪地连放两枪，扯手的两位工人将手一放，可怜小滑头就魂归西天去了。工人们大家见着小滑头已被枪毙，即大鼓起掌来，无不喜形于色，称快不置。惟有这时翠英的心中忽然起了一种怜悯的心情：好好的一个人为什么要做工贼呢？当他破坏工会陷害我们的时候，大约没曾想到也有今日。唉！小滑头呵！你这简直是自己害自己！……

真的，小滑头真是做梦也没做到有今日这么一回事！他的差使是专探听工人的消息，专破坏工人的机关；他领两份薪水，资本家当然需要他，即是巡捕房也要给他钱用。呵呵，真是好！差使这么容易，薪水又这么多，真是再好没有的勾当！可以轧姘头，可以逛窑子，可以抽鸦片烟，有的是钱用。呵呵，真是好差使！陷害几个工人又算什么呢？越陷害得多越有钱用，越可以多抽几口鸦片烟！真的，小滑头以为自己的差使再好没有了。这几天之内，他接连破坏了四个工会，致被捕的有十几个工人。今天他的差使又到了：工人在会场内集会，这大约又有什么事情罢，且去看一看！看一看之后好去报告，报告之后好领赏！……但是糟糕的很！小滑头刚挤入群众中，欲听邢翠英说些什么，不料被眼尖的几个工人认得了，于是乎捉住！于是乎大家审判！于是乎枪毙！工人公开地枪毙包打听，这是上海所从来没有的事，小滑头又哪能料到今天死于群众的审判呢？

"天不早了，我们大家散会罢！"邢翠英向大家高声喊着说。大家听了邢翠英的话，遂一哄而散了。当巡捕闻讯赶来拿人的时候，会场内已无一个工人的影子，只有直挺挺地躺着一个面向地下的尸首。

"为什么还不回来呢？莫不是？……这枪声，这炮声，也许他现在带领人去攻打龙华去了？警察署也不知抢到了没有？……"

翠英斜躺在床上，一颗心总是上上下下地跳动。往日里金贵也有回来很晏的时候，也会整夜地不回来，翠英总没有特别为之焦急过。但是今天晚上，这一颗心儿总是不安，总是如挂在万丈崖壁上也似的。翠英本想镇定一下，不再想关于金贵的事情，但是这怎么能够呢？翠英无论如何不能制止自己的一颗心不为着金贵跳动！翠英忽而又悔恨着：我今天为什么不要求同他一块儿去呢？我又不是胆小的人，我也有力气，我难道说不如男子吗？我为什么不同他一块儿去，如果我同他一块儿去，那么我俩死也死在一起，活也活在一起，这岂不是很好吗？是的，我应当同他一块儿去！但是现在？真急人，也不知他是死还是活！唉！我为什么不同他一块儿去呢？……

且拿一本书看看！翠英无奈何伸手从桌子上拿一本《共产主义的 ABC》，欲藉读书把自己的心安一安。"资本主义的生产方法……资本的集中与垄断……剩余价值……"糟糕的很！看不懂！什么叫做生产方法，集中，垄断？这剩余价值……唉！弄不清楚！……这时翠英微微地叹了一口气，想道：可惜我没进过学堂！可惜我没多读几年书！如果我能够看书都懂得，呵呵，这是多么好的事情呵！史兆炎同志送我这一本书教我读，向我说这一本书是怎样怎样地好。唉！他哪里知道我看不大懂呀？我的文理太浅呀？……没有办法！明天华月娟来的时候，一定要求她向我解释，详详细细地解释。她一定是很高兴向我解释的。她真是一位好姑娘！那样的和蔼，那样的可爱，那样的热心，呵，真是一位好的姑娘！如果我能如她一样的有学问……千可惜，万可惜，可惜我没好好地读过书。金贵呢？糟糕，他还不如我！我能够看传单，看通告。而他？他连传单通告都弄不清楚。如果他也进过几年学堂，那么做起事情来，有谁个赶得上他呢？

翠英想着想着，把书扔在一边，不再去翻它了。没有兴趣，反正是看不懂。翠英虽然在平民夜校里读过半年多的书，虽然因为用功的原故也认识了很多的字，虽然也可以马马虎虎地看通告，但是这讲学理的书？这《共产主义的 ABC》？翠英未免程度太浅了，至于金贵呢？他几乎是一个墨汉。他很明白工人团结的必要，阶级斗争之不可免及资本制度应当打倒等等的理论，但是他所以能明白这些的，是由于他在实际生活中感觉到的，而不是因为他读过马克斯的《资本论》或列宁的《国家与革命》。如果他李金贵，如果她邢翠英，能够读这些书；呵，那么你想想，他俩将成了什么样子！……

嘭啪的炮声和枪声又鼓动了她关于金贵的想念：也许他现在带领着人正向龙华攻打？也许将要把龙华占住了？……呵呵，倘若今夜能够成功，那么明天我们就可以组织革命的市政府；我们一定要把一切走狗工贼严重地处治一下。翠英想到这里，杨树浦会场上枪毙小滑头的情形不禁重新涌现于脑际了。翠英不禁安慰地微笑了一笑，这个混账东西也有了今日！那一年他当工头的时候想强奸我，幸亏我的力气还大，没有被他污辱。唉！他该污辱了许多女工啊！真是罪该万死的东西！近来他专门破坏我们的工会，几个很好的工人同志都被他弄到巡捕房里去了。今天他也不知发了什么昏，又来到会场内做怪，大概是恶贯满盈了！呵，用他自己的手枪把他枪毙了，真是大快人心的事情呵！

　　但是金贵今天晚上到底是怎样了呢？也许有什么不幸？唉！我真浑蛋！我为什么不同他一块儿去呢，死应当在一块儿死，活应当在一块儿活……

　　翠英这一夜翻来覆去，一颗心总系在金贵的身上，无论如何睡不着。

　　早晨六点钟的光景，卖菜的乡人还未上市，永庆坊前面的小菜场内寂无一人。雨是沙沙地下着。喧哗的上海似乎在风雨飘零的梦里还没醒将过来。这时没有带雨具的华月娟光着头任着风雨的吹打，立在邢翠英住的房子的门前，神色急促地敲门！

　　“开门！开门！”

　　翠英一夜没睡，这时正在合眼入梦的当儿。忽又被急促的敲门声所惊醒了。好在翠英昨晚临睡时没有解衣带，这时听着敲门，即连忙起来将门开开一看：

　　“我的天王爷！你是怎么啦？大清早起你就浑身淋得如水老鸹一样！你这样也不怕要弄出病来吗？……”

　　奇怪的很！月娟本是预备来向翠英报告金贵死难的消

息——呵！好一个不幸的消息！——却不料这时见了翠英的面，连一句话也说不出来。她进屋来坐下，只呆呆地两眼向着翠英望，把翠英望得莫名其妙。月娟今天早晨是怎么啦？难道说疯了不成？为什么弄成了这个怕人的样子？……

"月娟！你到底是怎么一回事呀，请你说个明白！我的天王爷！"

月娟并没有发疯！她这时见着翠英的神情，心中如火烧也似的难过，她本想即时将金贵死难的消息报告翠英；但是转而一想，难道说这种不幸的消息能报告她吗？她听了之后岂不是要发疯吗？她的心岂不是要碎了吗？呵呵，不可以，不可以使她知道！但是她终久是要知道的，哪能够瞒藏得住呢？……翠英的心没碎，而月娟的心已先为之碎了！月娟真是难过的很，她找不出方法来可以使翠英听到了消息之后不悲痛。

"你还不知道吗？"月娟说出这句话时，几乎要流出眼泪来。

"我还不知道什么呀？月娟？"翠英即时变了色，她已经猜着有什么大不幸的事件发生了。她惊恐起来了。

"金贵昨日下午在警察署被……打……打死了！"月娟这时已经忍不住要呜咽起来了。翠英没有等月娟的话说完，即哎哟一声吐了一口鲜血，晕倒在床上，不省人事。月娟这一吓却非同小可，连忙伏在翠英的身上，将她的头抱着，哭喊道：

"翠英！翠英！我的亲爱的翠英！你醒醒来呀！"

翠英在月娟的哭喊中，慢慢地苏醒过来。她将眼睛一睁，见着月娟的泪面，又忆起适才月娟所说的话，不禁放声痛哭起来。月娟见她已苏醒过来，心中方安静一点，便立起身来，在翠英的身边坐着。月娟本想说一些安慰的话，使翠英的悲痛略为减少一点。但说什么话好呢？什么话可以安慰这时翠英的痛苦的心灵？月娟只得陪着翠英痛哭，只得听着翠英痛哭。大家痛哭了半晌，最后还是月娟忍着泪说道：

"翠英！我知道你是很悲痛的。不过你要晓得，金贵是为着革命死的，这死的也值得。况且我们又都是革命党人，哪能像平常人一样，就一哭算了事呢？我想，我们的工作还多着呢。我们应当好好地奋斗，为死者报仇才是！……"

翠英听了月娟的话，也就忍住不哭了。她向月娟点一点头，肯定地说道：

"是的，月娟！我们要为死者报仇，尤其是我！我不替金贵报仇，我就枉与他做了一场恩爱的夫妻。是的，月娟！我要报仇，一定地，一定地……"

"呵，我的全身都湿透了，我要回去换衣服去，真别要弄出病来才好呢。"月娟忽然觉得全身被湿气浸得难受，便立起身来要回去。翠英也不强留她。在她刚走出门的当儿，翠英忽然问道：

"月娟！你看我邢翠英怕死么？"

"当然不是怕死的人！"月娟回过头来，向翠英看了一眼，见着她脸上表现着微笑的神情，不禁心中怀疑起来，捉摸不定。翠英接着又问一句：

"你将来还记得我邢翠英么？"

这一句话更弄得月娟莫名其妙了！为什么她糊里糊涂地向

我说这些话来？难道说她现在心中打了什么主意？自杀？不
会！绝对不会！她不是这样没见识的人。但是她究竟为什么要
向我说这些话呢？奇怪！……月娟越弄得怀疑起来了。但是同
时又不得不回答她：

"翠英！我无论何时何地都是不能忘记你的！"

"那么就好！再会罢！"

翠英说了这两句话就把门关上了。怀疑不定的月娟本想再
问翠英一些话，但是一片木板门却把翠英的身影隔住了。

月娟走了之后，翠英在屋里简直如着了魔的样子。忽而将
壁上挂着的她与金贵合拍的小照取下来狂吻一番；忽而将牙齿
啮得吱吱地响；忽而向床上坐下，忽而将两脚狠狠地跺几下；
忽而将拳擂得桌子咚咚地响；忽而……总而言之，翠英直如着
了魔一样。

翠英这时两眼闪射着悲愤的光，但并不流泪了。她这时并
不想别的，专想的是报仇。呵呵！我应当报仇！我应当为我的
亲爱的丈夫报仇！我应当为世界上一个最好的人报仇！我应当
为一个最忠实的同志报仇！反正你死了，我不能再活着，我的
亲爱的金贵呵！你等一等罢！你的翠英也就快跟着你来
了！……

但是谁个把金贵打死了呢？谁个是金贵的仇人呢？我邢翠
英应当去找谁呢？唉！一个样！反正是他们一伙——帝国主义
者，军阀，资本家，小走狗！我要杀完一切帝国主义者，军
阀，资本家及一切的小走狗！我把他们杀完了才称我的意！但

是这个题目太大了，我现在办不到。我还是到北区警察署去罢！是的，我到北区警察署去，我去把那些警察狗子统统都杀光！都杀光了，才能消我的愤恨于万一！是的，我去杀，杀他们一个老娘子不能出气！

但是用什么家伙呢？手枪是再好没有的了，但是我没有。我去借一支来罢，但是向谁去借呢？他们看见我这种神情，一定是不会借给我的。呵呵，没有法子，我只有用菜刀！这菜刀也还不错，一下子就可以把脑袋劈成两半！我跑进去左一菜刀，右一菜刀，包管杀得他们叫我老娘！好，就是菜刀好！也许菜刀比手枪还要好些呢。

翠英把主意打定了。

翠英将菜刀拿到手里时，用手试一试口，看看它快不快。幸而菜刀的口是很快的，这使翠英高兴的了不得。我什么时候去呢？我现在就去罢？……翠英想到此处，忽而又想到，我要不要打兆炎月娟他们一声照会？我是应当打他们一声照会的罢？不然的话，他们又要说我单独行动了。不，还是不去通知他们好，他们一定是要阻拦我的，一定是不允许我的。通知了他们反来有许多麻烦，那时多讨厌呢。现在也顾不得他们允许不允许我了，我只是要报仇呵！……

翠英将菜刀放在腰间别好，连早饭都忘掉吃，即时出门，冒着雨走向北区警察署来。这时街上已经有很多的行人了，小菜场也渐渐地喧哗起来，但翠英却没注意到这些。当她一口气跑到警察署的门口时，两个站岗的警察还没觉察到；翠英趁着他们不在意，冷不防就是一菜刀，把一个警察的脸劈去半个，登时倒在地下。别一个警察见着翠英又向自己的脸上劈来了，吓得魂不附体，简直跑也跑不动了。说时迟，那时快，翠英连劈几菜刀，也就把他送了命。这时血水溅得翠英满脸，简直变成一个红脸人了。有一个警察从门内刚一伸出脚来，见着翠英的神情，连忙回转头来跑进去，如鬼叫一般地喊道：

"不好了，不好了，一个疯女人持着菜刀将两个警察砍死了……"

翠英本想趁胜追进去，杀他一个落花流水，无奈屋内的警察听着喊叫的声音，已经急忙预备好了，当翠英跑进屋内院子的时候，里边的警察齐向她放起枪来，弹如雨下，可怜一个勇敢的妇人就此丧命了！

就此，翠英永远地追随着金贵而去了！……

六

昨夜的暴动算是失败了。

林鹤生腿上中了一枪，现在躺在床上。床上铺着的一条白毯子溅满了殷红的血痕，一点一点地就如桃花也似的。他的手上的血痕已经紧紧地干凝住了，没有工夫把它洗去。伤处并不很重，林鹤生这时虽然躺在床上不能动，虽然感觉到伤处痛得难受，但他并不因此而发生一点伤感的心理。他睁着两只失望的眼睛向着天花板望，口里继续地发出悲愤的哼声。他悲愤的不是自己腿上受了伤，不是现在躺在床上不能动，而是悲愤昨夜的事情没有组织好，致不能达到成功的目的；而是悲愤鲁正平同志做事粗莽，因为他一个人误了大事。

　　计划本来是预定好的：海军 C 舰先向龙华放炮；浦东码头预备好三百工人在一只小轮上等着，闻着炮声之后，即驶往 C 舰取枪械，枪械取了之后，即攻向岸上来；西门徐家汇一带埋伏起来响应。但是当海军发难的时候，接连放了十几炮，而一等浦东的三百人也不来，再等也不见到，如此海军的同志慌起来了。不好了，出了什么乱子！计划是不能实现了！没有办法！逃跑！……于是整个的计划完全失败。这当然都是鲁正平的不是！他担任了领带这三百人的工作，而临时都不能依着计划进行，等他最后集合了六七十人的时候，而海军同志无奈何早已逃跑了。

　　"唉！这都是鲁正平的不是！这都是他一个人把事情弄糟了！哼！……"林鹤生越想越生气，真是气得要哭起来。他恨不得即时把鲁正平打死才能如意。倘若林鹤生腿上的伤是鲁正平无意中所打的，或是鲁正平骂他几句，或是鲁正平仅仅对于他一个人做了什么不好的事情，那么林鹤生都可以原谅他；但是这遗误大事？但是这破坏革命？……这个过错太大了，林鹤生无论如何不能饶恕他。林鹤生想道，倘若鲁正平能够临时把那三百人预备好，倘若他能够依着计划进行，倘若他不粗心，那昨夜的暴动一定可以成功，倘若成功了，那今天是什么一种景象呢？呵！那该是多么好的一件事情呵！但是他一个人把大事弄糟了！真是浑蛋已极！可恨！……

　　林鹤生转而一想，这还是我自己的不是！我为什么要信任他？我为什么要提议他去担任这个工作？我为什么没有看出他不是一个能做事的人？唉！这都是我自己的不是，我自己浑蛋！想起来，这倒是我林鹤生把事情弄糟了！这次暴动算我与史兆炎同志主张最激烈了。总罢工的命令是我亲手下的，但是现在？现在这倒怎么办呢？几十万罢工的工人，男女同志牺牲了许多，而结果一点儿也没有。李普璋还是安安稳稳地坐着，帝国主义者将要在旁边訾笑。唉！这倒怎么办呢？复工，这样随便地就复工！一点儿结果都没有就复工？……唉！总都是我浑蛋！我应当自请处分！这总工会的事情我也不能再干了，我没有本事，我是一个浑蛋，我遗误了大事……林鹤生想着想着，不禁受了良心的责备，脸羞得红起来了。

"你现在怎么样了？"

林鹤生想得入迷，没有注意到什么的时候，史兆炎走到他的床跟前来。他听了这一问，不禁惊得一跳，看看是史兆炎立在他的床跟前，便回答道：

"没有什么，伤处并不重。"

"痛得很罢？"

"痛不痛倒不大要紧。我觉着我现在的心痛。你想想我们这一次不是完全失败了吗？我们倒怎么办呢？我是浑蛋！都是我的不是！……"

"鹤生！你这才是胡说呢，"史兆炎向床沿坐下，拉着林鹤生的左手这样说，"为什么都是你一个人的不是呢？我呢？天下的事情有成功就有失败。事情未成功时，我们要它成功；既然失败了，我们就要找一个失败后的办法。灰心是万万使不得的！我们都自称为波尔雪委克，波尔雪委克的做事是不应当灰心的。你这样失败了一下，就灰起心来，还像一个波尔雪委克吗？"

"依你的意思，我们到底怎么办呢？"

"怎么办？还有别的办法吗？只有复工！"

"复工？这样随便地就复工么？有什么面目？"鹤生很惊异地问，似乎要欠身坐起来的样子。史兆炎很安静地回答他道：

"所谓复工并不是就停止进行的意思。我们一方面劝工友们复工，一方面我们再继续第二次的武装暴动。我们要预备好，我们要等时机，这一次所以没成功，也是因为没有组织好的原故。我即刻就召集紧急会议，讨论复工的办法。你安心养你的病罢！你要不要进医院？进医院去养比较好些罢？"史兆炎立起身来要走了。林鹤生向他摇头说道：

"不要紧，不用进医院，过几天就会好了。你又要代我多做一点事情了。唉！你的病，我真不放心！……"

"革命是需要这样的，这又有什么办法呢？……"

旧的开会的地方被法巡捕房会同中国警察厅封闭了。今天的会议室虽然如旧的会议室一般的狭小，但是已轻不是旧的地方了。革命党人开会的地方，不瞒你们说，几乎一日之间要变更许多次，上海虽然这样大，房子虽然这样多，但是什么地方是革命党人经常集会的处所？没有！中国的警察，外国的巡捕，耳尖眼快的包打听，他们简直都不给革命党人能够安安稳稳地住在一个地方，何况是经常会议室？是的，在这些天之内，戒严戒得特别凶，革命党人的行动更要特别地秘密，开会的地方当然更要时常换才对。

会场的景象还是如五日前在 W 里 S 号的前楼上一样。人数是这般地多，而地方是这般地狭小！不过这次与会的人中，有几个是前次没有到会的，而前次到会的人中，如今却缺少了几个。哪一个是前次说话最激烈的李金贵？哪一个是前次与华月娟一块坐在床上的邢翠英？哪一个是前次当主席的，一个貌似老头儿的林鹤生？……

"人数到齐了，我们现在就正式宣布开会。"史兆炎从地板上立起来，手里拿着一张议事日程，向大家宣布开会道："在未讨论正的问题之先，我请大家立起来静默三分钟，追悼这一次死难的同志！"史兆炎说完这几句话，脸上呈现出极悲哀极严肃的表情。众人即时都立起来，低着头，弄得全室内充满了凄惨寂默的空气。心软的华月娟这时忆起李金贵和邢翠英来，不禁哽咽地哭起来了。

"好，大家坐下罢！"史兆炎看了表向大家宣布三分钟满了，大家又重新默默地坐下。"这次最可痛心的，是死了我们两位最忠实，最有力量的同志——李金贵同志和邢翠英同志。我们失了这两位好的同志，这当然是不可以言语形容的损失；但是这又有什么办法呢？我们只有继续他们的工作，踏着他们所走过的血路，努力将我们敌人打倒！……"

唉！讨厌！史兆炎说到此处又咳嗽起来了。他的黄白色的面庞，又咳嗽得泛起了红晕。这时坐在他旁边的华月娟两只眼睛只看着他那咳嗽得可怜的情形，她的一颗心真是难受极了。

她真愿意代替他说话；但是她想道，我怎能代替他说话呢？他的言论可以使一切听的同志都能佩服，但是我？……唉！可惜我没有他那演说的才能！如果我能够代他的劳呵，我无论什么都愿意做；但是不能！唉！你看他咳嗽的样子多么可怜呵！我的一颗心都被他咳嗽得痛了。但是等到咳嗽稍微停止了，他还是继续地极力说将下去。

他解释这次暴动所以失败的原因。他说，这次暴动虽然没有成功，但我们从此可以得到经验，如有些同志遇事慌张，手足无措；有些同志拿着手枪不会放；有些同志平素不注意实际的武装运动，而现在却觉悟有组织的武装运动之必要了。他说，失败乃成功之母，千万别要因一时的失败而就灰了心。他说，我们现在只得复工……

"怎么？复工？一点儿结果都没有，就这样随随便便地复工？"忽然一个年青的工人起来反对史兆炎的主张。史兆炎向他看了一看，遂和蔼地向他说道：

"请你坐下，别要着急，听我说。所谓复工并不是说工一复了，什么事情都就算完了。不，我们还是要继续地干下去。不过现在北伐军还不知什么时候才能到上海来，我们究竟是很孤立的，不如等待时机，一方面复工，一方面仍积极预备下去。我请大家千万别要以为我们现在就这样复工了，似乎于面子过不过去。同志们！我们千万要量时度势，切不可任着感情干下去！我们宁可暂时忍一忍，以预备将来，绝对不可为着面子问题，就不论死活硬干下去！……"

当前次史兆炎向大家提议总同盟大罢工时，没有什么人反对他的意见，可是现在他提出复工的意见来，却有许多同志不赞成了。真的，面子要紧；这样不明不白地复了工，岂不是很难为情吗？我们的脸往什么地方送呢？被捕的同志又怎么办呢？不，绝对地不可以复工！面子要紧哪！……有几个工人代表表示无论如何，不愿意复工。史兆炎这时真是着起急来了；看现在的形势非复工不可，非复工不可以结束，而他们不愿意复工，这倒怎么办呢？……史兆炎费了九牛二虎之力，这样一解释，那样一解释之后，才把主张不复工的同意说妥，表示不再反对了。

"那么就决定明天上午十时一律复工。"史兆炎说到此地，正欲往下说的时候，忽然又有一个工人同志立起来说道：

"我对于复工不复工没有什么大意见，我以为复工也可以，可是我要向区委员会要求一件事，就是我们工人受工贼和包打听的害太多了，区委员会要允许我们杀死几个才是。"

"呵呵，黄阿荣同志说的对，我们一律赞成！"有几个工人表示与提议的黄阿荣同意。史兆炎这时又咳嗽起来了，只点头向大家表示同意，等到稍微安静一下，遂断续地向大家说道：

"关于这件事……要……组织一个……一个特别委员会……"

华月娟立起来很低微地向史兆炎问道：

"我们可以散会了吗？"

史兆炎点一点头，表示可以散会的意思。华月娟这时真是不愿意会议再延长下去了，因为看着史兆炎的样子，实在没有再多说话的可能了。

　　史兆炎现在真是应当休息了！这几天他简直一天忙到晚，简直有时整夜不睡觉。就是一个平常身体强健的人，也要劳苦出病来了，何况史兆炎是一个身体衰弱的人？是一个有肺病的人？但是史兆炎几乎不知道休息是什么一回事，还是跑到这个工会去演讲，跑到那个工会去报告；一方面向群众解释这一次运动失败的原因，一方面使群众明了复工的意义。史兆炎的身体真是经不得这种劳苦了，他自己又何尝不感觉到这个？但是革命是需要这样的，这又有什么办法呢？史兆炎这个人似乎是专为着革命生的，你教他休息一下不工作，那简直如劝他不吃饭一样，他无论如何是办不到的。

　　史兆炎的身体究竟不是铁打的。纵使史兆炎的心是如何地热烈，是如何地想尽量工作，但是病魔是不允许他的。史兆炎的肺病是很重的了，哪能这样地支持下去呢？

　　果然史兆炎咯血的病又发了！史兆炎又躺在床上不能动了！

　　昨天晚上他从纱厂工会演说了回来的时候，已经觉得不对了，浑身发烧起来，一点饭也吃不下去，无论如何再也支持不住，只得勉强解了衣向床上躺下。他几乎咳嗽了一夜，烧了一夜，今天早晨才略微好一点，才昏昏地睡去。月娟这两天一颗心完全系在他的身上，她早想劝他暂且找一个同志代理，好休息一下，免得把病弄得太坏了；但是她知道他的脾气，不好意思劝他，又不敢劝他。月娟只是暗暗地为史兆炎担心。月娟对于史兆炎的爱情，可以说到了极高的一度，但从没向他表示过。这也是因为没有表示的机会，平素两人见面时，谈论的都是关于党的事，哪有闲工夫谈到爱情身上来呢？月娟是一个忙人，史兆炎也是一个忙人，工作都忙不了，真的，哪还谈到什么爱情的事呢？但是月娟实在是爱史兆炎，月娟实在暗暗地把史兆炎当成自己唯一的爱人。至于史兆炎呢，史兆炎也常常想道，呵，好一个可爱的姑娘！这般地勇敢，这般地忠实，这般地温和！呵！好一个可爱的姑娘！……可是史兆炎对于工作虽勇敢，而对于表示爱情一层，却未免有点怯懦了。他何尝不想找一个机会向月娟说道："月娟！我爱你。"可是他每一想到月娟的身上，不觉地脸红起来，又勉强转想道，现在是努力工作的时候，而不是讲什么恋爱的时候……

月娟无论如何不能放心史兆炎的病。前天她在会场中看见史兆炎病的样子，真是为之心痛。昨天一天她没与史兆炎见面，这使她几乎坐卧都不安。昨夜史兆炎咳嗽紧促的时候，即是月娟在床上翻来覆去睡不着，想念史兆炎病的时候。真的，月娟昨夜可以说一夜没有闭眼。她不曾晓得史兆炎已病在床上不能动了，但是她感觉得似乎有什么不幸的事情要发生的样子。

月娟住的地方与史兆炎住的地方是在一个弄堂里，而隔着几十家人家。今天清早，月娟洗了脸之后，连早饭都没有吃，即忙跑到史兆炎的住处来看他。月娟进入史兆炎的屋子时，史兆炎刚才昏昏地睡去。月娟脚步轻轻地走向史兆炎的床跟前来，想看看史兆炎的面色是什么样子；忽低头一看，痰盂内呈现着红的东西，再躬着腰仔细一看，不禁失声叫道：

"我的天王爷。他又吐了这些血呵！"

这一叫可是把史兆炎惊醒了。史兆炎睁开朦胧的两眼一看，看见月娟呈现着惊慌的神色立在床边，不禁惊异地问道：

"你，你怎么啦？"

"我的天王爷，你又吐了血了！"

史兆炎听了这话，两眼楞了一楞，遂即将头挪到床沿向下一看，又转过脸来向月娟痴痴地望着，默不一语。这时月娟已向床沿坐下来。两人对望了两分钟，忽然史兆炎凄惨地，低微地说了一句：

"月娟！难道说我真就快死了吗？"

"你说哪里话来？谁个没有病的时候呢？"月娟说完这一句话，两眼不禁潮湿起来了。她这时一颗慈柔的心，一颗为史兆炎而跳动的心，简直是痛得要碎了。

"月娟！我的年纪还轻，我的工作还有许多没有做，但是，我现在已经弄到了这个样子！……"

月娟只是望着史兆炎那一副惨白的面孔，只是在他那可怜的眼光中探听他的心灵，但是找不出话来安慰他。月娟愿意牺牲一切，只要史兆炎的病能够好。可是她这时被悲哀痛苦怜悯的情绪所笼罩着了，说不出安慰史兆炎的话来。史兆炎沉默了一下又继续说道：

"说也奇怪！我现在忽然莫名其妙地怕起死来了。我现在的一颗心，月娟，倘若你能听着它的跳动呵……唉！我简直说不出来我现在的心里是什么味道！我从没怕过死，但是现在？真是奇怪得很！我想起我在巴黎打公使馆的时候，与国家主义者血斗的时候，我总没怕过死。回国这两三年来，我也曾冒了许多次险，有一次在北京简直几乎被奉军捉住枪毙了，但我从没起过害怕的心理。大前天晚上有一粒子弹从我的耳边飞过，我也还不在意。但是现在？唉！现在这一颗心真是难受极了！难道说我真的就要死了吗？……"

月娟坐着如木偶一样，两眼还是痴痴地继续向史兆炎望着。史兆炎现在将脸转向床里边了。沉默了一忽，又发出更令人心灵凄惨的声音：

"我真是不愿意死！我想再多活着一些时。我觉得我年纪还轻，我不应当现在就死了！……"

月娟还是沉默着。史兆炎忽然将脸转过来，伸出右手将月娟的左手握着，两眼笔直地向月娟问道：

"月娟！我可以向你说一句话么？"

这一问可把月娟惊异着了。月娟发出很颤动的声音说道：

"你说，你说，兆炎！什么话呢？"

"唉！现在说已经迟了！……"史兆炎又失望地叹了一句。

"不迟，不迟呀！你快说！究竟是一句什么话呢？"

"我可以说一句我爱你吗？"史兆炎很胆怯地这样说。

"我的天王爷！你为什么现在才向我表示呢？"月娟一下扑在史兆炎的身上哭着说道："兆炎，我的亲爱的兆炎！我爱你，我爱你！我不允许你死！你的病是一定可以好的，你的生命还长着呢！……"

这时史兆炎惨白的面庞忽然荡漾起了幸福的微笑的波纹。一颗几乎要死去的心，现在被爱水的浸润，忽然生动过来。史兆炎一刹那间把自己的病忘却了。史兆炎满身的血管为希望的源泉所流动了。史兆炎这时被幸福的绿酒所沉醉了。

"是的，我的亲爱的月娟！我的病是一定可以好的！……"

七

秋华今天清早就到浦东开会去了。直夫的病现在略微好一点，所以她能暂时地离开他。直夫的病固然要紧，而对于秋华这党的工作也不便长此放松下去，秋华很愿意时时刻刻在直夫的身边照护他，但每一想到老头子的话，"秋华！你能够把直夫的病伺候好了，这就是你的一件大功劳！直夫对于党是很重要的，你可以不做别的事，只好好地看护他就得了……"心中的确有点不平。她想道，老头子都好，可是有点看不起我们女子。直夫对于党固然是很重要的，但是难道说我对于党就不重要么？难道说我的责任就在于伺候直夫的病？老头子简直岂有此理！……因为这个原故，秋华心里虽然很愿意时时刻刻不离开直夫的左右，但是一种好胜的本能使她偏偏不照着老头子的话做去。她要在同志面前表示自己的独立性来：你看，我秋华不仅是做一个贤妻就了事的女子，我是一个有独立性的，很能努力革命工作的人！但是虽然如此，秋华爱直夫的情意并不因之稍减。

秋华今天可说是开了一天的会。等到开完了会之后，她乘着电车回家的时候，已经是下午四点多钟的光景了。她今天的心境非常愉快：第一，她今天做了许多事情；第二，她感觉到女工群众的情绪非常的好，虽然在暴动失败之后，她们还是维持着革命的精神，丝毫没有什么怨悔或失望的表现。她想道，呵呵，上海的女工真是了不得呵！革命的上海女工！可爱的上海女工！也许上海的女工在革命的过程中比男工还有作用呢。……真的，她常常以此自夸。第一，她自己是一个女子；第二，她做的是女工的工作。女工有这样的革命，她哪能不有点自夸的心理呢？

秋华有爱笑的脾气。当她一乐起来了，或有了什么得意的事情，无论有人无人在面前，她总是如天真烂漫的小姑娘一样，任着性子笑去。当她幻想到一件什么得意或有趣的事情而莞然笑的时候，两只细眼迷迷的，两个笑窝深深的，她简直是一个天真烂漫的小姑娘。今天她坐在电车上回忆起日间开会的情形，不禁自己又微笑起来。她却忘记了她坐在电车上，她却没料到她的这种有趣的微笑的神情可以引得起许多同车人的注意。一些同车的人看着秋华坐在那车角上，两眼向窗外望着，无原无故地在那里一个人微笑，不禁都很惊奇地把眼光向她射着。她微笑着微笑着，忽然感觉到大家都向她一个人望着，不禁脸一红，有点难为情起来。她微微有点嗔怒了，她讨厌同车人有点多事。

电车到了铭德里口，秋华下了车，走向法国公园里来。她在池边找一个凳子坐下，四周略看一眼之后，深深地呼吸了几口气。这时微风徐徐地吹着，夕阳射在水面上泛出金黄色的波纹；来往只有几个游人，园内甚为寂静。杨柳的芽正在发黄，死去的枯草又呈现出青色来——秋华此刻忽然感觉到春意了。秋华近来一天忙到晚，很有许久的时候没有到公园里来了。今天忽然与含有将要怒发的春意的自然界接近一下，不觉愉快舒畅已极，似乎无限繁重的疲倦都消逝了。她此刻想到，倘若能天天抽点工夫到此地来散一散步，坐坐，那是多么舒畅的事情呵！可惜我不能够！……秋华平素很想同直夫抽点工夫来到公园内散散步，但这是不可能的事情：公园内的游人多，倘若无意中与反动派遇见了，那倒如何是好呢？直夫是被一般反动派所目为最可恶的一个人。直夫应当防备反动派的陷害，因此，他与这美丽的自然界接近的权利，几乎无形中都被剥夺了。倘若直夫能够时常到这儿来散散步，呼吸呼吸新鲜的空气，那么或者他的病也许会早些好的，但是他不可能……秋华想到此处，忽然自言自语地说道，我今天一天不在家，也不知道他现在是怎样了？我应当快点回去看一看。是的，我不应当在此多坐了！

于是秋华就急忙地出了公园走回家来。

在路中，秋华想道，也许他现在在床上躺着，也许在看小说，大约不至于在做文章罢。他已屡次向我说，他要听医生的话，好好地静养了。是的，他这一次对于他自己的病有害怕了，有点经心了。他大约不至于再胡闹了。唉！他的病已经很厉害了，倘若再不好好地静养下去，那倒怎么办呢？……不料秋华走到家里，刚一进卧室的时候，即看见直夫伏着桌子提笔写东西，再进上前看看，呵，原来他老先生又在做文章！秋华这时真是有点生气了。她向桌子旁边的椅子坐下，气鼓鼓地向着直夫说道：

"你也太胡闹了！你又不是一个不知事的小孩子！病远没有好一点，你又这样……唉！这怎能令人不生气呢？你记不记得医生向你怎么样说的？"

直夫将笔一搁，抬头向着秋华笑道：

"你为什么又这样地生气呢？好了，好了，我这一篇文章现在也恰巧写完了。就是写这一篇文章，我明天绝对不再写了。呵，你今天大约很疲倦了罢？来，来，我的秋华，来给我kiss 一下！千万别要生气！"

直夫说着说着，就用手来拉秋华。秋华见他这样，真是气又不是，笑又不是，无奈何只得走到他的身边，用手抚摩着他的头发，带笑带气地问道：

"是一篇什么文章，一定要这样不顾死活地来写呢？"

"这一篇文章真要紧，"直夫将秋华的腰抱着，很温柔地说道："简直关系中国革命的前途！这是我对于这一次暴动经过的批评。你晓得不晓得？这次暴动所以失败，简直因为我们的党自己没有预备好，而不是因为工人没有武装的训练。上海的工人简直到了可以取得政权的时期，而事前我们负责任的同志，尤其是鲁德甫没有了解这一层。明天联席会议上，我们一定要好好地讨论一下。……"

"你现在有病，你让他们去问罢！等病好了再说。"

"我现在没有病了。我是一个怪人，工作一来，我的病就没有了。"

"胡说！"

"我的秋华！你知道我是一个怪人么？我的病是不会令我死的。我在俄文学院读书的时候，有一次我简直病得要死了，人家都说我不行了，但是没有死。我在莫斯科读书的时候，有一次病得不能起床，血吐了几大碗，一些朋友都说我活不成了，但是又熬过去了。我已经病了五六年，病态总是这个样子，我有时想想，连我自己也觉得奇怪，我能带着病日夜做文章不休息。我的秋华！你看我是不是一个怪人呢？"

秋华听了他这段话，不禁笑眯眯地，妩媚地，用手掌轻轻地将他的腮庞击一下，说道：

"呵！你真是一个怪人！也许每一个真正的革命党人都有一种奇怪的特点。不过像你这样的人，我只看见你一个……"

第二天下午两点钟。

在一间木器略备的形似办公室里，开始了中央与区委的联席会议。腿伤还未痊愈的林鹤生做了一个简要的关于此次暴动的报告。他报告了之后，请党部与以处分，因为他承认自己实在做了许多错误。大家都很注意地听着。大家都似乎有很多的意见要发表，但没有一人决定先发言，都只向郑仲德（即秋华所呼为老头子的）望着，似乎一定要等他先发言的样子。郑仲德这时右手撑着头，左手卷着胡子，双眉皱着，深深地在思维。在座的恐怕要算他的年纪最大了——他的历史，他在党的地位与他的年纪，使大家都称呼他"老头子"。这个人具有铁一般的意志，水一般的机智及伟大的反抗性与坚忍性。他今年已经四十多岁了，而在他的革命的行为中，他始终只知道一个干字，从没有人听见过他说一句失望或悲观的话。他曾入过几次监狱，然而他多入监狱一次，他的意志就多坚强一次。现在他在上海简直不能在群众中露面，因为一露面就要被捉去。过的是秘密的，刻苦的，枯燥的（一个人不能露面，你说这种生活枯燥不枯燥？有味没有味？）生活，而他总是经常地干下去，毫不以自己的生活为没有趣味。一般帝国主义的机关，资产阶级的报纸及他们的走狗，天天造谣，说郑仲德得了 R 国几百万卢布，置洋房，骗工人，或说他勾结军阀……而他总没有辨白过，其实他也没有工夫来辨白这些事情。他只知道一个干字。他不但自己能够干，而且他的人格，他的思想，他的魄力，他的才智，他的一切，能领导人家如自己一样地干，干那一般市侩所目为不值得干的事，一般帝国主义者，军阀和资本家所目为大逆不道的事。你们明白了吗？这是一个什么人？这是法国大革命时的巴伯弗，这是，也许是将来的中国的列宁……

无论遇着什么困难的问题，郑仲德只要眉头一皱，就可以想到一个解决的办法。林鹤生报告完了之后，大家向郑仲德望着，等候他先说话。但是郑仲德这时眉头虽皱着，却并没有预备先发言，因此，会场内寂默了几分钟。最后还是郑仲德感觉到寂默之可怪了，遂抬头大家望一望，说道：

"你们为什么都不发言呢？今天这个问题很重要，大家应当详细地讨论一下才是。请大家发表意见！"

矮小的，面色黝黑的，带着近视眼镜的鲁德甫首先发言了。他欠起身来，如在讲堂上讲功课也似的，头摇着，手摆着，浩浩地长篇大论起来。他说话是有方式的，开始总是说，这件事情或者可以如此做去，或者又可以如彼做去，天下事情原因多而结果亦多，我们总不可以呆板……他的几个"然而"一转，就可以花费一两点钟的时间。他爱先说话，又爱多说话，说起话来起码要延长二十分钟之久。大家都怕听他说话，尤其是不爱多发言的年青的曹雨林。曹雨林每一见鲁德甫立起来要发言时，便觉着头有点发痛。今天他的头又要发痛了。鲁德甫这时已经说得很久了，然而还是在那里不断地"然而"。曹雨林不禁气起来了；想道，讨厌！已经说了这么许多，还是在那里咬文嚼字的，似乎人家都不明白的样子。其实谁个不明白呢？说了这样一大篇，也不知他到底想说些什么！……讨厌！真是可以歇歇了！……

"德甫！请你放简单些！"郑仲德也不耐烦起来了。

"我们要注意每个人发言的时间！"曹雨林忍不住了。

"好！我的话就快完了。……"

真的，鲁德甫这一次，总算是很快地把自己的意见发表完了。当他停止住的时候，年青的曹雨林不禁长嘘了一口气，如卸下一副重担子也似的。

接着鲁德甫而发言的，有瘦而长的易宽，架子十足的何乐佛，蓄着胡子的林鹤生，及说话不大十分响亮的华月娟。至于史兆炎呢？他现在躺在床上不能起来——他是何等地想参加这一次的会！他是何等地想与诸位同志详细讨论这一次暴动的意义！但是他现在躺在床上，被讨厌的病魔缠住了。而杨直夫呢？医生说他要休息，老头子教他暂时离开工作，而秋华又更劝他耐耐性，把身体养好了再做事情。是的，直夫今天也是不能来参加这个会的。不要紧，他俩虽然不能到会，而会议的结果，自然有华月娟回去报告史兆炎，秋华回去报告杨直夫。这是她俩的义务。

大家你说一句，我说一句。有的说，这回事情未免动得太早了，时机没有成熟；有的说，应当等到北伐军到上海时才动作就好了；有的说，这都是鲁正平一个人坏了事。

郑仲德总是皱着眉头，静默地听着大家说话。

大家正在讨论的当儿，忽听见敲门声。曹雨林适坐在门旁边，即随手将门开开一看，大家不禁皆为之愕然。进来的原来是大家都以为不能到会的，应当在家里床上躺着的杨直夫！这时的秋华尤其为之愕然，不禁暗暗懊丧地叹道：

"唉，他老先生又跑来了！真是莫名其妙，没有办法！……"

秋华真想走向前去，轻轻地打他几下，温柔地骂他几句：你真是胡闹！你为什么又跑到这儿来了呢？你不是向我说过，你要听医生的话，听我的话吗？你不是向我说过，坐在家里静养不出来吗？你为什么现在又这样子，但是此地是会场，不是家里！在家里秋华可以拿出"爱人"的资格来对待直夫，但是在此地，在此地似觉有点不好意思罢。

"你真是有点胡闹！我不是向你说过吗？"郑仲德说着，带点责备的口气。

病体跟跄的直夫似乎没有听到郑仲德的话的样子，也不注意大家对于他的惊愕的态度，走到桌边坐下。坐下之后，随手将记录簿抓到手里默默地一看：这时大家似乎都被直夫的这种神情弄得静默住了。会议室内一两分钟寂然无声。直夫略微将记录簿看了一下，遂抬头平静地向郑仲德问道：

"会已经开得很久了罢？"

"…………"郑仲德点点头。

"我是特为跑来说几句的。"

"那么就请你说罢！"

秋华这时真是有点着急：劝阻他罢，也不好；不劝阻他罢，也不好。他哪可以多说话呢？说话是劳神的事情，是于他的病有害的，他绝对不可多说话！但是他要说话，我又怎能劝阻他呢？唉！真是一个怪人，活要命！……直夫立起身来正要说话时，忽然感觉到坐在靠墙的秋华正在那里将两只细眼内含着微微埋怨的光向他射着。他不禁回头向她看了一眼，心中忽然起了一种怜悯秋华的情绪，但即时回过头来又忍压住了。他一刹那间想道，这又有什么办法呢？我要说话，我不得不说话！也许我今天的说话对于我的病是不利的，但是对于革命却有重大的意义。是的，我今天应当多说话！革命需要我多说话！……

直夫开始说话了。你听！他说话时是如何地郑重，他的语句中含蓄着倒有多少的热情！有多少的胆量！当他说话时，他自己忘记了他是一个病人。同志们也忘记了他是一个病人。真万料不到在他的微弱的病躯中，蕴藏着无涯际的伟大的精力！秋华这时看着直夫说话的神情，听着他的语言的声音，领会他的语言所有的真理，不禁一方面为他担心，而一方面感觉着愉快。呵，还是我的直夫说得对！还是我的直夫见得到！呵呵，他是我的直夫……秋华自己不觉得无形中起了矜夸的意思。

他说："总罢工，事前我们负责同志没曾有过详细的讨论与具体的计划。"他说："在总罢工之后，本应即速转入武装的暴动，乘着军阀的不备，而我们的党却没想到这一层，任着几十万罢工的工人在街上闲着，而不去组织他们作迅速的行动；后来为军阀的屠杀所逼，才明白到非武装暴动不可，才进行武装暴动的事情。可是我们还有一部分负责同志对于武装暴动没有信心，等到已经议决了要暴动之后，还有人临时提议说再讨论一下，以致延误时机。这在客观上简直是卖阶级的行为！……这一次的失败，大部分是因为我们的党没有预备好，也可以说事前并没有十分明白上海的工人群众已经到了武装夺取政权的时期……现在我们应当怎么办呢？我们应当一方面极力设法维持工人群众的热烈的反抗的情绪，一方面再继续做武装暴动的预备。我们应当把态度放坚决些，我们再不可犯迟疑的毛病了！……"

直夫说完话坐下了。他的面色比方进屋时要惨白得多了。当他说话时，他倒不觉得吃力，等到话一说完时，他呼呼地喘起气来了。他累得出了一脸冷汗。可怜的秋华见着了他弄得这种神情，不禁暗暗地叫苦。她想道，他今天累得这个样子，又谁知他明天要变成了什么样子呢？哼！没有办法！……郑仲德听了直夫的一篇话，不禁眉头展舒开来了，不禁脸上呈现着笑容了。他点一点头，向大家说道：

"直夫的意见的确是对的！……"

静默的曹雨林回过脸来，向与他并坐在一张长凳子上的秋华轻轻地说一句：

"还是直夫好！"

秋华很愉快地向他笑了一笑。

这两天报纸上充满了暗杀的消息：

"S纱厂工头王贵荣昨晨行经 W 路口，正行走时，忽来两个穿短衣的，形似工人模样，走上前来将他用手枪打死。巡捕闻着枪声驰来，凶手已跑得无影无踪了。闻该工头素为工人所不满，此番或系仇杀云。"

"宁波人张桂生为 Y 纱厂稽察，昨日傍晚回家，途中忽遭人用手枪狙击，共中两枪，受伤颇重，恐性命难保。闻凶手即时逃脱云。"

"…………"

林鹤生今天早晨起床，拿起报纸一看，看到本埠新闻栏内载着这些消息，心中说不出有如何的愉快。他那使他老相的八字胡为愉快所鼓动得乱动起来。呵呵，鲁正平在工作了！鲁正平在忏悔了！鲁正平在努力以赎前愆了！这样倒还好！……林鹤生本来是把鲁正平恨得要命的，他恨鲁正平做事粗心，恨鲁正平误了大事。但是现在，现在林鹤生饶恕他一切了。鲁正平自从受了同志们严厉的指责之后，真是羞恼得无以自容；适临时组织了一个特别委员会，他就自告奋勇担任这种工作。他说，倘若同志不允许他担任时，那他就要自杀，不愿意再活在世上了。好！你要担任，你就担任罢！不过再不可以粗心了！……果然鲁正平能够做这一种工作，你看，这两天报纸关于暗杀工贼的消息，就是他善于做这种工作的证据！这真是使林鹤生愉快的事情！林鹤生现在不但不恨他了，反而佩服他很有本事。在实际上说，做这种事情真是不容易呵！……

林鹤生一方面愉快，一方面又想道：倘若能够把这些东西都杀尽了，那是多么痛快的事情呵！他们曾给了工人多少苦吃！他们曾害死了多少工人！他们曾做了多少罪恶！呵呵！杀杀杀！杀尽了才痛快！……林鹤生想到此地，不禁啮起牙齿来了。他的面色由愉快而变为严肃了。照着他这时的心情，如果能够做得到时，他将把一切人类的害马杀死而没有一点儿怜惜。

林鹤生腿上的伤处已经好得大半了，勉勉强强地可以走路。林鹤生现在应当工作了。他本想在前日的联席会议上辞去职务，指导的职务，但是同志们不允许，并受了一番责备，大家责备他不应当灰心，责备他缺少耐性。唉！辞不掉，没有办法，只有干！好，干就干！什么时候把命干掉了就不干了！……现在林鹤生的腿伤好了，他又感觉得自己还有干的能力。他想道，我不干谁干呢？我一定要干！可惜史兆炎现在还是躺在床上！他比我的见解高，他比我有耐性，他真是一个能做事的人，可惜病了！讨厌！……林鹤生今天吃了早饭就要开工人代表会议去，在这个会议上，要讨论维持工人情绪的办法。倘若史兆炎能够参加，那是多么好的事情？但是他躺在床上，真是糟糕的很！

林鹤生的早餐：两根油条，一个大饼，一杯开水。林鹤生匆忙地将早餐胡乱地吃下，将破的大氅披在肩上，正欲出门的当儿，忽然进来了一个人。这个人不是别人，原来是林鹤生刚才所想到的鲁正平！原来是一个面带笑容，矮小如十五六岁的小孩子一般的鲁正平。

"呵呵，你来了。"

"你看见这两天报纸上关于暗杀工贼的事情吗？"鲁正平笑着这样问。

"看见了。这是你的功劳呀！"

"这哪里是我的功劳呢？我不过跑来跑去为他们计划就是了。可喜的是这样地干了几下，工友们的情绪因之兴奋起来了。你现在预备到什么地方去？"

"我去开工人代表会议去。我不能够同你多说了。"

"我也去。"

八

时间行走的真快呵！复工以来，又匆匆地过了半个月。

表面的上海似乎有点变动：沈船舫李普璋的军队去了，而皮书城张仲长的军队来了；龙华防守司令部的招牌，从前写的是五省联军上海防守司令部，而现在却将五省两个字改为直鲁两个字了。兵士的服装也改变了一下：从前兵士带的是西瓜式的灰色的软布帽，而现在带的却是方圆的红边的硬布帽。是的，表面的上海的确与从前稍微有点异样；但是内里的上海呢？反动的潮流还是如从前一样地高涨着；工人群众还是感受着最残酷的压迫；一般居民还是热烈地期望着北伐军早日到来。"唉！奇怪！北伐军老是说来来来，为什么到现在还不来呢？……"真的，这真是一件很奇怪的事情！

大家静等着，祷告着，呵呵，北伐军快点来罢！快点来罢！……忽然全上海传遍了令人惊跃的风声：北伐军已经到了新龙华了！南市已无直鲁军的影子！残馀的直鲁军全数开到北火车站预备着逃跑了；……呵呵！时候到了！这是上海的民众自己起来解放的时候！这是上海的民众起来夺回自由的时候！

呵呵！你想想含泪茹苦忍气吞声的上海工人群众，他们得着了这个消息，其愉快欢欣到了什么程度！

总同盟大罢工！

响应北伐军！

缴取直鲁军的武装！

工人武装自卫！……

真的，工人开始与军阀的残孽——溃兵、警察——斗争了，全上海的工人纠察队如风起云涌一样，到处徒手缴取警察和溃兵的武装。淞沪警察厅被工人占据了；浦东的几百直鲁兵被工人包围缴械了；各马路站岗的警察见着势头不对，大半都弃枪换装逃跑了；各区警察署都变成了工人纠察队的机关……呵呵！上海到此时真是改变了面目！耀武扬威的大刀队哪里去了？凶如虎狼的，野蛮的直鲁兵哪里去了？威风赫赫，声势凛凛，坐汽车往来于马路的北方军官哪里去了？呵呵！上海现在的面目简直改变了，满街满路地行走着扛着枪的，破衣褴褛的工人！有的工人，大约是没有夺取着枪罢，没有枪扛在肩上，但也有斧头和锹铲之类拿在手里。到处飘扬着青天白日满地红的旗帜！到处充满着热烈的，欢跃的，革命的空气！白色的恐怖现在变为红色的巧笑了。一刹那间，旧的，死灰的上海消逝了影子，而新的，有生意的上海展开了自己的面目。

而一般在地底下的穷革命党人呢？他们从前行走的时候，生怕被包探认着了，生怕被警察捉去了，一点儿自由都没有，可是现在却不同了。他们现在可以在街上高唱着革命歌，可以荷着枪向一般反革命派示威了。呵！你看鲁正平！这矮小如小孩子一般的鲁正平！他现在是纠察队分队的队长，他正领着几十个武装纠察队在巡街。他手持着一支手枪，雄赳赳地，简直是一位小英雄的模样。他的那一副小的常带笑容的面孔，现在简直兴奋得充满了红光。是的，他现在真是高兴。他高兴得如小孩子过新年的一个样子。

鲁正平带领着纠察队巡街，简直代替了从前的警察巡长的职务。他们正走着走着，等走到 B 路口的当儿，忽见呜的一声从路南头来了一辆汽车。鲁正平把手枪一举，喊一声：

"停住！"

汽车停住了。汽车又怎能不停住呢？现在是这一般人的世界了，没有办法，叫停住就得停住！

"同志们！请把坐汽车的两个人拖下来检查一下，看看是什么人。"

坐汽车的人一个是身穿狐皮袍子，蓄着八字胡的先生，一个是高大的，身穿着便服军装的军官。他俩被拖下车时已经吓得变了色，呆呆地任着纠察队搜查。

"这个人衣袋里有一个白布条子的徽章，鲁正平，你看看上面写着什么东西，我认不清楚。"一个工人将白布条的徽章递给鲁正平。鲁正平念道：

"直鲁联军上海防守司令部大刀队队长许！"鲁正平台起头来向大家高兴地笑着说道，"呵，他原来是大刀队的队长！"

"怎么？他是大刀队的队长？"

"呵呵，那真是好极了！"这时一个手持大刀的工人李阿四走向鲁正平面前说道，"这一把是他们用过的大刀，大约所杀死的工人也不在少数，现在我们可以请这两位狗东西也尝一尝大刀的滋味。"

"好的很呵！"大家都这样地喊着。

这时围聚了许多观众，各人的脸上都呈现着一种庆幸的神情。在来人欢呼的声中，李阿四手持着大刀，不慌不忙地，走向前来将这两位被捕的人劈死了。一刀不行，再来一刀！两刀不行，再来三刀！可惜李阿四不是杀人的行家，这次才初做杀人的尝试，不得不教这两位老爷多吃几下大刀的滋味了。这时鲁正平见着这两具被砍得难看的尸首躺在地下，一颗心不禁软动了一下，忽然感觉得有点难过起来，但即时又坚决地回过来想道：对于反革命的姑息，就是对于革命的不忠实；对于一二恶徒的怜悯，就是对于全人类的背叛。……

"啪，啪，啪，啪，啪啪啪……"北火车站的枪声。

"怎么啦？难道说北火车站现在还在打么？……"鲁正平这样惊愕地向大家还没有把话说完，忽然跑来一个工人，他气喘喘地向鲁正平说道：

"北火车站还有几百个溃兵不愿意缴械，现在打得一塌糊涂；你们赶快去帮忙，我们的人已经被打死了几个，你们赶快去！……"

鲁正平听了这位工人的报告，即时向大家说道：

"各人把枪预备好，我们就到北火车站去！"

鲁正平与一个工人同伏在一个墙角下向着北火车站的溃兵击射，这时往北火车站射来的枪弹简直如下雨一样。机关枪的嗒嗒声连续不歇。

"喂！阿贵，我们的子弹并不多，应当看准了才放，切不要瞎放一枪！"

鲁正平话刚说完，忽然飞来一粒子弹中在他的右肩坎上。他即时哎哟一声躺倒在地下，枪也从手中丢下了。阿贵见着鲁正平受了伤，想把他负到后边防线去，但是鲁正平这时在自己痛得惨白的面孔上含着勇敢的微笑，摇手向阿贵拒绝，低微地继续地说道：

"阿贵！你放你的枪，不必问我的事！我，我是不能活……活的了！……请你把枪放准些！好……好替我报仇！……阿贵！别……别要害怕呵！……我们终能得到最后的胜利……"

在阿贵继续向敌人射击的枪声中，鲁正平慢慢地失去了知觉。

全城的空气似乎剧变了。路上的行人三五成群地聚在一块，面上都欣欣然有喜色。似乎在燥热的，令人窒息的，秽浊的暗室里，忽然从天外边吹来一阵沁人心脾的凉风，射进来清纯的曙光，顿时令被囚着的人们起了身心舒畅之感。

在早晨九点多钟的光景，在春日朝晴的新空气里，M路舞台的前面聚集了人山人海，几无隙地。舞台的两旁站立着许多工人纠察队，舞台的门口有两个人检查入场的表证，无团体的表证者不准入内。在这些络绎不绝进内的代表中，有的是商人，有的是学生，而最多的，神气最兴奋的，是短衣的男女工人。

这是上海第一个最大的舞台。在今日以前，因为受了军事戒严的影响，已经空旷着许多时候未闻着锣声了。不料今日舞台的门前忽然有这许多拥挤的群众！不料今日在这巨大的沉寂的楼厅中忽然坐得没有空位！不过楼上下所悬着的是红布书的革命的标语，而不是戏目和优伶的名单；舞台上所演的不是什么"凌波仙子"，"红玫瑰"，"济公活佛"……而是在讨论组织革命市政府的一幕。至于台下的观众呢？他们仔细地向台上望着，注意地听着台上人的说话。他们今天来的目的不是要看什么黑花脸进红花脸出，不是要听什么"一马离了西凉界……"，"杨延辉坐宫院……"而是要大家互相倾吐久欲发泄的意思，而是要大家欢畅地庆祝这革命的胜利……

在这几千个人们之中，华月娟与几个女工代表坐在正厅靠左边的第二排。她的两腮今天泛着桃色的红晕，她的全副面容完全浸润在愉快的微笑的波纹里。她掉转头前望望后看看，似乎在寻找谁个也似的，其实她并不想寻找谁，而是因为她今天愉快的情绪使得她不能严肃地坐着不动，她今天真是愉快，愉快到不可言状。她看见台上主席团中间坐着的林鹤生，面带笑容的，用手卷着胡子的林鹤生，不禁起了一种莫名的感觉：难道说这工人的领袖，为军阀和帝国主义者所痛恨的人们，今天能公开地在这大庭广众中当主席？难道说我们一些穷革命党人现在也可以伸头了？曾几何时，被李普璋通缉的林鹤生现在居然能在这舞台上卷着胡子，向大家得意地微笑！呵呵！……

学生会代表宣布开会宗旨了：

"今天是第一次全上海市民代表大会。全上海被压迫的民众，尤其是我们的被压迫的工友，经过几许奋斗，才能有愉快的今日。上海的工友经过两昼夜与奉鲁军的血战，牺牲了许多性命，卒能把上海的军阀打倒，这是我们所应当十二分敬佩的！……我们应当组织一个革命的市政府，把一切的政权都取到我们民众的手里来！……"

华月娟这时虽然两眼望着演说者的口动，但是愉快得心不在焉，却没听得他说些什么。她这时却想到一些别的事情来了：上海的工人真勇敢！……武装纠察队真是神气活现！这是我们的自卫军！今天我没在家，也不知兆炎的病怎样了？倘若他现在能够来此地参加开会，那他倒有多么愉快呵！倘若他能够在台上演说的时候，那是一定很惊动人的！……台上演说的人更换了几个，这个下去，那个上来，有的演说得很兴奋，很能博得听众的鼓掌；有的说话声音太低，或毫无伦次，不能引起大家的注意。但是华月娟总是在想着一些别的事情，没有听着他们说些什么。她正在默想着，默想着，忽然听见一声：

"请纱厂女工代表陈阿兰演说！"

请纱厂女工代表陈阿兰演说？主席的这一句话可是把月娟

的默想打破了。月娟现在将自己的思想集到陈阿兰的身上了。
她想到，万料不到这个十七八岁的女工，这个说话还带羞的小
姑娘，今天能在这大庭广众中露面！能向这几千人演说！呵
呵！想起来真有趣味！……这时听众听了主席的宣告，顿时都
向台上注意起来：怎么？女工演说？别要闹！我们听一听女人
的演说！……陈阿兰与月娟坐在一块，这是一个十七八岁的，
活泼的小姑娘。她听了主席的宣告，即预备登台演说；当她离
开月娟身边的当儿，月娟低声嘱咐她道：

　　"今天放小心点把话说好些，别要教人笑话！"

　　陈阿兰向月娟点一点头，笑了一笑，即走上演说台去了。
当陈阿兰走上演说台时，群众似乎都惊异起来了。这简直是一
个小姑娘！她居然敢上台演说！难道说她不怕吗？难道说她有
这样的胆量吗？……陈阿兰初向台上一站时，脸不禁红了一
红，似乎有点因惧怕而喘气的样子。她不敢即时抬头向台底下
看，两只手似觉也无着处。可是稍微停了一停，她也就张开她
那丹朱似的红唇的小口开始说话了。她的声音很尖嫩，但是却
很响亮！全会场的注意都集于她一个人的身上，她的演说逼得
大家都寂静下来了。

　　"我今天代表几十万的女工向大家说几句话，说得不好，
请大家别要见笑。诸位晓得吗？我们女工比什么人都受压迫！
我们过的简直不是人过的日子！我们的工钱的少，受资本家和
工头的虐待到了什么样子，差不多你们就是想也是想不到的。
我们受的痛苦实在太厉害了！当李普璋沈船舫皮书城在上海的
时候，我们是有苦无处诉的。可是现在却不同了。现在我们既

然把军阀赶走了，我们要组织一个革命的政府来保护我们的利益才对……"

你听！她说的话多么明白！她说话的态度该多么从容！这么样的小姑娘居然能够这样地演说！奇怪的很！……在大家惊叹的声中，陈阿兰最后用自己的尖嫩的声音喊道：

"打倒帝国主义！"鼓掌声。

"打倒军阀！"鼓掌声。

"打倒一切工贼和走狗！"鼓掌声。

"保护女工利益！"鼓掌声。

"总工会万岁！"鼓掌声。

陈阿兰向大家轻轻地鞠了一躬，在轰动的鼓掌声中，慢慢地走下演说台了。这时的华月娟呢？华月娟的两只手掌，为着陈阿兰几乎拍得肿起来了。呵！你想想她是多么地高兴呵，真的，华月娟简直高兴得忘了形，陈阿兰是华月娟平民学校的学生，老师见了学生这般地令人可爱，令人可敬，这般地出风头，又哪能不高兴呢，何况除了师生的关系，陈阿兰又是她的亲密的朋友和同志呢？

陈阿兰下了演说台，走到华月娟面前的当儿，华月娟一把把她抓到自己的怀里，将她的身子摇几摇，笑嘻嘻地，如母亲对待自己的女儿一样，向她夸奖道：

"呵呵！我的小阿兰！你今天说得真好！"

陈阿兰这时娇媚地把头伸到华月娟的怀里，反觉得有点羞涩起来了。

"哈哈！……阿哥！直夫！……哈哈！真有趣！……"

躺在床上的杨直夫听见楼梯响和这种笑声，知是秋华从外边回来了。秋华跑进屋时，一下伏倒在道夫的怀里，还是哈哈地笑得不止。直夫用手抚摩着她的剪短的头发，慢慢地，很安静地问道：

"你今天又为什么这样高兴呢？我的秋华！你快快地告诉我！"

"哈哈！我想起那两个工人的模样儿真有趣！"

"别要笑了罢！哪两个工人的模样儿呢？"

秋华忍一忍气，这才止住不笑了。她于是离开直夫的怀里坐起来说道：

"你可惜不能出去看看！那工人真有趣呢！我在民国路开会回来，遇见两个电车工人，一个扛着枪，一个没有枪扛，大约是没有抢到枪罢，将一把刺刀拿在手里，雄赳赳地神气十足！他们都似乎高兴的了不得！他俩都穿着老长老长的黑呢大衣，你想想他俩扛着枪拿着刺刀的神气，好笑不好笑呢？唉！只有见着才好笑，你就是想也想不到那种味道。"

直夫微微地笑了一下，抬起头来，两眼向上望着，似乎在想象那两个电车工人的神情。秋华想一想，又继续说道：

"总工会门前的大红旗招展得真是好看！也万料不到我们现在居然能够弄到这样呵！"

直夫不等秋华的话说完，遂一把又把她抱在怀里，很温柔地然而又很肯定地说道：

"秋华！你别要太高兴了！帝国主义者，军阀，资本家，买办阶级，一切的反动派，他们能就此不来图谋消灭我们了吗？我们前路的斗争还多着呢！什么时候我们的敌人全消灭完了，什么时候我们的目的才能达到……"

秋华沉默着。

"秋华！"

"什么，阿哥？"

"我们来唱一唱国际歌罢！"

"好！"

> 起来，饥寒交迫的奴隶！
>
> 起来，全世界上的罪人！
>
> 满腔的热血已经沸腾，
>
> 拼命做一最后的战争！
>
> 旧世界破坏一个彻底，
>
> 新世界创造得光明。
>
> 莫道我们一钱不值，
>
> 我们要作天下的主人！……

田野的风

二六

"我和张进德两人搬到庙里来住，已经是第三天了。在我的生活史中，这几天对于我算是顶紧张的时候了。每天忙个不歇，又要计划着工作的进行，又要不断地和来看访的乡下人谈话，又要这，又要那……如果没有张进德这么样一个有力的人，那我真不知道我如何能够对付我当前的任务呢。青年们都很信仰他，他无异于是他们的总司令。他们敬畏他，亲近他，没有什么隔膜，而对于我，我总觉得他们的态度有点生疏，好像视我不是自己的人一样。在这种关系上，我倒有点嫉妒张进德了。

"我叫他们称呼我为李同志，他们也就勉强这样称呼着，但是在无形中，他们总对我有一种特殊的感觉，总视我是有点和他们不同样的李大少爷……这真天晓得是因为什么！然而，我总觉得他们都是很可爱的，都是有希望的分子。例如木匠叔叔始终有点不满意我，但是我觉得他却是一个好人，一个忠实的分子。糟糕的是癞痢头和小抖乱这两位大哥，每天总要弄出一点花头来，不是把小和尚打哭了，就是和别人吵架。然而他俩却很热心，也很有用……

"想起来我自己，也觉得好笑。本来是李大少爷，现在却是这些被称为低贱的粗人们的同志了。本来回来有美丽的高楼大厦可以住，现在却住在这个凄凉的庙里，如当了和尚一般。在这僻静的，闭塞的乡间，有谁个能明了我的这种行动呢？张进德或者有点明白我，因为他曾遇着过像我这样的人，但是像我这么的知识分子究竟怎么样会跑到他们的队伍里来，恐怕他还是不明白罢。然而这又有什么要紧呢？要紧的是我能和张进德一块干这种为他所必要做的，而为我所决定做的事业。"

"今天我的父亲派人送一封信给我，送信的人还是一年前我在家时候的伙计。他已是四十多岁的人了，脸上布满了如细黑沟一般的皱纹。这是劳苦的生活所留给他的痕迹。他很局促地望着我，似乎有话要向我说，然而不知为什么，终于把信交给我了之后，叫了一声大少爷，便低着头走出庙门去了。

"我将信接到手里的当儿，我感觉到木匠叔叔和刘二麻子向我的身上所射着的尖锐的眼光了。我的态度很漠然，没有即刻将信拆开，欲借此显示给他们知道，就是我不把我父亲送信给我当做什么重要的事。但是我的一颗心却在内里有点跳动起来，我其实是要急于知道这封信里说些什么呵！……

"在信上，父亲先责备我，为什么我回乡了而不归家，次说及农会是办不得的，以我的这种身份，不应和一般无知的痞子在一块儿瞎闹。后来他说，母亲病了，急于盼望我能回家去安慰她，否则我便是没有良心的，不孝的逆子。但是他相信我读了许多年书，又很聪明，决不会做出这种被人耻笑的事来。

"读到信的最后，我不免有点踌躇不安了。父亲是浑蛋，我可以不理他，但是病在床上急于盼儿归来的母亲呢？我能硬着心肠，置之不理吗？……

"'你的父亲说些什么呀？'木匠叔叔忽然两眼笔直地逼视着我，向我这样很猜疑地发问。他大约已经觉察出我的不安的心情了。我不由得将脸一红，故作镇定的模样，笑着回答他道：

"'那边有好的话吗？他要我回家去，这不是笑话吗？他骗我，说我的母亲病了，以为可以把我骗回家去，殊不知我是不容易骗的呵。'

"'回家去看一看也好，'刘二麻子说。

"'我无论如何是不回家去的！'

"听了我的这个回答，木匠叔叔才露出一点满意的微笑来。后来张进德叫他们有事，他们才离开了我。在他们两人走了之后，我不禁又将信重读了一遍。'我真能硬着心肠不回去看望一下病在床上的母亲吗？……'我想。但是当我一想到母亲也不是一个慈善的妇人，当年我同兰姑的爱情之所以不能圆成，以及兰姑的惨死，她实在也要负一半的责任……我不禁将信向怀里一揣，坚决定不做回家的打算了。"

"张进德极力主张即速办一个学校。他说，乡下的青年们虽然都很热心，虽然都很纯洁，但是都没有知识，能够教他们做什么事呢？他，张进德，自己就恨不大认得字，连一封信都看不懂，现在想趁这个机会读一点书，要我做先生……这当然是很好的提议，但是我一个人又忙着这，又忙着那，现在又要我当先生，这岂不是对于我太艰苦了么？然而事情是要做的，现在是我真正做事的时候，如何能因为太艰苦了便不干呢？唉，如果我现在有一个知识阶级的帮手！……

"日里太累了，晚上我应当休息才是。老和尚不知跑到什么地方去了，我只得将他的卧房占有了。床呀，桌子呀，一切用具都很清洁，这真要令我向老和尚表示感谢了。癞痢头和小抖乱老早就要收拾老和尚，现在老和尚不知去向了，莫不是被他俩……大概不至于罢？如果他真的被这两位先生送回了西方极乐之地，那也没有什么，只怪他此生不该做了寄生虫也似的和尚。

"夜深了，张进德还没回到庙来。和我做伴的小和尚，也呼呼地睡着了。小和尚很聪明，经我这两天和他说东说西之后，他也有点明白了，愿意在农会里做事情。原来他很恨他的师傅，因为老和尚很虐待他……

"日里因为工作的原故，没有工夫好幻想。在这寂静的夜晚间就不同了。月光一丝一丝地从窗孔中射将进来。院中的梧桐树被风吹得瑟瑟做响，从大殿传来一种吱吱的很奇怪的声音，难道是鬼不成吗？然而我是什么都不怕的呵！……我想起来了我的过去，唉，这讨厌的过去呵！它是怎样地纠缠着人！我本来没有家庭了，而我的父亲却送信来要我回去；我本来不要父母了，而我却还有点纪念着我那病在床上的母亲……张进德真是幸福极了！他每晚一躺在床上便睡着了，这因为没有可诅咒的过去来纠缠他。他现在干净得如一根光竹竿一样，直挺挺地，毫不回顾地走向前去……"

二七

　　农会的势力渐渐地扩张起来了。地方上面的事情向来是归绅士地保们管理的，现在这种权限却无形中移到农会的手里了。农人们有什么争论，甚至于关系很小的事件，如偷鸡打狗之类，不再寻及绅士地保，而却要求农会替他们公断了。这末以来，农会在初期并没有宣布废止绅士地保的制度，而这制度却自然而然地被农会废除了。绅士地保们便因此慌张了起来，企图着有以自卫。如果在初期他们对于农会的成立，都守着缄默不理的态度，那么他们现在再也不能漠视农会的力量了。在他们根深蒂固地统治着的乡间生活里，忽然突出来了一个怪物，叫做什么农会！这是一种什么反常的现象呵！……

　　最慌张而又最气愤的，那要算是李敬斋了。组织农会的不是别人，而是他的儿子；号召农民反对他的不是别人，而是他的亲生的骨肉。李敬斋在自己的鸦片烟床上，就是做梦也没梦到会发生这么一种怪事！他派人送了一信给李杰，劝谕他回转家来，而李杰不但没有为他的愿望做去，而且连理也不理一下。他想道，他生来没曾受过人家的磨难，现在大约是要在自

己儿子的手里栽一栽筋头了。如果在从前，在他妈的这什么革
命军未到县城以前，那他李敬斋是有能力将自己的儿子和着这
一般痞子，送到县牢里去吃苦头的。但是现在……现在县里有
什么革命军，政治部，那些人是和他的儿子同一鼻孔出气
的……

　　李敬斋近来气愤得生病了。在有一天的下午，地方上面的
绅士们，以张举人领头，齐到他的家里来看他。正在躺着吞云
吐雾，一面在寻思着如何对付自己的儿子的他，忽然听见仆人
报告，有些贵客临门了……他不禁一骨碌儿爬起身来，很慌张
地问道：

　　"他们说出来意了吗？"

　　恭顺的仆人笔直地立着，听见他主人的问话，将头缓缓地
摇了一摇，答道：

　　"他们是说拜望你老人家的，老爷。"

　　屁股又向床上坐下了，叹了一口长气，自对自地说道：

　　"他们哪里是来拜望我的呵，他们是来兴师问罪的。他们
一定要说道，李老先生，你的少爷做得好事呀！恭喜恭喜！
这，你看，我怎么样回答他们呢？唉，我生了这么样一个现世
的儿子，有什么颜面和乡党亲戚相见呢？"

　　在平素充满着傲岸的神情的他的面孔上，现在被羞愤的网
所笼罩着了。由于过于兴奋的原故，他的惨黄而又带着苍白的
一种烟鬼的面容，现在又添上一种如吃酒后的红色。在得意的
时候，他不断地掠着自己的浓黑的胡须，现在他要见客的当
儿，却很畏怯地，直顺地放下两手，脚步不稳定地走出客厅

来。这时他感觉得如犯了罪的囚人一般，一步一步地走上可怕的法庭去……

在寒暄了几句之后，头发已经白了的，吸着两三尺长的旱烟袋的张举人首先带着笑，很客气地话道：

"我们今天来非为别事，一来是拜望李敬翁，二来是请教关系地方上面的公事。令郎这番从外边回来，本来是衣锦还乡，令人可佩。不过他……关于这农会的事情，扰乱了地方上的治安，似乎不妥。不知李敬翁有何高见。"

李敬斋听着张举人说话，自己如坐在针毡上面一般，脸上只一回红一回白地表现着。他又不得不回答张举人，但是说什么话是好呢？他不但感觉得无以自容，而且连向众人道歉的话也想不出来如何说法是好。众人的眼光齐向他射着，期待着他的回答，正在为难的当儿，忽然他不能自主地由口中溜出话来：

"诸位明见，这教我李某也没有办法。现在是革命的时候了，老子管不了儿子。小儿这次回来的非礼行为，既然是关系地方公事，尚望诸位筹议对付之策，千万勿把此当为我李敬斋个人之事。乱臣贼子，人人得而诛之。如果诸位有何善策，李某无不从命。"

李敬斋说了这一段话之后，很欣幸自己说话的得体，不禁用手掠一掠浓黑的胡须，向众人用眼巡视了一下。他的态度比先前从容得多了。众人见李敬斋说了这一番不负责任的，然而又是很堂皇的话语，一时地你望望我，我望望你，不知如何是好。

"话虽如此，"坐在张举人下首的一位四十多岁的绅士，将头一摆，忽然打破了沉默的空气。"然而令郎与李敬翁究属父子，李敬翁不得不多负一点责任。难道令郎就这样地无法无天，连你的一句话都不听吗？尚望李敬翁施以教训……"

李敬斋听了这话，陡然生起气来，发出不平静的话音，说道：

"依何松翁你的高见，我应当如何做法呢？如果何松翁不幸也有了这么一个儿子，谅也同我李某一样地想不出办法。现在不像从前了。从前我可以拿一张名片到县里去，办他一个忤逆之罪，可是现在县里的情形，难道何松翁一点也不知道吗？诸位有何善法，就是将小儿治了死罪，我李某也无一句话说。可是诸位决不可以父子的关系责备在下。"

李敬斋一改变先前的局促的态度，现在越说越觉得自己的理直气壮。张举人见他发起火来，生怕弄出岔子，便和蔼地向李敬斋微笑道：

"请李敬翁决勿见怪，我们此来，决不是与李敬翁有意为难，乃是因为事关地方治安，特来和李敬翁商量一个办法。如果长此让农会横行下去，将来你我皆无立足之地，谅敬翁高见，亦必虑及此也。"

何松斋自知自己的话说得太莽撞了，便也就改了笑颜，接着张举人说道：

"张老先生说得正是。我们特为求教而来，非有别意，望敬翁万勿误会。近来张进德一干人们越来越凶，似此下去……"

"哪一个张进德?"李敬斋问。

"张进德本是一个矿工,"何松斋说道,"是一个光棍,是贵庄人吴长兴的亲戚,他于最近才回的,可是自从他回来之后,那我们乡里的青年人就开始坏起来了。此人不除,恐怕吾乡永无安息之日矣!"

何松斋待要继续说将下去,坐在他的下首的一个带着老花眼镜,蓄着八字胡须的绅士插着话道:

"敬翁知道关帝庙老和尚被害的事吗?"

李敬斋惊异得立起身来,急促地问道:

"有这等事!被何人所害呀?"

"那还有别人吗?"蓄着八字胡须的绅士很平静地冷笑了一声,说道,"他们占据了关帝庙,把老和尚赶走了,老和尚不知去向。昨天有人在东山脚下发现了老和尚的死尸,这才知道老和尚已被张进德一干人所害了。敬翁想想,若如此让他们横行下去,那吾等将无葬身之地矣!"他将手掠一掠八字胡须,摆一摆头,特别将这最后一句哼出一个调子来,如读古文一般。李敬斋听至此处,不禁大怒起来,拍着桌子说道:

"松翁说得甚是!似此无法无天,天理难容,岂可坐视不问?!我李某不幸生了这么一个逆子,尚望诸位不要存歧视之心,努力助我除此贼子才好!"

"敬翁既然有此决心,那我们今天便应想出一个办法⋯⋯"

"松翁有何办法吗?"李敬斋不等何松斋将话说完,便急于问道,"请快说出来给大家听听,我李某无不从命。"

撒着胡子,不即刻回答李敬斋的话,扭头将客厅巡视了一下，看见没有别的外人，然后慢吞吞地说道：

"自古道，'蛇无头不行'，'擒贼先擒王'，只要把张进德和敬斋的令郎他们两人对付住，这农会自然就会解体的。他们那一班党羽，如果没有他们两人，则自然就鸟兽散了。"

"但是怎么才能对付住他们两人呢？"张举人有点不耐烦地问。

"这也容易。"说至此地，何松斋复将大厅内巡视了一下，"只要雇几个有力气的人，于夜晚间偷偷地到关帝庙里将他们两人捉住……"

"这恐怕有点不妥当罢？"张举人说着，将他那发白得如雪也似的头摇了一摇。

"请松翁说下去，"李敬斋说。

"将他们两人捉住了之后，可以将张进德打死，打死一个痞子，为地方除害，谅也没有什么要紧。至于敬翁的令郎，那是敬翁的事情，如何之处，只得任凭敬翁自己了。"

众人沉默了一会，没人表示反对和赞成的意见。最后还是李敬斋开始说道：

"事到如今，别的也没有什么好的办法。何松翁老成干练，足智多谋，我看这事就请托何松翁办理，不知诸位意下如何？"

"至于费用一层，"李敬斋稍停了一会又说道，"我理当多负一点责任。至于如何行动，则只有烦劳何松翁了。不过事情做得要秘密，不可泄漏风声。如果事不成功，风声传将出去，则更要难办了。"

"敬翁虑得极是！"张举人向何松斋说道，"我看这事就请你办一下罢。"

"事关地方公益，"何松斋依旧如先前的冷静，用手撒着胡子说道，"诸位既然相推，我当然义不容辞。不过苟有事故发生，倚望大家共同负责。"

"这个自然！"大家齐声说了这么一句。何松斋见着大家这种负责的态度，又想及李敬斋对于他夸赞的话语，不禁在冷酷的面孔上，呈露出一点微笑的波纹来。

大家还继续谈论起关于地方和时局的情事。有的抱怨民国政体的不良，反不如前清的时代。有的说，革命军的气焰嚣张，实非人民之福。有的说，近来有什么土地革命，打倒土豪劣绅等等的口号，这简直是反常的现象……

"唉，世道日非，人心不古了呵！"最后张举人很悲哀而绝望地叹了这么两句。

天色已经是迟暮了。屋顶的上面还留着一点无力的夕阳的辉光。黑暗的阴影渐将客厅内的拐角侵袭了。李敬斋发出老爷派的声音，将仆人喊到面前吩咐道：

"今天众位老爷在此吃饭，去叫后边好好地预备菜！听见了吗？"

"是，老爷！"

二八

当张进德将癫痢头和小抖乱两人喊到面前，用着枪剑也似的眼光将他们俩很久地审视了一会儿，如同这眼光已经穿透了他们俩的心灵，他们俩不由自主地有点战栗起来，而觉得自己是犯罪的人了。平素顽鄙得无以复加，任谁个也不惧怕的他们俩，现在却被张进德的眼光所威逼住了。小抖乱很恭顺地站立着，完全改变了平素顽皮的神气，而癞痢头低着头，用手摸着颈项的后部，一动也不动。

"请你这两个家伙说给我听听！你俩为什么弄出这个乱子来？"张进德这样说着，并未说明他们俩所弄出的是什么乱子，可是他们俩已经知道这话是指的他们俩前天晚上所干的那件事了。他们俩在张进德炯炯的眼光之下，觉得那眼光已经照透了他们，并不企图抵赖。

"我们并不想将他打死呵。"癞痢头仍旧是原来的姿势，轻轻地吐出很畏怯的声音。

"可是他究竟被你们俩打死了。"张进德点一点头，这样很冷静地说。

"是的，"癞痢头依旧低着头不动，声音略较先前平静一点。"老和尚是我们两个打死的。我们两个因为想道，老和尚在庙里住着很讨嫌，说不定要在我们这里当奸细。那天开大会，他不是跑到老楼去报告了吗？并且，他妈的，他安安稳稳地过着日子，好像老太爷一样，实在有点令人生气。我同小抖乱久想收拾他一下，可是总没有遇到机会。这次我们两个商量一下：妈的，关帝庙现在归我们农会了，还要老和尚住在里头干吗？不如将老秃驴赶出去，免得讨人嫌。……前天晚上！我同小抖乱从这里回去，走到东山脚下，不料恰好遇着老和尚了。我们两个见着这是一个好机会，便走上前去将他摔倒，痛打了他一顿，强着他不要再到庙里来了……"

"打了他一顿也就算了，"张进德问，"为什么要将他打死了呢？"

"我们本不想将他打死的，可是老和尚不经打，我向他胸膛这么样踢了一脚，"癫痢头开始活跃起来了，做出当时踢老和尚的架式来。"他妈的，谁知道就把他踢闭住了气，倒在地下不动了。"

这时坐在旁边的李杰，听见了癫痢头的这样说法，不禁笑起来了。

"这也不知道是因为老和尚不经踢，"李杰笑着说道，"还是因为你的脚太有力量了。也罢，"他转向张进德说道，"老和尚既然死了，也不必把他当成了不得的事，打死了一个寄生虫老和尚也没甚要紧……"

"不，"张进德不待李杰说将下去，便打断他的话头，很严重地说道，"你不知道乡下的事情很难办。我们霸占住了关帝庙，已经是使乡下人不高兴了。现在又打死了老和尚，说不定土豪劣绅要借着这个机会来造谣言，说什么我们农会不讲理，打死人……"

"但是老和尚已经被这两位先生打死了呵，又怎么办呢？事情已经做出来了，也只得让他去。"李杰很平静地说。在他的内心里，他实在以为张进德太把此事夸大了。癫痢头和他的朋友小抖乱听见了李杰这么说，如得了救星一般，不禁陡然胆大起来了。他们俩齐向李杰望着，表示一种感激的神情。李杰觉察到这个，向他们俩微笑了一下。

"这当然，"张进德说道，"木已成舟了，还有什么办法呢？不过，"他转向癞痢头和小抖乱显着教训的态度，说道，"请你们两个再不要弄出别的岔子了。做什么事，一定先要报告我们知道……"

张进德刚将话说至此地，忽听院中传来刘二麻子的一种傲慢的声音：

"你来找谁呀？"

"我来找张进德。"只听见那第二个声音也是很傲慢的。这时房内的众人静默着不语，很注意地听着院内的谈话。

"什么张进德？！你应当说找农会会长，张进德是农会的会长！"

"好，就如你所说，我来找会长老爷。"

这一种讥刺的语气，使得张进德和李杰等不得不走出厢房，看看是谁来了，只见刘二麻子的对面立着一个四十几岁的带着瓜皮布帽的汉子，他穿的虽然是乡下的布衣，然而那布衣是很齐整的，令人一看见便知道他是乡下的有钱的户头。在他的那副丰腴的，微微生着黑斑点的面孔上，露现着一种生活安定的，自满的表情。张进德认得他，这是胡根富，被人称为胡扒皮的一位狠先生。他见着张进德走出来了，便撇开刘二麻子，神态自若地走向前来，现着讥刺的神气，微笑着说道：

"好，会长老爷来了。我特来求见会长老爷。"

见着他的这种神情，张进德几乎失了心气的平衡，要给他一个有力的耳光，但是张进德终于把持住了自己，没有发出火来。

"你有什么贵干？"张进德很不客气地这样问胡根富。

"请问你们贵农会可是定下了一个'借钱不还'的章程吗？"

"也许定了这么样一个章程。"张进德说了这么一句，将两眼逼视着胡根富，静待着他的下文。

"啊哈！怪不得现在借了债的人都不想偿还了。他们说，这是农会的章程……这真是自从盘古开天辟地以来，闻所未闻的奇闻！哼，借人家的钱不还！好交易！请问会长老爷，这'借钱不还'的章程，是谁个请你们定的？"

胡根富的态度不若先前的平静了，逐渐表现出气愤的神情来。他的白眼球的红丝这时更加发红了。张进德微笑了一笑，说道：

"这是我们自己定的，你胡根富当然不会请我们定下这个章程来。你预备怎样呢？"

"我预备怎样？反了吗？"

胡根富愤不可遏地这样说着，照他的神情，一下将张进德吞下肚去才能如意。张进德依旧很平静地微笑着，低低地说道：

"对不起，现在真是反了。你胡根富放了那么许多厚利的债，穷人们的血也被你吸得够了……现在他们不愿意让你白白地压死，造起反来了，你怎么办呢？"

胡根富只翻着布满了红丝的白眼，气愤得说不出话来。张进德忽然改了威严的态度，厉声说道：

"胡根富！你今天来得正好，我正要找你呢。我们的农会正苦得没有经费，要向你借一点钱使使。我知道你很有钱，如果不拿出两百块钱来，你别要想走出这庙门！"

张进德说至此地，侧过脸向着立在他左边的癫痢头和小抖乱说道：

"将他看守起来！"

两人一听此言，如奉了圣旨一般，即刻走向前去，将胡根富的两手反背着用腰带捆住了。等到气愤到发痴的胡根富意识到是什么一回事的时候，他已经挣扎不开了。见着这种严重的形势，胡根富知道自己是走到虎穴里了，不禁害怕起来。气愤和傲慢的神情从他的脸上消逝。他开始哀求地说道：

"我，我没有钱，我哪里有这么许多钱借呢……"

"妈的，你家里的银子几乎都要胀破箱子了，还说没有钱！两百块！少半个都不行！"

李杰见着小抖乱说话的神情，不禁好笑起来。胡根富一听见李杰的笑声，不问三七二十一，转身向他跪下，哀求着说道：

"请大少爷救一救我罢！我实在没有钱……"

"妈的，"癫痢头踢了他一脚，说道，"你别要装孬种了！如果不拿出两百块钱来，妈的，做死你这个舅子！"

"癫痢头！"张进德如司令官一样，向癫痢头吩咐道，"你和小抖乱两个将他拉到大殿里绑起来，看守好，别要让他跑了。老二！"他转向刘二麻子说道，"你先去多叫几个人来，然后到胡家给他的儿子报信，就说他们的父亲现在庙里，叫他们送两百块钱来，不然的话，胡根富的命便保不牢，听清楚了吗?"

"听清楚了。我就去。"

刘二麻子说着便现着得意的神情，慌张地走出去了。癞痢头和小抖乱得了这么样的一个美差，自然很高兴地去收拾他们的对象。胡根富被他们俩用绳子狠狠地捆在大殿的柱子上，一动也不能动。他面向着关帝的神像，很伤心地哭起来了。小抖乱立在他的面前，打趣着他说道:

"哭罢，哭罢，我的乖乖! 关帝爷会下来救你呢，哈哈……"

二九

自然，在我们的生活里，有的人会将银钱看得比性命都还重要，宁愿牺牲了性命以图保得财产的安全。但这是很少见的事。大多数的人们虽然也爱银钱如爱性命一样，但是当他们要保全自己性命的时候，便不得不忍着心痛，把性命以外的东西做为牺牲了。胡根富便是这样的一个。他被捆在关帝庙大殿的柱子上，起初还想以欺骗和哀求的方法来解脱自己，可是后来见着大家真要将他打死的模样，便只得答应了拿出两百块钱来。他的两个儿子，一个名字叫胡有礼，一个名字叫胡有义，虽然也受了他父亲的遗传性，但是解救父亲的性命要紧，他只得含着两眼眶的热泪，将这两百块白花花的大洋送给农会了。如果在往时，那他们两个可以求助于地方上的绅士，可以到县里去控告；但是现在当李大老爷和张举人等自身都保不住，而县里被什么革命军占领的时候，还有谁个可以来制止张进德这一帮人的行为呢？胡有礼和胡有义两个是聪明人，当晚便将胡根富用两百块钱赎回了。

"妈的，便宜了他！"癞痢头后来可惜地说道，"他家里该多末有钱呵！听说白花花的银子埋在地窖里也不知有多少！……"

最高兴的要算刘二麻子和李木匠了。他们两人虽然是不睦，逢事就抬扛，可是要报复胡根富的心意却是一致的。依着李木匠的主张，一定要将胡根富痛打一顿之后才行放去，可是张进德止住了他，他只能仅仅背着张进德的面，狠狠地踢了胡根富一脚。

"喂！老李！"小抖乱笑着向李木匠说道，"别要踢他呵！你应当托他带一个信给他的二媳妇，就说你现在害了相思病，很想再和她这么那么一下，并问她近来可好，是不是忘了旧日的交情……"

李木匠一听见这话，不禁又是羞又是气，啪地一声给了小抖乱一个耳光，骂道：

"放你娘的屁！嚼你娘的烂舌根！"

小抖乱用手摸着被打了的面部，哇的一声哭起来了，口中开始不住地骂道：

"我造你的祖宗，你打我，你这专门偷人家女人的坏种……"

"我偷了你的亲姑娘吗？"李木匠说着又想伸拳来打小抖乱，可是这时刘二麻子却忍不住火了。不问三七二十一，走上前来就给李木匠胸口上一拳，李木匠不自主地倒退了两三尺远。他用手理一理头上的黑发，瞪着两只秀长的，这时气红了的眼睛，半晌说不出话来。捆在柱子上的胡根富见着这种全武行的一幕，不禁忘记了自己的痛苦，在旁边看得出神。未等到李木匠来得及向刘二麻子还手的时候，张进德从厢房里走上大殿来了。

"你们在干什么？"张进德带着一点儿气愤的声调说道，"真也不害羞？在你们敌人的面前，自己就先献起丑来。"他侧脸向胡根富瞟了一眼。"这岂不要叫旁人笑掉牙齿吗？你们要知道，我们在农会里办事情，处处都要留心，事事都要做模范，乡下人才会信任我们。像你们这样如小孩子一般，动不动就自相打骂起来，叫鬼也不能相信我们！小抖乱的一张嘴胡说八道，实在要不得。老二你同木匠就有点什么嫌隙，现在也应该忘记了。我们同心合力做事，都还怕不能成功呢。如果这样自家人都弄不好……"

张进德话至此地，向三人巡视了一下，微微地将头感叹地摇了一摇；三人如犯罪了一般，低下头来，静静地立着不动。这时被捆在柱子上的胡根富见着这种情景，心中暗暗地明白了：就是这个张进德，被他平素所称为光棍的，具着一种伟大的力量。他觉得他在这人的面前是一个微小的弱者了。

后来将胡根富放走之后，张进德带着笑地向刘二麻子们埋怨道：

"你们是怎么一回事呀？就是打架也要等到胡根富走了之后才打呵！"

李木匠红着脸不好意思地说道：

"谁要和他们打架？只因小抖乱这小子当着胡扒皮的面前霉我……"

"好，算了，从今后再也不许有这一回事！我们的两百元也到手了，现在我们到李先生的房里去商量商量，看看我们怎么来用这一笔款子。哈哈！万想不到这小子今天送上门来。真好运气！我们的农会该要发达了。"

张进德走进李杰房门的时候，一种得意的，和蔼的，为从来所未有过的愉快的神情，简直使李杰惊讶住了。这时李杰正伏在桌子上，手中拿着铅笔，在纸上计算着两百元的用途。见着张进德进来了，也不立起身来，微微地笑道：

"把贵客已经送走了吗？哈哈！大概关帝爷见着我们农会没钱，特将这小子差上门来。现在我们好了，明天就可以派人到城里去买东西……"

"妈的，太便宜了他！"癞痢头又可惜地说了这么一句。"依我的主张，罚他妈的一千块！反正他家里有的是银子。我们代他可惜吗？"

李杰忍不住笑道：

"暂且有两百元用用也就罢了呵！"

夜幕已经展开了。小和尚走进房来，将一盏不大明亮的洋油灯点着了。他不知为什么，今天也特别笑眯眯地高兴着。李杰将小和尚的光圆圆的头摸了一摸，向着大家笑道：

"今天大概是因为小和尚多念了几声'阿弥陀佛'罢？"

小和尚摇了一摇头笑道：

"李先生！我老早就不念什么鬼'阿弥陀佛'了。"

这时满室中充满了欢笑的声浪……

三〇

"今天下午叔父和张举人在书房所商议的一切，我都详详细细地偷听着了，我的天哪！他们竟要做出这种狠毒的事！他们定于明天夜里差一些人到关帝庙里，活活地将那些办农会的人们打死……

"这一切我都偷听着了，如果不想方法搭救，那眼看着李杰和他的同志们都要被我的叔父和张举人杀害了。张举人不主张将李杰杀害，他说，李杰究竟是李敬斋的儿子，不如任凭着李敬斋自己去处分。但是我的松斋叔父却说，农会完全是李杰一个人干起来的，我乡的不靖，完全是由于他一个人在做祟，如果不将他这个祸根除掉，那是永远不得安枕的。何况李敬斋自己也恨着生了这么样一个不孝的逆子……就使他看见儿子被打死了，心中有点难过，可是也不能说出什么话来。试问他又有什么办法呢？事到如今，实在顾不了这么许多……

"这样，眼看李杰和他的同志们都免不了性命的危险。这将如何是好呢？我既然听见了他们的阴谋，能够坐视不救吗？但是我又怎么样救法呢？

"讲到这李杰，我倒很想看一看他是如何模样呢。听说他跑到外面流浪了一年多，和家庭不通一点儿消息。现在他从革命军里回到故乡来，迄至今日未曾踏过自己的家门一步。他号召农民反对地主，尤其要反对他的父亲李敬斋……哈哈，这孩子倒很有趣！唉，如果我也是一个男子，那我不也像他李杰一样吗？我也将脱离了这万恶的家庭，过着那流浪的，然而在精神上是自由的生活。我也许会从革命军里回来，连我的家门看也不一看，而号召农民来反对我的叔父……呵，我的叔父若与李杰的父亲比较起来，那恐怕我的叔父的坏的程度要高出万倍！在这种家庭生活着，我简直是在受苦刑呵！

"叔父将我从学校里骗回家来了。他打电报给我，说他病已危笃，急于望我归来……我信以为真，便星夜离开长沙的学校，慌忙地奔回来了。可是回到家里一看，叔父比牛还要健康些，哪里有什么鬼病！我知道受骗了。我问他为什么要骗我？他说，现在外面不靖，不如暂行家居为好，而且你的书已念得够了，女孩儿家长此念将下去，也并没有什么用处……我真要把肚子都气破了！但是我有什么办法呢？银钱放在他的手里，我手中空空，当然不能跑出门去。到现在，我困居在家里，如同坐牢一般，已有三个多月了。如果不想方法脱离这恶劣的环境，我难道就此如猪一般地生活下去吗？不，什么都可以，冒险也可以，受苦也可以，只要不是这个！……

"现在省城里的生活大概是沸腾起来了。不久接到女师校同学的来信，她说，活泼的，新鲜的革命的空气将青年们都陶醉着了。她说，妇女协会的工作对于妇女的解放是异常要紧……你看，她们现在该多么幸福！该多末有趣！而我却在家里坐这无形的牢狱！如果我也像李杰一样，生为一个男子！在此社会里，女子究竟有许多地方做不出男子所能做的事呵！

　　"曾记得在学校里的时候，读了许多女革命党人的传记，见着她们的英勇，热烈，敏慧。种种的行为与思想，一颗心不禁异常地向住，当时也曾勉励着自己，幻想着光荣的将来。难道说伟大的事业都完全是属于男子的吗？不，不呵，这是不应当的……我会这样坚决地思想着。

　　"但是现在我的光荣的，伟大的事业呢？我不过是一个普通坐食坐喝的，等待着嫁丈夫的女子而已。我什么也不能够做！李杰能够在外流浪，能够投入革命军，能够回来组织农会，能够号召农民反对地主，做着这种非常的反抗的行为……而我能够做着什么呢？昔日在学校里为一般同学所敬仰的何月素，抱着伟大的雄心的何月素，立志要做一个革命党人的何月素，现在不过是一个只会叹气的可怜虫而已。

　　"为着机械的家庭的生活所磨折，我的锐气也就自然而然地消沉了。可是，今天下午听见叔父等的阴谋，听见从叔父口中所说出的关于李杰的行动，我的一颗几乎绝望了而要死去的心，忽然又跃动起来了。我不禁自对自说道：'月素！曾想做一个有能为的女子的月素！现在你应当出动了。李杰能够回乡干这英勇的行为，你何月素难道能坐视他们之死而不救吗？只要你移动一下脚步，冒一点儿小小的危险，你便可以将李杰和他的同志们的性命救下了。月素！这对于你要显示你自己究竟是何如人，正是千载一时的机会……'好！现在我已决定我应当怎样做了。也许因此我会脱离这家庭的生活……然而这不是为我所想望的吗？怕艰难和危险的人，决不是能够做出事业的人！

"我要和李杰会一会面。他还记得前年我叔父向他的父亲提婚，他的父母答应了，而他表示拒绝的那一回事情吗？哈哈，他倒不愿意我和他结婚呢！听说那是因为他爱上了哪一个农民的女子，一心一意地要娶这女子为妻，表示除开这女子而外，任是天仙他也不要。因此便把我拒绝了。我当时在学校里，不知道我叔父有过这么样的一个提议。如果我知道这事，那我也是极端要反对的。我自己的婚事自有我自己的主张，要我的叔父代庖干什么呢？可是话虽然如此说，等到后来知道了李杰因为一个什么无知识的女子而拒绝了我，心中不免有点气愤。我会想道，你李杰是什么东西，我真稀罕你吗？……

"这事我久已忘怀了。不知他现在还记得吗？他决料不到现在冒险救他性命的女子，就是他当年所拒绝过的何松斋的侄女儿。呵，你这勇敢的孩子呵！你从今当不会再小觑我了。努力罢，我的孩子！努力罢，我的孩子！

"夜已经深了。我还不想就寝。开窗向院中一望，一株大石榴树静寂地立着，从它的枝叶的隙缝里，筛出点点的碎白的月光。家人们都睡熟了，偶尔听见几声吱吱的虫鸣。在月夜的怀抱里，也不知还有其他如我现在所跳动着的心灵否？然而我现在应当睡了，应当做一个和这寂静的生活辞别的梦，我的生活也许要从明天起就改变了。

"一种不可知的，然而为我所愿望着的命运在等待着我，我要勇敢地走去……"

三一

李杰决定今天向城里的同志们写一个书面的报告。他一方面想使那里的同志们知道他回乡来了以后做了些什么事，他是在很紧张地工作着，而不是回家里来图快活呵！一方面又想从他们那里得到一些书报，关于全国运动发展的情势的消息。他知道，如果他在这乡间蒙着头干去，而不顾及这乡间以外的事件，那他将会干出错误来也未可知呢。这小小的乡间的运动，是与全县，全省，全国，甚至于与全世界都有着关联的呵！

> 我的亲爱的同志们！我离开你们已很有些时日了。在这些时日之中，我在这微小的僻静的乡村中，开始了很有效验的工作。你们可以相信我，我从来没有觉着像我现在这样地幸福过！因为在军队里，我所执行的不过是一般的工作，而我在这里却执行着……呵，我应当怎么说呢？这是根本的工作……

写到这里，李杰一时想不出如何表示自己的意思才好。他微笑着将秀长的两眉蹙了一下，无目的地望一望他对面的墙壁。出乎他的意料之外，他现在才觉察出来那上面挂着一个小小的横披，而在这横披上画着一株花叶很散淡的春兰。他不禁将笔放下，向着这一幅画感着兴趣了。为什么在此以前，他没觉察到它呢？不，也许觉察到了，可是没曾感觉到兴趣……李杰离开书桌，走至这幅画前，开始端详那潇洒的笔调，忽然间，"兰姑"这两个字涌现到他的脑际了，不自主地，他渐渐地穿过那一幅画，想到他那过去的情史……

这样，他幻想了一会。院中有谁个说话，发出一种高亢的声音，这使得李杰如梦醒了也似的，微微地惊颤了一下，即时想到他所应做的事了。"我今天应将报告书写成呵，呆立着，在这儿干什么呢？"他不禁起了一种向自己埋怨的心情。他又回到自己的书桌，很坚决地坐下了。但是说也奇怪，他对面的一幅画总是在引诱着他，使他不由自主地向那上面注视着，而"兰姑"这两个字也就因此不能离开他的脑际。虽然重新拿起笔来了，可是它无论如何不能往下写出一个字来。过去的情事如无形的绳索一般，紧紧地在缠绕着他，使得他此时不能继续他的工作。在几次企图着将笔移动下去，而终于没写出一个字来之后，他不禁对自己发怒起来了，狠狠地将自己的后脑壳击了一掌。

房门一开，忽然小抖乱笑嘻嘻地，同时具着如小孩子发现了什么奇事而惊异着的神情，慌忙地说道：

"李先生！快出去！有一个洋女学生来找你，哪个舅子扯谎。请你快出去！"

李杰完全不解是什么一回事，惊怔得呆住了。半晌他方才问道：

"什么？女学生？你说她来找我？"

小抖乱的神情变得庄重起来了。不知为什么笑痕在他的脸上消逝了。听着李杰的疑问，他点头说道：

"是的，她来找你。现在院中站着，等你出去呢。我叫她进来好吗？"

"不，不要，我出去！"李杰摇一摇头说。这时猜疑，不解，惊奇，将他的一颗心占领住了，不禁如小鹿一般怦怦地跳动起来了，一面立起身来，一面口中不住地说道：

"怪事！怪事！……"

如走上火线即刻要与敌人厮杀的光景，李杰虽然在外表上把持着镇静的态度，然内心无论如何不能处之泰然。他终于走出厢房的门限了。他不大勇敢地举起两眼向院中一望，只见在那大殿的阶下背立着一个剪发的，身穿着淡青的旗袍的姑娘。她这时眼睛是在瞻览着关帝的神像。在院中立着的几个乡下青年，尤其是李木匠和癫痢头两人，向这姑娘的背影射着惊奇的眼光。他们全都哑然无声，好像受了这姑娘的催眠一般。李杰轻轻地走近她的背后，她觉察出来了，回过脸来，很自然地带着微笑，向走近她的面前的李杰说道：

"你是密斯特李吗？我有要紧的话要向你说，不知你可能腾出一点时间来。事情是很危急的……"

李杰没有过细听真她的话，只先注意到她的一张翕张着的小嘴，高高的鼻梁，圆圆的眼睛，清秀的面庞……他并不是故意要审视她的姿容，可是一种惊异的，不解的心情，使得他在初时不自觉地有了这种行动。

"是的，"李杰半晌才说出话来。"事情是很危急的……（李杰自己不知道他所说的意思是什么）密斯，请到里面去坐……"

李杰这时忽然觉察到这位姑娘的诚实的，然而表现着恐怖的，焦虑的眼光了。他感觉到即刻这位姑娘要向他说出什么可怕的事来。姑娘并不客气地随着李杰，走进李杰的房里来了。多少道惊奇的眼光追射着他们两人的背影，悄悄地期待着什么奇迹的出现。小抖乱首先轻轻地惊叹着说道：

"你看！这位小姐真体面！洋学生的样子到底和我们乡下的婆娘不同！"

癫痫头用手将小抖乱的肩膀推了一下，很正经地说道：

"别要瞎话！你知道她是李先生的什么人？听见了可不是玩的。"

"这也许就是李先生的那话儿。"有一个青年向小抖乱挤了一眼，这样说。癫痫头回过脸来骂了他一句。这时李木匠静静地坐在石阶上，一句话也不说，低着头在想着什么心事。有两个小伙子悄悄地走了几步，企图着到李杰的窗外去偷听房内的动静，可是被癫痫头看见了，即刻将他们俩拉回转来。

李杰将这位奇异的姑娘引进了自己的房中以后，即指着床请她坐了下来。她很好奇她将房中巡视了一下，不知为什么，一瞬间她的脸上呈出惊叹的，满意的微笑。李杰不知如何开口为是，只局促地收拾桌上的笔墨，欲借此以遮掩自己的不安。但是他又觉得他不得不开口说话，似此沉默下去，实属不便。后来他终于为难地从口中冒出半句话来：

"敢问密斯……"

姑娘拍一拍衣服，好像镇定了一下，开始发出很温和的，坦率的音调，向着李杰说道：

"密斯特李当然不认识我，不过说出来，也许密斯特李你会知道的。我是何松斋的侄女儿……"

　　李杰听见这一句话，徒然想起前年他拒婚的事来了，他的一颗心不禁因之增加了跳动的速度，而脸上也泛起红潮来。这位姑娘本来是他曾经所拒绝过的呵！那时他为着爱恋着兰姑，不愿听到任何其他女子的名字，所以才拒绝了她……这事他本来久已忘记了。现在这位姑娘忽然来找我，这是因为什么呢？她所要求于他的是什么？奇怪呵，……但是何松斋的侄女儿似乎毫不觉察到李杰的心情，继续往下说道：

　　"我的名字叫做何月素，你或者听见过也未可知。我知道你一定很奇怪，为什么今天我跑来找你，我们从来没见过面……在这乡间是很蔽塞的，我居然冒着不韪来找你，这不是使你很奇怪的事情吗？但是，密斯特李！"何月素的态度严肃起来，声音也比先前沉重了。"你可知道你和你的同志们今天夜里都要有性命的危险吗？"

　　李杰几乎跳将起来，连忙惊慌里问到：

　　"你，你说什么？我们今天夜里有性命的危险吗？你怎么样知道，密斯……何？"

　　何月素用手将披散到眉毛的头发往上理了一理，不注意到李杰的惊慌的神情，依旧平静地说将下去。

　　"你蓦然听见我这话，一定很难相信，不过，密斯特李，如果你细细地想一下，便会觉得这事来得并不突兀。你想想你们现在干的是什么事呢，你们组织了农会，你们号召农民打倒土豪劣绅……你们也会想过这是什么事情吗？这在土豪劣绅们，连你的父亲也在内，他们的眼中看起来，无异是罪大恶极的行动。他们能毫不做声地任着你们这样干下去吗？他们能不筹谋对付你们的方法吗？你们要打倒他们，那他们也便要来打倒你们……因为这个原故，所以今天夜里的事情本是可以意料到的。"

"但是今天夜里到底有什么事情呢？"李杰迫不及待地问。

"我们乡里的绅士们在你的家里开了一个会议，"何月素继续说道，"他们决定乘着你们不备，在夜里来将你们打死，而我的叔父何松斋便被推为这件事情执行的人。他们的计划，我从我的叔父口中都偷听着了，就是今天夜里差许多人来，乘着你们冷不防……"

李杰忽然跳起来说道：

"真的吗？"

"不是真的还是假的不成！"何月素睁着两只圆圆的眼睛，厉声地说道，"我怕你们要遭他们的毒手，特地在我叔父面前扯了一个谎，说是要到亲眷家里望望，这才绕道跑到你们这儿来。我劝你们今天夜里防备一下，别要小视此事才对呢！"

"是，是！"李杰这时镇定起来了。听了何月素最后的劝告，连忙感激着说道，"蒙密斯何冒着危险来报告我们这种消息，我们真要向密斯何表示无限的感激。密斯何这样地热心，真是女界中所少有的。"

何月素听见李杰恭维她的话，不禁脸上红潮一泛，很妩媚地向李杰看了一眼，笑起来了。

"密斯特李！现在不是说恭维话的时候，还是预备今晚的事情要紧呢。"

李杰被何月素这几句话说得难为情起来，不禁暗暗想道，

"这个女孩子,看不出,倒很厉害呢!她还记得我拒绝她的婚事那一回事吗?不料何松斋会有这么样的一个侄女儿……"李杰想到这里,正待要开口回答何月素的当儿,不料在他们两人的惊异的眼光中,王贵才引着一个乡下的姑娘走进来了。

三二

无论何月素怎样地有着自信,无论她对于李杰的关系(在男女的情爱方面说)是怎样地淡薄,她和李杰本是第一次见面呵!但是当她见着一个乡下的姑娘,然而是一个朴素中带着秀丽的姑娘,走进来了的时候,她的一颗心却无原由地被妒火所烧动了。她几乎带着恶意地将进来的毛姑上下打量了一番,见着她虽然具着乡下的朴素的姿态,但是那姿态在许多的地方令人感到一种为城市女子所没有的美丽来。毛姑脑后拖着一个粗黑的辫子。身上穿着一件青紫色的短袄,没有穿着遮掩下身的裙子,这装束的确是很粗俗,然而何月素很能觉察到,这是一个可爱的姑娘呵!……

"这就是李杰所留恋着的那个女子吗?李杰为着她而拒绝了我,"何月素想到这里,不禁即刻很忿然地看了李杰一眼,但即刻又转而想道, "但是,不是听说那个女子已经死了吗?……"何月素因为被思想所引诱住了,坐着不动,连向进来的人打招呼的礼节都忘记了。李杰在初时也同发了呆一般,惊怔地看着走进来的两兄妹,宛然忘记了说话。后来他颤动了一下，好像从梦中醒来也似的，连忙笑着招呼客人，"请坐！"

　　贵才依旧立在李杰书桌子的前面，他的妹妹向着靠门的一张木椅子坐下了。她红着脸，默然地不发一语。她偶而向坐在床上的何月素瞟一瞟，就在这时候她脸上的红潮更泛得厉害，也不知是由于害羞，也不知是由于妒意。她的哥哥不住地将眼光射着何月素，可是何月素的神情并没注意到他的存在。房中的空气如受了重压一般，一时寂默到不可寂默的程度。李杰表面上虽无什么动作，可是满脑海里起了波浪。

　　"这是怎么一回事呵？"他想。"平素一个女子也不上门，今天忽然莫名其妙地跑来两个女子……"

　　后来还是王贵才冲破了一种不能忍耐的寂默。病了几日，没有到农会来，听见他说话的声音，李杰这才觉察到他有点清瘦了。他手中持着两朵鲜红的野花，一上一下地颤动着。

　　"李大哥！两天不来这里，我真有点着急呢。"他说着这话时，将两朵野花向桌上的笔筒插下。"毛姑老早就想来看看这里像什么样，"毛姑此时向着李杰含羞地笑了一笑，这一笑可是把李杰的心旌弄得摇荡了。他觉得那是异样地妩媚，异样地可爱……但是他即刻把持住了自己，继续听着贵才的述说。

　　"但是两位老人家不准她来。"贵才继续说道，"今天她硬要求我，偷偷地跑了来，她说，一天到晚在家里过着讨厌的日子，实在太够了。她想看一看，到底男子们在外面做一些什么事情。……"

　　毛姑见着她的哥哥说到此地，不禁又含羞地向着李杰笑了一笑。李杰向坐在床上的，默然的，仿佛也在静听着贵才述说的何月素，瞟了一眼，笑着说道：

"事情并不是只有男子们可以做的。男子们所能做的事，女子也可以做。现在的世界有点不同了。有的女子比男子还厉害些，还要勇敢些。你们看，这位何小姐就是这么样的一个女子。何小姐冒着险来报告我们的消息，如果不是何小姐……"

这时两兄妹齐向何月素惊讶地望着，何月素感受到他们的眼光，不自主地起了一点轻微的傲意，脸上荡漾着一层薄薄的微笑的波纹。

"那我和张进德两人，说不定明天就不能与你们相见了。"

"是怎么一回事呀？这位何小姐从什么地方来？是不是……"

李杰好像不听到贵才的话也似的，仍旧射着感激的眼光，面向着何月素说道：

"何小姐是何松斋的侄女儿，她今天特地背着叔父跑到这里来报告我们，就是我的父亲李敬斋，她的叔父何松斋，还有张举人，他们决定将我们办农会的人打死，今天夜里他们就要下手……"

毛姑泛着红的面孔忽然苍白起来了。恐怖充满了她的眼睛，瞪瞪地向李杰望着。她的哥哥却为着愤火所燃烧着了，两眼一翻，狠狠地向桌面击了一拳，叫道：

"真的吗？"

"这当然是真的，何小姐当然是不会骗我们的。你来得正好，请你即刻到吴长兴的家里去，张进德在他那里，叫他赶快回到会里来，好商量商量今天夜里的事情。"

贵才一闻此言，便离开房中的人们，头也不转地跑出去了。他宛然如同忘记了他所带来的年轻的妹妹。李杰红一红脸，有点难为情的样子，向着毛姑说道：

"毛姑娘！你今天来得正好！这位何小姐是很有学问的，她一定可以告诉你很多的事情。"

毛姑欲言而又怕张口的样子，半晌才羞怯地说道：

"何小姐也在农会里办事吗？"

何月素听着此言，不知为什么，将脸红了一下。她装着不听见他们两人谈话的神情，只张望着房中的布置。李杰向她瞟了一眼，略一摇头，笑向着毛姑说道：

"何小姐现在还没有在农会里办事，不过我想她也许愿意到我们这里来办事呢。"李杰转过脸来向何月素笑着说道，"密斯何！是不是？你愿意来帮我们的忙吗？"

"我是一个女子，你们要我来帮什么忙呢？"何月素很腼腆地笑着说。

"革命的事情并不一定都是男子们干的呵！……"

何月素即刻取消了腼腆的态度，转换着一种不屈的，有自信力的声调说道：

"我并不是说革命一定都是男子们干的，而我们就不能干。不瞒密斯特李你说，我老早就想跑到外边去了，无奈我的环境太坏，我没有这般做的力量。现在你们如果有什么需要我的地方，我是一定要做的，决不退避。不过我能做什么事情呢？"

"事情是多得很呢，"李杰说，"不过这么一来，你的家庭问题倒怎么办呢，你的叔父……"

何月素不待李杰说完，便带点愤意地冷笑道：

"密斯特李！只有你才能脱离家庭吗？你能够离开你的父亲，我就不能离开我的叔父吗？如果你们愿意，我从今天起就不回家了。但是，不过……"何月素的声音有点降低了，脸上复露出为难的神情。李杰接着向她问道：

"密斯何既然有此决心，难道还有什么为难的地方吗？"

"不过我究竟是一个女子，女子究有许多不方便的地方，而且乡下的人封建极了，……我一个女子是不能住在你们这庙里的。请密斯特李明白这一层。"

何月素沉默下来了。李杰沉吟了一会儿，后来说道：

"这倒是一个问题，不过我想，这事也容易解决。"李杰说至此地，向坐着不语的毛姑瞟了一眼。毛姑好像被这一眼所鼓动了也似的，开始羞怯地说道：

"我听不大懂你们的话，可是我觉得我也马马虎虎地懂得一点。何小姐不是说住在庙里不方便吗？我想这事情倒好办……如果可以的话……"

毛姑害羞，忽然停住不说下去了。李杰急忙问道：

"毛姑娘有什么法子好想呢？请快些说出来给我和何小姐听听。"

"如果可以的话……"毛姑现着十分害羞的神情，又开口低低地说道，"我愿意来陪何小姐，不知何小姐可愿意吗？"

李杰如解了什么难谜也似的，听见毛姑这话，不禁连声说道：

"好极了！好极了！难得毛姑娘愿意这样。我想，密斯何，你也不会反对这种办法罢？我将我的这间房子腾给你们两个人住，而我搬到对过去。"

"但是我究竟能做些什么事情呢？"何月素问。

"事情多着呢！我们本来打算设一妇女部，可是因为没有人担任，终于没有设。现在你来了，这妇女部就请你担任。"李杰回过脸来向毛姑娘瞟了一眼，笑道，"毛姑娘很能干，可以做你的一个帮手。"

毛姑羞急得涨红了脸，抿着嘴，射着埋怨也似的眼睛，十分不安地说道：

"李先生也真是……我能帮何小姐做什么呢？何小姐有学问，这要我来帮她？我是一个乡下人……"

"我难道是一个城里人吗？我们这里谁也不是城里人。"

何月素说了这话，和着李杰同声笑起来了。三人接着谈论些别的话……期待着王贵才和张进德的转来。

三三

阴沉的黑夜，偶而飞落一丝两丝的微雨。在微微的春夜的薄寒里，一切的村庄，树林，田野，凄然地静寂着，宛然沉入了艰苦的，难以催醒的梦乡。关帝庙呈现为一个巨大的黑堆，悄悄地躺着不动。两扇庙门虚掩着，仿佛在这阴沉的黑夜里，里面住居的人并不忧虑到会有"不速客"的到来。庙门前的空场上的树根下，偶然蠕动着黑影，有的黑影忽而伏着，忽而站着，表现着一种不耐烦的期待的情状。

"妈的，还不来，真等急死人！"只听见有一个黑影发出低低的这样埋怨的声音。

"不要说话，你这浑蛋，"别的一个黑影更低微着这样说。

"你听，大概是来了……"

空气陡然紧张地寂静起来，没有一个黑影再蠕动了。远远地传来正向这儿走着的低低的谈话声，脚步声……越来越近……最后有十几个黑影在庙门前的空场上出现了。他们的手中都持着什么长短的器具，但是因为在黑夜里的原故，虽然在很短的距离以内，也看不清楚所持的是什么。只见有两个先走进庙门看一看，即刻回转来向大家轻轻地说道：

"庙门开着呢。"

"大概是忘记关了。"

"妈的，该他们要死！"

"快进去！……"

黑影们究有点胆怯的形状向着庙门移动了。两个首先推开庙门走将进去，不料就在他们俩刚跨进门限的时候，庙门背后两边有两条粗大的木棍打将下来：一个哎哟一声便扑通倒在地下，一个扶着负痛的肩臂，拼命地跑回转来。

"不好了！他们有防备了！"

这话刚歇，只听哇一声如山崩了也似的喊叫，从各树根下跑出许多黑影，他们手中各持着家伙，齐齐地打来。来偷攻关帝庙的黑影们在巨大的意外的惊骇之中，都不顾性命地四散奔逃了。有的，大概是无经验的年轻的原故，竟骇得哭出声来。

有的受了重伤，便倒在地下呻吟着。有的被打倒之后，又挣扎着爬起来跑了。结果被活捉了三个。

"妈的，没有把他们一个一个都活捉到！"

"你们来的时候没有算一算命，我造你们的亲祖宗八代！"

"起来！妈的，你还装样吗？"

"拖到庙里去，"

"…………"

一种欢笑的，咒骂的，混合的声音，打破了黑夜的静寂。微雨停止了。天上的阴云淡薄了些，隐隐地露出昏黄不明的月光来。这时庙内的灯火已燃着了，众黑影涌进了庙内之后，在光亮之下才现出各人所特具的面目。一种胜利的情绪包围住了众人，众人乱哄哄地一时找不出怎样才能表示出欢欣的谈话来：癞痢头口中不断地骂着"妈的，妈的……"，大概这就是他表现欢欣的方法了。素来沉默着的，不知欢欣为何物的吴长兴，现在也禁不住在自己的平素是苦丧着的面孔上，流动着得意的微笑，张进德开始和李杰商量如何审判俘虏的事情……

被俘的三个人被捆绑在大殿的柱子上。两个不断地呻吟着，哀求着，一个低着头儿毫不声响。小抖乱走上前去，用手将这人的头往上一搬，仔细审视了几眼，不禁又是欢欣又是惊异地叫了出来：

"这是胡根富的二儿子呵！"

李木匠一听见癞痢头的叫声，便连忙大踏步地走将过来，定着眼睛看了一下：果然，不错，这是胡根富的二儿子，不禁将脑中的念头转动了一下，"妈的，你今天也落在老子的手里

了……"啪的一声，就给了一个很响亮的耳光。众人为这一巴
掌的响声所惊怔住了，都开始向着发愤的李木匠望着。

"打罢，打罢，使劲地打罢，木匠，现在是你报仇的时
候了！"

"木匠！你问一问他的老婆在家里好吗？"

李木匠不顾及众人的同情与讥笑，仍继续将巨大的巴掌向
着胡根富的二儿子的脸上拍去。这小扒皮倒有点能耐，任着李
木匠的痛打，一声儿也不响。眼见得他的脸孔逐渐红肿起来
了。因为自己手痛了的原故，李木匠才停住不打了，愤愤地吐
了他脸上一口吐沫，默默地退到一边，喘着气。

"我的乖乖！今天李木匠可出了气了！"癞痢头笑着这样
说，在灯光之下麻子都发了亮的刘二麻子，正欲依照着李木匠
的榜样，刚一举起拳头来的当儿，张进德和李杰走上前来了。
王贵才立在李杰的后边，好像为他保镖也似的。

"老二！别要打他！"张进德将刘二麻子拉过一边说道，
"打死了，我们反而没有戏唱了。我已有了主意……"张进德
说着，便转向被捆绑在右边柱子上面的，这时还在呻吟着的两
个俘虏面前走来。他先向那一个约莫四十岁的汉子望了一望，
觉得好像有点认识他，但一时不能记忆起来。只听得那汉子口
中喊道：

"冤枉呀，冤枉！早知如此，我任着不种田了也不来这
里……"

"这可就奇怪了！"张进德向着立在他旁边的众人巡视了一
眼，微微地笑道："半夜三更你们想要来把我们打死，又没谁

个请你来，你怎么说叫着冤枉呢？如果我们被你们捉住了，那可真是冤枉呢。”

“你不知道，会长老爷呀！”

“我是会长，可不是老爷，”张进德打断他的话头说。

“我在田里做活做得好好的，东家打发人将我喊去，硬逼我今天夜里来到这里……我什么也不知道……可怜……”这汉子眼见得觉得自己太冤枉了，忽然放声哭了起来。张进德依旧如先前一般的平静的话音，向他问道：

“你的东家是谁呢？”

“就是张举人……”他很用力地，哽咽地吐了这么一句。大家不做声，群立着不动，期待着他往下的诉说。半晌他又哭着说道：

“张举人逼我今天夜里来……他说，如果我不愿意？那他就不给我田种了。诸位想想，我一家五口，老的小的，不种田不是要讨饭吗？他又说，成了事之后，每人还有重赏……我没有法子，只得……只是怕没有了田种，并不想要什么赏钱……请诸位开一点恩罢，我任着讨饭，下次再也不敢了。”

张进德沉吟了一会，后来吩咐立在他的右手的癞痢头说道：

“将他放了罢。”

“不做他一顿，给他一个乖，就这样把他放掉吗？”癞痢头有点怀疑不解的样子这样反问张进德，仍旧立着不动。

“他比不得胡小扒皮。”张进德解释着道，“他是被逼迫来的，情有可原。快把他放了罢！”

癞痢头露出不高兴的神情，但张进德的命令又不得不听，只得走向前去，将被捆绑着的人的身上的绳解了。这汉子被放了以后，向着众人磕了一个头，预备即刻就走出庙门去。但是张进德将他喊转来，向他问道：

"你知道农会是干什么的吗？"

这汉子惊怔住了，似乎不了解这句问话的意思。张进德接着又重问了一句。他半晌才口吃地说道：

"我……我不知道……农会是……"

"农会是保护穷人的利益的，"张进德为他解释着道，"是要种田的人不受田东家的欺，你明白了吗？你的田东家为什么要杀害我们办农会的人呢？就是因为我们要打倒田东家，和他们不利，你明白了吗？……像你这样的穷人应当加入我们的农会才是道理，如何能帮助田东家来打我们呢？往后万不可再这样了！……"

"是！是！不敢了！"他一边说，一边往后退去。他终于如畏缩的老鼠一般，走出南门了。惟有癞痢头有点埋怨似的，自对自地说道：

"妈的，便宜了他！这小子是猪！帮助田东家。妈的……穷人应当帮助穷人才是，妈的……"

"请你们也把我放了罢！我是更冤枉了！哎哟，好痛呀！"

众人回过身来，又将第三个被绑着的俘虏围绕着了。这是一个二十五六岁模样的强壮的汉子，他的叫喊的声音很响亮。他的耳根下有点血痕，大概是被打伤了。众人听见他这样地喊叫着，都禁不住好笑起来了。好事的小抖乱首先笑嘻嘻地开口问道：

"我的乖乖！你怎么更冤枉呢？快说，你这小小的活宝贝！"

李木匠忽然跑上前来，将小抖乱推开一边，很急迫地，惊慌地说道：

"你，你不是何三宝吗？你，你怎么发了昏……干出这件事情来？我不是早告诉过你……"

众人见着李木匠的这种行动，不禁都目瞪着他，表现出异常的惊愕。何三宝见着李木匠这样问他，即时低下头去，一声儿也不响。如期待着什么也似的，众人都寂然立着不动。鼓噪着的大殿，现在忽然被沉默的空气所压住了。张进德用眼睛向李杰望了一下，张一张嘴，但终于没说出话来。

"木匠哥！"何三宝低着头不动，半响方才低低地懊悔着说道，"是的，不错，我发了昏。只因为赌博输得太厉害了！无处弄钱，因此才答应了何二老爷，贪图他的一点赏钱。他答应我，在事情办妥了之后赏我十块钱。我一时地发了昏，便做出这种事来，唉……"

何三宝将披散着发的头摇了一摇，接着叹了一口冤枉的长气。从来硬心肠的李木匠，至此时也不免现出怜悯的神情，他低下头来沉吟了一会，后来说道：

"本来你这种行为是不能原谅的，不过我既然是你的朋友，便应当搭救你才是。不然的话，人家要骂我为无情无义之人了。你我虽比不得桃园结义的弟兄，"说至此，李木匠向着坐在上面的关帝神像望了一眼。"但是我李木匠是不会辜负朋友的。不过你要答应我……"

"只要你救了我，我便什么都答应你。现在我懊悔也来不及了！往后我一切都听你的话。"何三宝这样很坚决地说。

"你要答应我，往后再不要受他们有钱的人指使来反对我们的农会！你要知道我们穷光蛋应当卫护穷光蛋……"

"木匠哥！我可以向天发誓！如果我何三宝往后不改邪归正，一心一意卫护农会，就要雷打火烧，死无葬身之地！"

李木匠听见何三宝这样坚决地发了誓，不禁喜得两双秀眼密拢住了。但他不敢即行将何三宝身上的绳索解开，转过脸向立着不做声的张进德问道：

"进德哥！你看这怎么办呢？"

"将他放了罢。"张进德将手一举，很不经意地说。李木匠如同得了皇恩大赦一般，即刻将被捆着的朋友解了开来。何三宝的两只手腕已捆得紫红了。

"我不回去了。"何三宝一面将腕上的伤处抚摸着，一面很不客气地向大家说道，"反正我也没有什么家，独自一个人过日子。我就在这里住下好吗？我可以在这里打打杂，跑跑腿。你们要我不要我？……"

没有等到大家的回答，何三宝忽然指着捆绑在他对面的胡小扒皮说道：

"妈的，这东西最可恶！我们不主张将你们打死，可是他偏偏要将你们打死……我要扯谎就不是人娘养的！"

众人都愤然地将眼光射到胡小扒皮的身上。癫痢头不问三七二十一，就向胡小扒皮的大腿上狠狠地踢了一脚。胡小扒皮低着颈不做声的态度，更将癫痫头激起火来。他接连又踢了两脚。

"我造你的妈妈！"癫痫头骂道，"你要将我们打死吗？老子打给你看看！"

胡根富的二儿子依旧如死人一般，毫不声响。癫痫头向众人骨碌了一眼，不知如何继续行动才好。刘二麻子卷一卷袖口，正要预备上前发泄愤火的当儿，张进德打断了他的兴头，止住他说：

"别要打他了！打死了也没用。天已不早了，大家暂且休息一下，等到明天我们再来处治他。庙门关好，怕他跑了不成？派两个人轮流看守着他……"

听了这话，各人的脸上忽然现出睡容来，齐感觉到欲睡的疲倦了。惟有癫痫头和小抖乱两人精神如常，不愿意离开被捆绑着的胡小扒皮的身旁……

三四

朝阳穿过窗孔，侵袭到张进德的枕头了，张进德这才从睡梦中醒来。他睁一睁惺忪的睡眼，见着时候已经不早了，一骨碌爬起身来。出乎他的意料之外，他没听出一点儿人们的动静。全庙中哑然无声，仿佛只有他一个人在这里住着，此外再无其他的声息。"难道他们都还在睡着，没有一个人醒来吗？……"他想，在静寂的早晨的空气中，好像昨夜晚的经过：捕捉敌人，欢欣的哄动……一切都消逝了影子，好像从这一切之中，留下来的只是张进德，只是这空空的庙宇，只是从这窗孔中所射进来的阳光，这是怎么一回事呢？

张进德将衣服急忙地穿好，走出自己小小的房门，来到院中一看，只见大殿中的柱子上绑着的胡小扒皮低低地偏着头不动，而在他旁边坐着的两个人正在那儿打盹。除此而外，连别的一个人影子都没有，一切人们都不知跑到什么地方去了。张进德不禁更加疑惑起来了："这是怎么一回事呢？活见鬼！……"当他走近两个看守的人的面前，他们俩还是在打着盹，口沫流得老长的，一点儿也没有觉察到。"如果有人将你们俩偷去了，你们俩还不知道呢。"他不禁这样想了一想。举目一看，倒是胡小扒皮觉察着他的到来了。只见脸孔上有着伤痕和灰垢的胡小扒皮，不恭顺地瞅了他一眼，又将头转过去了。他见着胡小扒皮的这种倔强的态度，不禁暗暗有点纳罕起来：这小子真是一个硬汉呢！……不知为什么，一瞬间，张进德为一种怜悯的心情所激动着了，陡然地怜悯起他面前的牺牲物来。"我与他既无仇恨，何苦这样对待他呢？一夜的苦头谅他也受够了，不如把他放了罢……"想到这里，不知从什么地方刮来一阵微寒的晨风，使得思想着的张进德惊颤了一下，即刻改转过来了他的思想。"张进德，你发了疯吗？何三宝不是说他要来杀死你和你的同志吗？也许他不是你个人的仇人，但是他是农会的仇人呵！……"

"妈的，打死你这个舅子！"

打着盹的一个看守人忽然说了这一句梦话，张进德觉得有点好笑。他走近他的跟前，轻轻地向他的腿上踢了一下，他这才从梦中惊醒了。用手揉一揉惺忪的眼睛，惊怔而不解地向着立在他的面前的张进德呆望。张进德笑着说道：

"你要打死谁呀？谁个把你偷去了，你还不知道呢！"

听了这话，他即刻惊慌地寻视捆绑着的胡小扒皮。看他还在不在。见着所看守的对象还安然无恙，这才露出一种轻松的，放了心的神气。这时他的别一个伙伴也醒转来了。张进德见着他们两个是平素不大来到农会的人，不知为什么，昨夜晚也被王贵才拉来了。

"他们都跑到什么地方去了呀？"张进德问。

一个年轻一点的开始说道：

"他们天刚一亮就跑出去了，教我们两个看守着这家伙。我问他们到什么地方去，他们糊里糊涂地说得不清不楚，我也没听明白。李木匠、刘二麻子领着头……"

"我听见他们商量，"别一个插着说道，"好像去要烧哪一家的房子。"

"呵，这才是怪事！"张进德很疑惑地想道，"烧房子……烧什么人家的房子呢？为什么？……不打我一声招呼就这样胡干。这才是怪事呢！……"

张进德带着满肚子的疑惑，离开了大殿，向着李杰的房间走来。房门虚掩着，张进德轻轻地一推，便走将进去。他见着床上卧着两个人：靠着墙的床那头卧着的是李杰，而床这头卧着的是他的好友王贵才。李杰脸向着窗户很疲倦地卧着，未脱去衣服的右手臂向床沿下笔直地垂着。偶而在疲倦的睡容上露现出来微笑的波纹，好像在做着什么甜蜜的梦也似的。脸孔也就因此更得孩子气了。王贵才面向着床里睡着，看不出他的睡后的姿态来。张进德将李杰的脸孔审视了一下，忽然起了一种难以形容的感觉：他饱满着温情，好像现在是在玩味着他的睡后的小弟弟，想要温存地抚摸抚摸，很亲爱地吻一吻。他感觉得他是这个可爱的孩子的老大哥了。

他想起来了李杰的身世……李杰对于工作的努力……虽然有时不免于孩子气，有点任性，但是他对于事业的热心，征服了乡下人对于他的怀疑……他，张进德，很知道自己为什么要革命，因为这个世界对于像他这样的人们是不利的，是不公道的。而他，李杰，本是一个养尊处优的公子哥儿，为什么要革命呢？……张进德从未曾好好地企图着寻出这个理由来。李木匠有时向他提出这个问题，他总是说道：

"世界上尽有许多不专门利己的人呵！我知道，李杰他是能和我们在一道的！"

对于他，张进德，这问题似乎很简单：李杰既然要革命，那我们就得信任他，没有再追寻"为什么"的必要。要做的事情多着呢，谁个有闲工夫来问别人为什么要革命呢？要革命就革命，不革命就拉倒，问题再简单也没有了！……

张进德本来打算要向李杰报告意外的事变，但是当他见着李杰的这般睡容的时候，忽然觉得不忍心来打断他的好梦。"让他醒了之后再说，"张进德这样想着，便不开口叫唤睡兴正浓的李杰了。王贵才很机械地醒转过来，见着张进德立在床前，开口问道：

"时候不早了罢，进德哥？"

张进德向他笑着说道：

"太阳已经晒得你的屁股痛了，你说早不早？"

"他们呢？"

"都跑掉了！"

王贵才一骨碌儿爬起来坐着，睁着小小的圆滴溜的眼睛，很惊异地问道：

"都跑到什么地方去了呀！"

就在这个当儿，李杰醒转来了。用手揉一揉还不欲睁开的眼睛，慢慢地，懒懒地说道：

"是怎么一回事呀？呵呀！"他接着打了一个呵欠。张进德带着半庄半笑的声调说道：

"怎么一回事？人都跑光了，你们还在撅着屁股睡呢。快起来！"

李杰刚欲问明情由的当儿，忽听见院内哄动起来了。只听见叫骂声，欢笑声，哭泣声，哀告声，混合了一团。张进德将眉头蹙了一下，向着李杰说道：

"你听！这才真是一回什么事呢！"

三五

大殿中沸动着拥挤着的人们的头颅。一片鼓噪着的声音，几乎是同一神情的面孔，令人一时很难辨认得清楚。当张进

德，李杰和王贵才三人向着人众里挤进去，打算看一看是一回
什么事的时候，沸动着的人众好像没有觉察到他们的存在也似
的。只见大殿中的几杆柱子上，除开原被捆绑着的胡小扒皮以
外，又加上了两个新的。张进德一眼便认出那一个是胡根富，
一个是发已雪白了的张举人。癞痢头手持着竹条，正有一下无
一下地鞭打着张举人斗着趣，而鞭打着胡根富的那个汉子，张
进德却不认得。众人的视线都集中到这两个新囚的身上，有的
拼命地骂着，有的相互地讨论着如何处置他们的对象。他们好
像忘记了张进德等的存在，这使得张进德有点生气起来，他走
至正在和何三宝商量着的李木匠的跟前，默不作声地站着。李
木匠眼见得为目前的情事所兴奋着了，忘记了理那披散到额前
的头发；他一手撑着腰，一手摆动着不息。何三宝笑嘻嘻地听
着他的朋友，有时插进一两句话；他完全改变了昨晚被捆绑着
时那种可怜的，不振作的情状了。张进德这时觉察到了何三宝
的鼻梁特别地高，一张嘴特别地大，或者可以塞进去一个
拳头。

"木匠！"

李木匠正在鼓着兴头的当儿，被张进德这一声喊得惊颤了
一下。他回过脸来一看是张进德，即刻好像被捉住了的小偷儿
也似的，现出一种惊慌的，求饶的，犯了罪也似的情状来。他
张了一张嘴想说什么，但他终于没发出声音来。

"你们连向我和李同志一声招呼都不打，就干出这种事情
来，这样实在是……"

"进德哥！"李木匠低低地说道，"这都是刘二麻子和小抖

乱们商量出来的，不干我的事。不信你去问问别人！"略微沉吟了一会，他又继续比较气壮一点地说道，"不过我想，张举人这老东西实在可恶极了！平素专门欺压平民，倚财仗势。至于胡根富这小子平素放印子钱，吃过他的苦头的也不知有多少！穷人们恨他算恨透了！这一次他又叫自己的儿子来杀害我们，这当然是死有馀辜……"

"我并不怪你们不该把他两个捉来，不过你们连一声招呼都不打，这么兔太不对了。有事大家商量一下才行。"

张进德说至此地，听见绑在他后面柱子上的张举人的哀告的声音。他离开了李木匠，转过身向张举人走来。只见李杰立在张举人的面前，现出一种淡漠的，然而又是一种轻蔑的神情。从他的一双俊秀的眼睛中，射出一种十分厌恶的光来。张举人张着干枯了的嘴唇，毫无气力地哀求着道：

"……救一救我罢，李世兄！我们都是世交，望李世兄看着尊大人的份上将我放了罢！我年已花甲，将我杀死了也没用处。此后地方公事，我决不过问就是。像我这风烛之年，还有什么能为呢？李世兄，救一救我罢！……"

李杰正要开口的当儿，忽然有一个年轻的农人跑过来，向着李杰急促地说道：

"李大少爷！千万别要放他！这老东西可恶极了，我的四叔帮他家做伙计，犯了一点小事，就被他打了一顿赶了出来，连工钱都不给。我的三舅种他三亩田，去年因为收成不好，要他把租稻减少一点，无奈这老东西执意不肯，硬逼我三舅将一个小女儿卖给他做丫头。还有他将刘大呆子送到县里押住了的事情……你看这老东西坏不坏呢？李大少爷，千万别要放他！"

这个年轻的农人说话时，两片厚厚的嘴唇颤动着，两眼射着又是愤恨又是哀告的光来。李杰明白了这眼光所表现的是些什么。

"你听见了他说些什么话吗？"李杰很冷静地向张举人说道，"我可以放你，可是他不能放你。你平素所做出的残酷的事情不能放你。如你所说，我们实在是世交，可是我抱歉得很，今天不能救你老人家，尚请你加以原谅才是。"

张举人睁着一双失望的老眼，看着李杰一点也不怜惜地离开他而走去了。他渐渐将眼睛睁大起来，忽然好像他已意识到自己陷入了绝境也似的，唪的一声痛哭起来了。他将两膀挣扎了一下，眼见得他是欲抱头痛哭的，可是他的手被捆绑着了，没有挣扎得开来。癫痫头手持着竹条又走上前来了。他一面用竹条点着张举人的头，一面打趣着笑道：

"我的老乖乖，别要这样伤心罢！伤心干什么事呢？你不是很有钱吗？你的钱到哪里去了？你不是很有势吗？你的势到哪里去了？我的乖乖呵！"

众人都只注意到癫痫头打趣的神情，不料说到最后一句时，他将牙齿一啮，哗喳一声向张举人的肩背上打了一鞭，狠狠地骂道：

"我打死你这作恶的老东西！我造你的八代祖宗！"

很奇怪，张举人被这一竹条打得停住哭了，只睁着两只泪眼惊怔地瞪着他，好像不明白发生了什么也似的。众人见着这种情状，一齐都笑起来了。忽然王贵才走上前来，将癫痫头持着竹条正欲打下的一只手拉着了，说道：

"不要打他了。妈的，我想出来了一个好办法对付他……"

"你想出来了什么好办法呢？"

众人齐声地问王贵才，王贵才又忽然如动了什么重要的心事也似的，即刻丢开了癞痢头的手，预备提起脚来跑开，小抖乱一把把他的衣服拉住了，两眼向他瞪着问道：

"你这家伙发了疯吗？你说你想出来了好办法，那你就说呀，为什么又要跑开？"

王贵才将眼一瞪，解开了小抖乱的手，一声不响地跑开了。在惊怔了一会儿之后，众人开始向王贵才追踪而来，他们好像把被捆绑着的张举人忘记掉了。

张进德和李杰立在院子的中间，询问刘二麻子和李木匠关于如何把张举人和胡根富捉来的经过。起初刘二麻子和木匠还互相抵赖：你说是我引头的，我说是你引头的……后来他们两人爽快地承认了，事情是他们两人的同谋。在天刚亮的时候，李木匠想出了主意，便和好事的小抖乱商量，而小抖乱即刻喊醒了刘二麻子，告诉他去捉拿居在离关帝庙不远的胡根富和张举人……

"怕要打张进德和李先生一声招呼罢？"刘二麻子说。李木匠和小抖乱同声地反驳他：

"为什么要打他们招呼呢？我们这样做是没有错的。他们正在呼呼地睡着，不必惊醒他们，让他们睡一睡也好。等他们醒来了之后，见着我们把张举人和胡扒皮捉来了，哪怕不高兴死了吗？"

"妈的，我领头，我知道怎么样去捉张举人，包管你不费吹灰之力。"何三宝这样鼓动着说。刘二麻子想了一会儿便答应了。于是他们便留下两个人看守胡小扒皮，而其馀的人都出发了……

"我主张把这两个老东西打死掉！"李木匠最后向张进德和李杰提议着说道，"留着他们干什么呢？他们是我们这一乡的祸害。"

"你说把他们打死吗？"张进德轻轻地问了这么一句，并不期待着李木匠的回答，将头仰向天空，好像那上面飞着的几块白云能够引起他的什么思想也似的。李杰也跟着向那天空望去，一时没说出什么话来。出乎他的意料之外，有一个人忽然将他的眉头重重地拍了一下。他回过脸来一看，见是满脸现着欢欣的、庆幸的笑容的王贵才。未来得及问王贵才的时候，王贵才已开始兴奋地说起来了：

"大哥！你知道吗？我想出来了一个好办法……就是，不如把张举人和胡根富绑着游街，使他们献献丑。弄一套锣鼓，妈的，一面拉着游街，一面敲着，怪热闹的，你说可不是吗？……"

"好极了！"

李木匠这么和了一声，便鼓起掌来。李杰目视着张进德，虽然表示着同意的神情，但没说话。张进德向着王贵才呆呆地瞪了一会，后来在他那肃静的面容上荡漾起微笑的波纹来。他回过脸来问着李杰说道：

"也好，就是这样干一下罢！平素他们在乡下人的眼里该

是多么地高贵，该是多么地了不得，妈的，现在也教他们出出
丑才是。我们要使乡下人知道，有钱有势的人并不是什么天上
的菩萨，打不倒的，只要我们穷人联合起来，哪怕他什么皇帝
爷也是可以推翻的。好，我们这样干罢！……"

四二

这乡间的空气还依旧，可是这乡间以外，在县城里，在省
城里，在政府建都的所在，近来似乎在酝酿着什么可怕的，一
时尚难以想象的事变……

李杰经常地读着由省城里寄来的书报，通告，书信，虽然
不能在这其间寻出一个确定的线索，可是那些隐隐约约的语
句，偶而不十分清晰的暗示，在在都足以逼令李杰感觉着，就
是在普遍的紧张的革命的空气的内里，正在酝酿着要爆裂的××
×的炸弹，这炸弹虽然一时不能被指出在什么地方，然而如果
一朝爆裂了，那是有可怕的结果的。李杰深深地感觉到这个不
可避免的事变，虽然不能用明显的语句将这种感觉表示出来，
可是他近来却为着这种感觉所苦闷着了。

在他初进到革命军里工作的时候，他也和别的人一样，为
革命这醇酒所沉醉着了。他曾相信这军队以及这军队的指挥
者，也和他一样，是革命的主力，是光明的创造者。可是他后
来渐渐熟悉了军队中的情形，渐渐认识了所谓"革命的大人
物"的面目，不禁逐渐地失望起来。"这样的人能够革命吗？

如果这是革命，那么这革命是为着谁个所需要的呢？它的结果是怎样？……"他总是这样暗自想着，他的不满意和怀疑也就因此深深地增加了。

那时，同志们说他害了"左倾幼稚病"，说他过于担心……他自然不愿意承受这种乐观的意见；但是他不能很确定地证明他所怀疑的对象，于是在那时他便也没有很坚强的反驳。但是他本能地感觉到"这些人讲革命是靠不住的"，终于请求回到自己的故乡来，实地进入乡下人的队伍里……他相信这是根本的工作，如果他要干革命的话，那便要从这里开始才是。

现在，他回到乡里已两个多月了。在这两个多月的时间中，他相信自己有了相当的成绩。无数的年月被旧的陈腐的生活锁链所捆缚着的乡间，现在居然由他和同志们的努力，改换了一副新面目了。在这乡间，土豪劣绅们失去了势力，乡人们开始意识到有走上新生活的道路的必要。这当然不是小事，这是自有人类历史以来的一种非常现象呵！但是这乡间究竟是一个很微小的区域，在这里他究竟很难建造出一个理想共和国来，如果在这乡间以外的地方，在县城里，在省城里，在京都里，统治着××的势力。李杰感觉着这种××的势力蒙着一种面幕，逐渐地在暗里澎涨着，说不定今天或是明天，那可怕的面目就会呈露出来。那时倒怎么办呢？……如果李杰感觉到在这一乡间的范围内，他是有力量的，可是当他想到这范围以外的时候，那他便要感觉到自己的微弱了。

他深深地为着这种感觉所苦闷着。有没有将自己的这种感觉告诉其他同志的必要，谁个也不会明白他。乐观的，正在兴奋着的何月素，是不会相信他的话的。她一定要反驳他："不，这是不会发生的事情！"至于毛姑，王贵才，刘二麻子，癫痫头……那是更不会明了他的话的。有一次他曾向张进德略略提及一下，可是张进德很不在意地说道：

"管他呢！到什么时候说什么话。"

谁个也不会明白他的焦虑！天晓得！……

今天，他接到他的朋友从省城里寄来的一封信。不知为什么，在未将信封拆开以前，他就好像预感到那信里面有着什么不好的消息。他的预感竟证实了。他的朋友向他报告"马日的事变"……××的势力撞起头来了……政局正在变动……大部分的所谓"领袖"右倾……

这对于李杰并不是意外的晴天霹雳，他早已预感到了。不过当他的预感被这封信证实了的一瞬间，他的一颗心不禁陡然剧烈地跳动起来。"嗯哈！这些带假面具的魔鬼到底要露出自己的真面目来呀！"他想。但是今后应当怎么办呢？革命就此算完结了吗？光明究竟没有实现的希望吗？不，这是不会的罢？……

他将信的内容首先告诉了何月素。这时何月素正在为毛姑解释"阶极……专政……资本主义……"的意义，毛姑听得出神，她也说得高兴。她翕张着小嘴，活动着两只圆圆的眼睛，有时还摆动着白嫩的小手。李杰走进房内，她并没有觉察到，倒是头偏伏在桌上静听着的毛姑先看见他了。

"你说得这样高兴，可是你可知道在省城里发生了什么事情吗？"

李杰说着这话，即将手中的信递给她了。她看见李杰这样忧郁的，失望的神情，惊怔了好一会儿，没有说出什么话来。李杰见她将信越读下去，越将眼睛睁得圆了，脸上也越渐苍白起来。将信读完了的时候，她的眼睛充满着气愤与怀疑，声音颤颤地向着李杰说道：

"这，这是真的吗？岂有此理！……"

李杰没有做声。毛姑莫名其妙，只惊异地望着他们两人，想开口又没有开口，信纸从何月素的手中落到地上了。她一瞬间如中魔也似的，眼睛逼直地向落下的信纸望着，一点也不移动。停了一会，她口中轻轻地唧咕出几句话来：

"这样革命革得好……这才真是革命呢……"

"什么一回事？"

突然的刚走进来的张进德的声音，将发了痴的何月素的状态惊醒了。她重新弯起腰来拾起那落在地上的信纸。

"什么一回事？"

张进德又重复了一遍。何月素立起身来，手中持着拾起来的信纸，如考验也似地向张进德望了一会，说道：

"什么一回事……事情是很糟糕了，我告诉你。"

于是张进德听着何月素的述说了……

在张进德的脸上始而为气愤的火所燃烧着了，即时红胀起来。继而忧郁的云渐渐地展布开了。他低下头来，默然不发一点儿声响。众人的眼光都集中到他的身上，房间内一时寂然。出乎意料之外，他忽然伸出巨大的拳头向着桌面上狠狠地击了一下，放出很坚决的声音，说道：

"妈的，管他呢！我们干我们的！只要我们还有一口气，就应当勇敢地干下去！……"

四三

李敬斋什么也没有明白。自己的亲生儿子号召着农民反对他的父亲；许多年驯服的，任着田东家如何处置就如何处置的佃户，和奴隶差不多的佃户，现在忽然向他们的主人反抗起来了；他，李敬斋，本是一乡间的统治者，最有名望的绅士，现在忽然被逼得逃亡出来，匿居在这县城里的一家亲戚家里……这究竟是怎么一回事呢？难道就这样地翻了天吗？儿子反对父亲！佃户反对地主！这是历古以来未有的奇闻，而他，李敬斋，现在居然身临其境。眼见得于今的世道真个是变了。唉，这该是怎样的世道呵！……

自从阴谋破露了，张举人被拖着游街以后，李敬斋即和着何松斋先后逃亡到县城里来了。在县城里也被如李杰一般的人们统治着，"打倒土豪劣绅"的标语到处贴得皆是，这所能给与他和何松斋的，只是增加他们的失望的心情。难道世界就从此变了吗？李敬斋有时不免陷到绝望的深渊里，但是何松斋却比他乐观些，不相信这样的现象会延长下去。

"等着罢，敬翁！"何松斋有一次躺在鸦片烟床上，在瘾过足了以后，很有自信地说道，"这样是不会长久下去的。在一部《二十四史》上，你曾看过有这种事吗？打倒土豪劣绅……哼哼，笑话！社会上的秩序没有我们还能行吗？流氓地痞可以成事，这些黄口孺子可以干出大事来，国家的事情可以由他们弄好，笑话！敬翁，你等着，我们不久就会看着他们倒下去。"

李敬斋虽然充满着满腹的惑疑，但也只好等着，等着……逃亡到县城里已两个多月了，然而还没等到着什么。在别一方面，从乡间传来的消息：农会逐渐地发展起来，而他的儿子，这个叛逆不孝的李杰，越发为一般农民所仰戴了……"等着罢，你这个小东西！你的老子总有一天叫你认得他！"李敬斋时常这样暗自切齿骂他的儿子，但是他的儿子究竟会不会"认得他"呢，他想，这也许是一个问题。

终日和着鸦片烟枪为伍，李敬斋很少有出门的时候。街道上的景象令他太讨厌了。挂皮带子的武装同志，红的和白的标语"打倒……""拥护……"他一见着就生气。为着避免这个，他想道，顶好是藏在屋里不出去。何松斋时常来看望他，顺便向他报告一些外面的消息。他有时见着何松斋进来了，强装着笑问道：

"呵，何老先生？令侄女现在工作如何？妇女部很有发展吗？"

何松斋也就勉强装出像煞有介事的样子，撇着几根疏朗的胡子，笑着答道：

"承敬翁见问，舍侄女近况甚佳。妇女部的工作甚有发展，凡吾乡妇女不服从丈夫与父母者，皆舍侄女之功也。不过舍侄女虽然对于工作甚为努力，然一与令郎相较，则愧对远矣。"

"不敢，不敢。松翁请勿过誉。"

这样说罢，两人便含着泪齐声苦笑起来了。在一阵苦笑之后，两人复又垂头叹息起来。这样的日子究竟是难过的呵！……

等待着，等待着……

从省城里传来了政变的消息。原有的县城里的军队开拔走了。县知事也更换了。开来一排新的军队……接着街上的标语便都被撕去了。换了别一种的紧张着的，然而又是苦闷着的空气……

聪明的何松斋即刻感觉到是一回什么事了。他的蹙着的眉头舒展开了。几根疏朗的胡子撇得更为翘了。在打听得了确实的消息以后，他全身的血液为着欢欣所沸腾起来了，即刻跑到李敬斋的寓处，报告为他们所等待着的"佳音"。

被鸦片烟所麻木了的李敬斋，起初没有明白是一回什么事。后来他明白了这消息的意义，不禁将冲在口中的烟管一丢，一骨碌儿爬起身来，如蒙了巨大的皇恩也似的，说道：

"真的吗？哈哈，我们终于等着了！"

"现在我们可以请令郎休息一下了。"何松斋一面撇着仁丹式的胡子，一面射着奸险的眼光，这样得意地笑着说。李敬斋便也当仁不让，接着打趣他道：

"小儿无能，何必言及？惟令侄女对于妇女部工作甚为努力，一旦将工作抛弃，岂不要令为丈夫与父母者可惜乎？"

两人又笑起来了。可是这一次的笑是真笑，是得意的，胜利的笑了。在许多时逃亡的苦闷的生活中，两人又开始感觉到

自己的优越了。"社会上的秩序没有我们还能行吗，黄口孺子
可以成事吗？打倒土豪劣绅？请你慢一点，哈哈！……"何松
斋想起自己的话来，不禁更确信自己的见识的远大了。

"请好好地吸一口罢，松翁！"李敬斋说着这话时，那一种
神情好像表示对于何松斋的感激也似的。何松斋毫不客气地便
躺下了。两人相对着吞云吐雾起来。在不大明亮的，如鬼火一
般的昏黄的烟灯光中，两人黄色的面孔上都荡漾着满意的微笑
的波纹。"世界究竟是我们的……"在这一种确定的意识之中，
两人很恬静地为黑酣乡的梦所征服了。

四四

在晴天里忽然打下来一个震人的霹雳！正在欢欣着的，充
满着希望的乡间，忽然为这霹雳所惊怔住了。妈的，这是怎么
一回事！？解散农会？从县里发下来的命令？因为什么道理？
不革命了吗？这是说土豪劣绅们又要伸出头来，而他们受苦的
乡下人，又要重新回到原有的被压迫的地位？这是说租还要照
旧地交给地主，而他们，吴长兴，王贵才，刘二麻子等等，又
要重新过着牛马的生活？这是说张进德，李杰和何月素等要退
下，而让李敬斋，何松斋和胡根富等，又重新回到统治者的地
位？妈的，这是怎么一回事呢！？革命完结了吗？……

在关帝庙的大殿中聚集了几十个活动分子，这其间年轻的
农民占多数。左边靠墙的地方还坐着几个年轻的农妇。吴长兴

的老婆就是其中的一个。近来她的丈夫不敢再干涉她的行动
了。听见了这种消息，她即刻约几个和她相熟的农妇来赴会。
对于她，这农会是最重要的保护她的机关。由于它的帮助，她
改变了自己的奴隶式的生活。解散农会？谁个要来解散她的唯
一的农会？不，什么都可以，可是这解散农会的事情，她是不
能让它实现的！

有的面孔上充满着愤怒，有的面孔上表现着忧郁。有的低
着头不语，有的拍着胸叫喊着：“妈的……妈的……”别要看
这些赤脚汉的表情是怎样地不一致，但是他们每一个人都意识
到，这是生死的关头，这是不应当实现的事实。

李杰首先向会场做了个详细的报告。他说，政局有了大的
变动，一些假革命的领袖们抛弃了革命的政策。他说，阶级起
了分化，资产阶级投降了帝国主义……土豪劣绅们联合一
起……最后他说，这是必然的结果，没有什么可失望的，今后
只有我们自己的努力……

会场如驯服的巨兽一般躺着，静听着报告者的有时竟令他
们不能明了的语句。除开报告者的声音外，一切都寂然无声，
连咳嗽都听不见。不过这一种静默是很紧张的，如果把这一种
静默冲破了，那便会现出隐伏着的火山的烈火来。

在李杰报告完了以后，张进德立起身来，用着很锐利的眼
光向会场上巡视了一下。停了一会，众人便听见他的有力的沉
重的声音了：

“他们要解散我们的农会。为什么要解散我们的农会呢？
这就是因为农会是我们的，不是土豪劣绅的。李同志说过了，

现在土豪劣绅们又昂起头来……他们昂起头来，这就是我们要倒霉的意思。我想在场的没有谁个愿意倒霉。好，现在我来向大家问一声，有谁个愿意将农会解散呢？"

会场如被沉默的石头塞住了喉咙也似的，谁个也不作一点儿声响。这样延长了两分钟的光景。忽然坐在前排的癫痫头立起身来了。只见他红得涨粗了脖子，用着黑而不洁的拳头，在胸前乱捶了几下，口吃地说道：

"妈的，要解散我们的农会……我问一声，为什么要解散我们的农会？妈的……我们要干！不干就不是人娘养的。妈的，我们费了许多力气……妈的……不干就是婊子养的……妈的……"

癫痫头最后骂了一声"妈的"，用拳头向胸前捶了一下，便愤愤地坐下了。接着便有很多的人陆续表示意见，但没有一个人主张解散农会。愤怒把全会场包围住了，如果这时有哪一个敢于表示相反的意见，那恐怕他要被会场所撕碎了。本来悲愤得要哭出来了的何月素，见着会场上这种热烈的，紧张的情形，不禁也为之精神振作起来了。她从李杰的背后立起身来，就在原有的地位上开始发着不大高朗的声音：

"同志们！会场上没有一个人主张解散农会，这可见得大家都认清了农会是什么东西，不过诸位同志要知道，这解散的命令是县里发下来的，如果我们不遵从他们的命令，那他们一定会想出别的方法来压迫我们，到那时大家能不害怕吗？"

她说到此地，向会场巡视了一眼，只听见一团不可辨别的声音：

"不害怕!"

"害怕就不是人娘养的!"

"妈的，做死他们!"

"…………"

她没注意到，惟有吴长兴低着头坐着不动。他这时是在想着关于他的老婆的事情，他的老婆本来是很服从他的，可是自从有了什么鬼妇女部，有了这个黄毛丫头当部长之后，便把事情弄糟了。最近他虽然不敢压迫他的老婆了（如果他再压迫她，那她便要和他离婚呢），可是他总觉得这是不合理的事，时常地闷闷不乐。一切的罪过，他都委之于何月素，因此也就很恨她。可是这时坐在靠墙角的他的老婆，一见着何月素张口说话，便注意静听起来，不丢过一个字儿。她和着众人说道：

"不害怕呵!"

也许这几个字是最真实的罢，然而何月素没有听到她的声音，依旧往下说道：

"大家能够发誓吗?"

"能够!"

全会场一齐这样简单地回答着。眼见得这回答给了何月素以巨大的满意。再说了几句话之后，她便微笑着坐下了。这时会场开始鼓噪起来，无秩序地讨论着怎样对付敌人，怎样才能保障住农会的安稳……

四五

是傍晚的时候了。关帝庙前忽然出现了十几个全副武装的兵士。这是所谓革命军，因为他们打着革命军的旗号。乡人们老是希望着看一看革命军是什么样子，革命军和赵屠户的军队有什么不同的地方。乡人们很知道赵屠户的军队是怎样地对待老百姓：逼捐，拉夫，强奸，焚杀……这印象他们是永远忘记不掉的呵！在乡人们的想象中，这革命军当然要和万恶的赵屠户的军队很不同了，这就因为革命的军队是革命的，是将赵屠户的军队驱逐走了的军队……

现在这所谓革命军是在关帝庙前出现了。有一些简单的无知的乡下人，还以为这是来到他们的乡间"革命"的，革土豪劣绅的命，革田东家的命……然而这所谓革命军的却违反了他们的愿望。他们的愿望是要革命军保护他们的利益，却不知道这次革命军的到来，是为着解散农会，捕捉农会的办事人。换一句话说，他们来革农会的命，革小百姓的命……

雄赳赳的十几个武装的兵士拥进关帝庙里去了。庙内哑然无声，看不出一点儿人影。大殿上的关帝静静地在阅着春秋，周仓和关平在两旁侍立着，桌椅的位置很整齐。东边墙上挂着的一块黑板上，有两个用粉笔写的白字"欢迎"。黑板旁边贴着用墨笔写的农会的布告。

但是这里的人跑到什么地方去了呢？兵士们忙乱地搜索了一会儿，但结果连鬼也没捉到一个。妈的，这真是怪事呢，他们想，为首的斜背着皮带子的驴脸的军官，急得将后脑壳挠了几挠，想不出如何办法。"再搜索一番！"将驴脸一沉，他向兵士们又下了这一个命令。答应一声"是！"兵士们即刻又分散到厢房里，厨房里，厕所里去搜索犯人了。但结果仍连鬼也没捉到一个。

"妈的，这乡的地保呢？"

为首的军官有点着急起来了。但是这乡的地保跑到县城去了，现在还没有回来。

"妈的，这乡的董事呢？"

这乡的董事张举人在游街以后，不久便气愤死了；李敬斋和何松斋两人，这次请他们下乡来捕人的主动者，也到现在没敢遽行回来。

"妈的，怎么办呢？"

没有办法！

天色已经夜晚了。兵士们都感着饥饿。好在厨房内的器具，米，菜等等都是现成的，不如暂且造饭饱吃一顿，好好地休息一夜，（床铺是有的呵！）等到明天再说。明天去捉几个乡下人来问一问，或者带进城去交案去。妈的，这些不安分的乡下人……

为首的军官是这样地决定了。

在刚要开始吃饭的时候，他们又在厨房里发现一坛很美味的高粱酒来。这该是多么欢欣的事呵！妈的，这真是欢迎我们呢……于是大家高兴得喝了一个沉醉。醉汉们忘记了天有多高，地有多厚，忘记了一切，混乱地向厢房内的床铺躺下了。

庙门没有关闭，但谁个也没注意到这个。

　　是快要到半夜的辰光。一种呐喊声，劈劈啪啪的类似乎枪炮声，惊醒了醉汉们的好梦。他们从沉重的梦中醒来，不明白是一回什么事。有的醒来时已全身被捆住了不得动，有的醒来时惊慌地寻找自己的武器，但是武器已被立在他们面前的陌生的人们拿去了。有的惊慌得乱窜，有的骇得魂不附体，战栗得缩成一团。他们只见得屋内屋外灯笼火把照得通通亮，无数的乡下人喊叫着，跳跃着，跑动着……也不知他们于什么时候进了庙门，来抢劫他们，这些革命军的兵士们的枪械。所谓革命军的兵士们，现在是被这些乡下人活捉住了。他们是奉命来捉人的，现在反来做了俘虏。乡下人居然这样地大胆，这真是从何说起呵！

　　十几个雄赳赳的兵士，现在变成可怜的，一点儿威风都没有了的犯人了。有的被绳索捆着了。有的被两个人架着不能动。推的推，架的架，一齐都被拉到大殿上来。也不知从什么地方忽然出现了这些乡下人，紧紧地如铁桶一般将他们围住。他们被命令着并排地跪在地下。为首的驴脸的军官，现在比兵士们表现得更为驯服些。

　　只见一个二十几岁的面孔很文雅，然而在服装上和农民差不多的少年，立在俘虏们的面前，如审判官也似的，开始说话了。

　　"你们是革命军吗？"

　　"是的，我们是革命军。"有几个很畏怯地这样回答着。

　　"你们这一次被派来干什么？是来捉我们的吗？"

囚犯们低着头，谁个也不敢做一点儿声响。

"你们知道革命军的职务吗？"

依旧没有回答。"妈的，做他们一顿再说！"有一个人这样提议，众人接着便附和起来。但是少年向兴奋着的众人摆一摆手，请勿喧闹，接着他又很平静地继续问道：

"革命军的职务是在于保护老百姓的利益，你们知道吗？"说至此他的话音开始沉重起来了。"我们的农会是老百姓保护自己的机关，是土豪劣绅们的对头，你们既然是革命军，就应当和我们在一道才是，为什么反来和我们做对呢？你们一者自称革命军，二者也是穷苦出身，老百姓的事情就是你们自身的事情，为什么反来帮助土豪劣绅来压迫我们呢？"

"我们奉了长官的命令，没有法子。"为首的军官很畏葸地这样解释着说。他依旧低着头不敢前望。

"你要知道你们的长官都是土豪劣绅们的走狗，是做不出好事来的。你们应当拿起枪来向他们瞄准，他们才是你们的敌人。也只有这样才配称为革命军呢。我看你们愚蠢无知，可以原谅你们这一次。下次可不能再来打我们了。回去好好地告诉弟兄们，劝他们也不要做出这种事来，知道了吗？"

"知道了。"囚犯们这样齐声地回答着，仿佛如听了军令一般的形势。

"你们可以回去……"

"但是我们的枪呢？"忽然有一个兵士这样插着问了一句。少年笑起来了。

"你们的枪？对不起，我们要借用一用。我们要组织自卫队，正苦于没有枪械，现在只好向你们借用一下。你们要是革命的汉子，就请你们回去再带些枪来加入我们一道。同志们！放他们回去罢！"

"李先生！不能够把他们放掉呵！妈的，把他们放掉了，他们会又来捉我们呢。"

"不错，不能放，李先生！"

"干脆把他们枪毙掉！"

"…………"

一部分人反对少年的释放的主张。少年见着众人的反对的情状，正在要招手说话的当儿，立在他的旁边的一位强壮的汉子举起手来，向众人发出高朗的声音，说道：

"同志们！别要闹！我们把他们枪毙了干什么呢？他们也是我们的兄弟，不过受了长官的欺骗罢了，我们应当好好地劝导他……"

高朗的声音即刻将鼓噪着的人众安静下来了。有谁个说了一声"把枪给我，我看一看这枪里的子弹放在哪里"，即刻引动了人众对于适才抢到手的枪械的思想，一瞬间好像把俘虏们忘记了。他们在灯光下研究那些为他们所不知道怎样使用的武器。因为争看的原故，几乎要闹得打起架来，若不是所谓"李先生"的叫了一声，"请同志们注意，暂且不要乱弄！"那恐怕要弄出祸事来也说不定。

"别要动！等一会李先生教我们怎样放法。"

"妈的，我们现在有快枪了！"

"李先生做我们的队长，教我们放枪。"

"你愿意干自卫队吗？"

"…………"

纷扰了大半夜，一直到天亮还未停止对于研究枪械的兴趣。没有谁个感觉到有睡的疲倦，大家为欢欣的胜利的酒所陶醉着了。惟有张进德和李杰两人在释放了兵土们之后，说起农会的命运……两人感觉到真正的剧烈的斗争恐怕要从此开始了。怎么办呢，只有勇敢地前去！只有在残酷的斗争中才能夺得自己阶级的福利！……

四六

"……我被推为自卫队的队长，这是因为我在军队里混过，知道一点儿军事。他们把敌人的枪夺来了，可是不知道怎么使用。如同得到了宝贝也似的，他们欢乐得手舞足蹈不可开交。他们虽然无知识，虽然很简单，然而他们该是多么样地天真，多么样地热烈，多么样地勇敢，这些乡下的青年！他们当然都不知道天有多高和地有多厚，只知道'干！干！干！'这一种直感的'干'当然有时会是愚蠢的行动，然而这是我们的胜利之最重要的条件。孩子们，努力地干罢！勇敢地干罢！管他妈的！……

"真正的，残酷的斗争恐怕要从此开始了。张进德也感觉到这一层。我们的敌人能这样地让我们'横行'吗？缴了军队的械，这当然不是一件小事！现在我们有了枪械，现在我们有了自卫队，这当然是对于敌人的最大的威胁。现在我们的敌人意识到了我们的可怕性，意识到了我们的力量，意识到了我们所说的革命乃是真的革命，乃是推翻现存的制度……于是他们再不能忍受下去了，于是他们便揭开了假面具……所谓革命的领袖不过是旧势力的新装，所谓革命军仍然是军阀的工具。我早就疑虑及此了，现在果然不差，证实了我的疑虑。

"妈的，让他去！敌人的叛变不足以证明我们的失败。今后只有猛烈地，毫不妥协地斗争……

"现在我是自卫队的队长了。我的责任更加巨大了。前途茫茫，不可逆料。也许不是今日，便是明日，我会领着一队乡下的孩子们与敌人相见于炮火之下……李杰！从今后你应当怎样地当心才是呵！"

"唉！不幸今天发生了这么样的一桩惨事，缴来的枪没有把敌人打死，先将自己人这样平白地伤害了一个。唉，这真是令人好生悲痛！

"勇敢的，最近最要学好的小抖乱，忽然被他的好友癫痫头因玩枪而误打死了。他们两个人共用着一杆枪，大概是因为在玩弄的时候忘记了枪中有子弹，一不当心便闹出了这样巨大的祸事。这真是从何说起呵！癫痫头见着自己的好友被他打死了，只哭得死去活来，在我的面前表示愿意抵命。孩子们之中有的和癫痫头不睦的，便主张将他严办。可是有的说，这是误打死的，没有罪。我初次大大地为难起来了。要说严办他罢，他本是无意的；要说不办他罢，这打死人了也实非小事。最后我以队长的资格命令打他两百鞭子。我的意思是要向大家警戒一下，使此后不再发生同样不幸的事。

"听说小抖乱从前和癞痢头专偷乡下人的鸡鸭……可是自从进了农会之后，他们两个便不再干这种勾当了。他变成了一个很好的青年。我很喜欢他。但是现在他离开我们而去了，离开了他的唯一的好友癞痢头，离开了他所最爱护的农会……"

"我们的侦探从城里回来报告道，官厅正在预备派兵来剿灭我们……他们说我们造了反……

"听说何松斋和我的父亲正在筹办东乡的民团，已招募了许多人。官厅帮助他们的枪械，而他们担任款项。这目的当然是在于剿灭我们。有了官厅做他们的后盾，他们这些土豪劣绅们，现在当然可以'努力革命'了，努力革乡下人的命……

"我的父亲已知道了我充当自卫队的队长吗？他在那方面努力，我在这一方面也努力。他代表的是统治阶级，我代表的是乡村的贫民。说起来，这是怪有趣的事情。儿子和父亲两相对立着，这样很彰明地斗争起来，怕是自古以来所未有的现象罢。我曾读过俄国文学家杜格涅夫所著的《父与子》一书，描写父代与子代的冲突，据说这是世界的名著。不过我总觉得那种父子间的冲突太平常了，如果拿它来和我现在与我父亲的冲突比较一下，那该是多么没有兴趣呵！我不知道有没有一个文学家会将我与我父亲的冲突描写出来。我很希望有这样的一个文学家。

"我没有父亲了。有的只是我的敌人。和敌人只是在战场上方有见面的机会。听说我的母亲还是在家里害着病……母亲！请你宽恕你的叛逆的儿子罢！如果'百善孝当先'是旧道德的崇高的理想，那他便做着别种想法：世界上还有比'孝父母'更为重要更为伟大的事业，为着这种事业，我宁蒙受着叛逆的恶名。母亲！你没有儿子了。"

"这时候，不是讲恋爱的时候……

"毛姑！我的亲爱的毛姑！你比你的死去的姊姊更可爱。你比一切的女人都更可爱。你是我们的安琪儿，你更是我的安琪儿！……然而这时候，的确不是讲恋爱的时候！工作如火一般地紧张，我还有闲工夫顾到爱情的事吗？不，李杰，你应当坚定地把持着你自己。

"不错，毛姑是可爱的。她的天真，她的美丽，她的热烈，她的一切……而且她也在爱着你，只要你一看她那向你所射着的温存的眼光！但是恋爱一定要妨害工作，这时候，的确不是讲恋爱的时候……

"我的敬爱的月素！你的一颗芳心的跳动，我何尝没有感受得到？但是……你应当原谅我，而且，我想，你一定也是会明白这个的。聪明的你哪能不明白呢？工作要紧呵，我的敬爱的月素同志！

"在工作紧张的时候只有工作，工作……

"这两天的风声很不好。有的说，县里的军队快要到了……有的说，如果捉到农会的人，即时就要砍头……妈的，管他呢！我们在此期待着。我们没有别的出路。

"我的自卫队做着对敌的准备。如果敌人的势力大了，那我们便退避一下；如果敌人来得不多的时候，那我们便要给他们一个教训……

"不过我担心着我们的两位女同志。危险的事情随时都有发生的可能。而女子究竟有许多地方不能和男子一样。我硬主张毛姑和月素两个人同到毛姑的家里过一些时再看。她两个硬不愿意，说我们做什么，她们也可以和我们一样做什么。毛姑气得要哭出来了。月素当然要比她明白些。在我和张进德的强硬的主张之下，她们终于今天下午离开关帝庙了。

"呵，我的最亲爱的两位女同志呵！……"

四七

别要看李杰的努力，别要看群众都信任他的真诚，他总是在李木匠的怀疑的眼光里，感觉得一种难以言喻的侮辱，他不明白李木匠为什么老是在怀疑着他，在他，他是寻觅不出自己可以被怀疑的根据来的。"他在侮辱我，这个浑蛋的木匠！"他是这样地想着，然而他没除去这种侮辱的方法。李木匠只是向他射着怀疑的眼光，李木匠并没曾公开地宣传过他的什么不好的行为呵……

李杰深知道被社会所十分欺侮过的李木匠，是在深深地恨着他的父亲李敬斋，甚至于一切的比他为幸福的人们。这当然是有根据的。但是李杰并不是李敬斋，而且李杰现在正在努力反对李敬斋，反对李敬斋所属的社会，有什么可以令李木匠不信任他的地方呢，李杰想道，这真是天晓得了。李杰有时想和李木匠详细地谈一谈话，可是李木匠总是企图着避免这事。因此，李杰更觉得好生气愤。然而他也只限于好生气愤而已。

自卫队总数共三十人，分为三小队。第一队长张进德，第二队长李木匠，第三队长吴长兴。吴长兴的位置本是决定属于刘二麻子的，但刘二麻子不知为什么不被群众所信仰，因此改为不大说话的，然而做事很认真的吴长兴充任。若不是张进德镇服住了刘二麻子，那刘二麻子恐怕要同吴长兴或李木匠吵架的："妈的，为什么你能充队长，我就不能呢？你老子并不差你许多……"

素来避免着和李杰接近的李木匠，今天早晨在天刚亮的辰光，出乎李杰的意料之外忽然走进李杰的房间来了。这时李杰虽已起床了，可是正在扣着上身小褂子的纽扣。见着李木匠走至面前，冷冷地向他射着考问的，不信任的眼光，一时懵懂住了，不知说什么话是好。这是怎么一回事呢，他想。

"李杰！"李杰觉着这声调是很不恭敬的，不禁也开口很直硬地问道：

"什么一回事？"

"你是队长，我很愿意知道你的意思是怎么样。现在我们的对头快要来对付我们了，我们当然不能再和他们讲客气了。何二老爷办团练，胡扒皮和他们通声气……我主张将他们的老根烧去，造他们的祖宗，来叫他们一个无家可归才好。你赞成吗？"

"这当然是可以的事情。"李杰毫不犹豫地这样说了。他这时并没想到有令他为难的事。可是李木匠的考问的眼光忽然加增力量射到他的身上来了。

"但是李家老楼怎么办呢？不烧吗？"

李杰的脸孔即时苍白起来了。他明白了李木匠的意思。怎么办呢，啊？……如果何家北庄和胡家的房屋可以烧去，那李家老楼为什么不可以烧？如果何二老爷和胡根富是农民的对头，那他的父亲李敬斋，岂不是更为这一乡间的祸害？"不烧吗？"不，李家老楼也应当烧呵，决不可以算做例外。但是……躺在床上病着的母亲……一个还未满十岁的小姑娘，李杰的妹妹……这怎么办呢？啊！李敬斋是他的敌人，可以让他去。李家老楼也不是他的产业了，也可以烧去。但是这病在床上的母亲，这无辜的世事不知的小妹妹，可以让他们烧死吗？可以让他们无家可归吗？这不是太过分了吗，呵？……

李杰低下头来了。义务与感情的冲突，使得他的一颗心战栗起来了……房中一时的寂然……无情的，如锋利的刀口也似的声音又紧逼着来了：

"不烧吗？"

李杰被逼得不得不开口了，但是他的声音是这样地低微而无力：

"木匠叔叔！要烧，李家老楼当然也不能算做例外。不过……木匠叔叔！我的母亲病着躺在床上，还有一个不知世事的小妹妹……"

"不烧吗？"

李杰仍旧低着头，宛如驯服的待刑的罪犯一般。他没有勇气再往下说下去了。他觉得他此刻可以跪下来请求李木匠不再逼问他，呵，这是怎样残酷的逼问呵……

"那吗，怎么办呢，队长？"

残酷的，尖冷的，侮辱的声调终于逼得李杰气愤起来了。

"你愿意怎么办就怎么办，好吗！？"

"听队长的命令……"

李木匠说了这么一句，便回转身走出房门去了。李杰呆呆地望着他的背影，停了一会，忽然明白了：李木匠决意烧去李家老楼……病在床上的母亲或者会被烧死……痛哭着的惊叫着的小妹妹……这怎么办呢，啊？……李杰在绝望的悲痛的心情之下，两手紧紧地将头抱住，直挺地向床上倒下了。他已一半失去了知觉……

也不知在什么时候，他被惊慌着的张进德的声音所震醒了。

"刚才有人报告我，说李木匠带领了一队人去烧李家老楼去了……说是你的命令……这是真的吗？"

李杰坐在床沿上，低着头不做一点儿声响。张进德见着他这种神情，不禁更加怀疑而惊慌地问道：

"是怎么一回事？"

李杰抬起头来，睁着充满苦痛的眼睛，向立在面前的张进德望了一会，半晌方才低微地说道：

"也可以说是我发的命令……唉，进德同志！如果你知道……"

张进德未等他说完，即打断他的话头说道：

"你不是发了疯吗？你的父亲当然是我们的对头，可是你的病了的母亲，不知世事的小妹妹……这，这怎么行呢？赶快差人叫他们回来才是！"

张进德说了这话，回头就走，可是被李杰一把将他的袖子拉住了。李杰将他拉到床沿和自己并排坐下，依旧很低微地说：

"进德同志！你以为我是发了疯吗？我一点也没发疯。人总是人，我怎么能忍心将我的病了的母亲，无辜的小妹妹……可是，进德同志！我不得不依从木匠叔叔的主张……"

"他主张什么呢？"张进德很性急地问。

"他主张将土豪劣绅们的房屋都烧掉，破坏他们的窝巢，这是对的。何家北庄，胡家圩子……应当烧去……但是李家老楼烧不烧呢，木匠叔叔问我。你知道，木匠叔叔素来不相信我，如果我不准他烧李家老楼，那不是更要令他不相信我了吗？而且那时候恐怕这一乡间的农民都要不相信我了。别人的房子可以烧，可是你自己的房子就不能烧，哼！……他们一定要不满意我。如果他们不满意我，那我还干什么革命呢？这一次对于我是最重大的考验，我不能因为情感的原故，就……唉！进德同志！人究竟是感情的动物，你知道我这时是怎样地难过呵！我爱我的天真活泼的小妹妹……"

"现在去止住他们还来得及呵。"

"不，进德同志！"李杰很坚决地摇头说道，"让他们烧去罢，我是很痛苦的，我究竟是一个人……但是我可以忍受……

只要于我们的事业有益，一切的痛苦我都可以忍受……"

　　张进德的手仍被李杰的手紧紧地握着。李杰低下头来，张进德也为之默然。

　　适时自卫队的队员们在院中已开始唱起为李杰所教授的革命歌来了：

　　　　起来，饥寒交迫的奴隶，

　　　　起来，全世界的罪人！

　　　　满腔的热血已经沸腾，

　　　　拼命做一次最后的斗争……

冲出云围的月亮

....

八

光阴如箭也似地飞着。

一天过去了，又是一天……

一天过去了，又是一天……

而李尚志总不见来！他把曼英忘记了吗？但是他留给曼英的信上说，他是永远不会将曼英忘记的；他对于曼英的心如对于革命的心一样，一点儿也没有变……曼英也似乎是如此地相信着他。但是经过了这么许多时候，为什么他老不来看一看曼英呢？

曼英近来于夜晚间很少有出门的时候了。她生怕李尚志于她不在家的时候来了，所以她时时地警戒着自己，别要失去与李尚志见面的机会。她近来的一颗心，老是悬在李尚志的身上，似乎非要见着他不可。她为什么要这样呢？她所需要于李尚志的是些什么？曼英现在已经是走着别一条路了，如果李尚志知道了，也许他将要骂这一条路为不通，为死路；也许他也和着小阿莲一样的想法，曼英成为最下贱的人了……曼英和李尚志还有什么共同点呢？就是在爱情上说，李尚志本来是为曼英所不爱的人呵，现在她还紧念着他干什么呢？

但是，自从与柳遇秋会了面之后，曼英便觉得李尚志的身上，有一种什么力量，在隐隐地吸引着她，似乎她有所需要于李尚志，又似乎如果离开李尚志，如果李尚志把她丢弃了，那她便不能生活下去也似的。她觉得她和柳遇秋一点儿共同点都没有了，但是和李尚志……她觉得还有点什么将她和李尚志连结着……

曼英天天盼望李尚志来，而李尚志总不见来，这真真有点苦恼着她了。有时她轻轻地向阿莲问道：

"你以为李先生今天会不会来呢？"

阿莲的回答有时使她失望，当她听见那小口不在意地说道：

"我不知道。"

阿莲的回答有时又使她希望，当她听见那小口很确信地说道：

"李先生今天也许会来呢。他这样久都没来了。姊姊，他真是一个好人呢！我很喜欢他。……"

但是，李尚志总没有见来。这是因为什么呢？曼英想起来了，他是在干着危险的工作，说不定已经被捉去了……也许因为劳苦过度，他得了病了……一想到此地，曼英一方面为李尚志担心，一方面又不知为什么隐隐地生了抱愧的感觉：李尚志已经被捉住了，或者劳苦得病了，而她是这般地闲着无事，快活……于是她接着便觉得自己是太对不起李尚志了。

最后，有一天，午后，她在宁波会馆前面的原处徘徊着，希望李尚志经过此地，她终于能够碰着他……但是出乎曼英的意料之外，她所碰见的不是李尚志，而是诗人周诗逸，那说是她的情人又不是她的情人，说是她的客人又不是她的客人，说是她的奴隶又不是她的奴隶的周诗逸。曼英已经很久没有见到周诗逸了。这时的周诗逸头上带着一顶花边缘的蓝色呢帽，身上穿着一套紫黄色的呢西装；那胸前的斜口袋中插着一条如彩花一样的小帕，那香气直透入曼英的鼻孔里。他碰见了曼英，他的眼睛几乎喜欢得合拢起来了。他是很思念着曼英的呵！曼英在他的眼中是一个很有诗意的女子！……

"呵呵，我的恨世女郎？上帝保佑，我今天总算碰见了你！我该好久都没有见着你了！你现在有空吗？"

曼英明白了他的意思。但是曼英现在是在想着李尚志，没有闲心思再与我们的这位漂亮的诗人相周旋了。她摇一摇头，表示没有闲空。失望的神情即时将诗人的面孔掩盖住了。

"我今晚上在大东酒楼请客，我的朋友都是一些艺术家，如果你能到场，那可是真为我生色不少了。你今天晚上一定要到场，我请求你！"

周诗逸说着这话时，几乎要在曼英面前跪下来的样子。曼英动了好奇的心了：艺术家？倒要看看这一班艺术家是什么东西……于是曼英答应了周诗逸。

已经是四点多钟了，而李尚志的影子一点儿也没有。曼英想道，大概是等不到了，便走到周诗逸所住着的地方——大东旅馆里……

周诗逸见着曼英到了，不禁喜形于色，宛如得着了一件宝物也似的。这时一个人也没有来，房间内只是曼英和着周诗逸。电灯光亮了。周诗逸把曼英仔细地端详了一下，很同情地说道：

"许久不见，你消瘦了不少呢。我的恨世女郎，你不应太过于恨世了，须知人生如梦，为欢几何，古人秉烛夜游，良有以也……"

曼英坐着不动，只是瞪着两眼看着他那生活安逸的模样，一种有闲阶级的神情……心中不禁暗自将周诗逸和李尚志比较一下：这两者之间该有多么大的差别！虽然李尚志的服饰是那么地不雅观，但是他的精神该要比这个所谓诗人的崇高得多少倍，世界上没有了周诗逸，那将要有什么损失呢？一点儿损失都不会有，但是世界上如果没有了李尚志，那将要有什么损失呢？那就是损失了一个忠实的为人类解放而奋斗的战士，周诗逸不过是一个很漂亮的，中看不中吃的寄生虫而已。

客人们渐渐地来齐了。无论谁个走进房间来，曼英都坐着不动，装着没看见也似的。周诗逸一一地为她介绍了：这是音乐家张先生，这是中国恶魔派的诗人曹先生，这是小说家李先生，这是画家叶先生，这是批评家程先生，这是……这是……最后曼英不去听他的介绍了，让鬼把这些什么诗人，什么艺术家拿去！她的一颗心被李尚志所占据住了，而这些什么诗人，音乐家……在她的眼中，都不过是一些有闲阶级的，生活安逸的，糊涂的寄生虫而已。是的，让鬼把他们拿去！……

　　"诸位，"曼英听着周诗逸的欢欣的，甜蜜的，又略带着一点矜持的声音了。"我很慎重地向你们介绍，这是我的女友黄女士，她的别名叫做恨世女郎，你们只要一听见这'恨世女郎'几个字，便知道她是一个很风雅，很有心胸的女子了。……"

　　"敬佩之至！"

　　"不胜敬佩之至！"

　　"密斯特周有这么样的一个女友，真是三生有幸了！"

　　"…………"

　　曼英听见了一片敬佩之声……她不但不感觉着愉快，反而感觉着这一班人鄙俗得不堪，几乎要为之呕吐起来。但是周诗逸见着大家连声称赞他的女友，不禁欢欣无似，更向曼英表示着殷勤。他不时走至曼英面前，问她要不要这，要不要那……曼英真为他所苦恼住了！唉，让鬼把他和这一些艺术家拿去！

　　酒菜端上来了。大家就坐。曼英左手边坐着周诗逸，右手边坐着一位所谓批评家的程先生。这位程先生已经有了胡须，大约是快四十岁的人了。从他的那副黑架子的眼镜里，露出一只大的和一只似乎已经瞎了的眼睛来。他的话音是异常地低小，平静，未开口而即笑，这表明他是一个很知礼貌的绅士。

　　"密斯黄真是女界中的杰出者，吾辈中的风雅人物。密斯特周屡屡为我述及，实令我仰慕之至！……"

　　还未来得及向批评家说话的时候，对面的年轻的恶魔派诗人便向曼英斟起酒来，笑着说道：

　　"我们应当先敬我们的女王一杯，才是道理！"

"对，对，对！……"

大家一致表示赞成。周诗逸很得意地向大家宣言道：

"我们的女王是很会唱歌的，我想她一定愿意为诸君唱一曲清歌，借助酒兴的。"

"我们先饮了些酒之后，再请我们的女王唱罢。"在斜对面坐着的一位近视眼的画家说。他拿起酒杯来，大有不能再等的样子。于是大家开始饮起酒来……

曼英的酒杯没有动。

"难道密斯黄不饮酒吗？"批评家很恭敬地问。

"不行，不行，我们的女王一定是要饮几杯的！"大家接着说。

"请你们原谅，我是不方便饮酒的，饮了酒便会发酒疯，那是很……"

"饮饮饮，不要紧！反正大家都不是外人……"

"如此，那我便要放肆了。"

曼英说着，便饮干了一杯，接着便痛饮起来。

"现在请我们的女王唱歌罢。"诗人首先提议。

"是，我们且听密斯黄的一曲清歌，消魂真个……"

"那你就唱罢，"周诗逸对着曼英说。他已经有点酒意了，微眯着眼睛。曼英不再推辞，便立起身来了。

"如果有什么听得不入耳之处，还要请大家原谅。"

"不必客气。"

"那个自然……"

曼英一手扶着桌子，开始唱道：

　　　　我本是名门的女儿，

　　　　生性儿却有点古怪，

　　　　有福儿不享也不爱，

　　　　偏偏跑上革命的浪头来。

"你看，我们的女王原来是一个革命家呢。"

"不要多说话，听她唱。"

　　　　跑上革命的浪头来，

　　　　到今日不幸失败了归来；

　　　　我不投降，我也不悲哀，

　　　　我只想变一个巨弹儿将人类炸坏，

"这未免太激烈了，"周诗逸很高兴地插着说。曼英不理
他，仍继续唱道：

　　　　我只想变一个巨弹儿将人类炸坏，

　　　　那时将没有什么贫富的分开，

　　　　那时才见得真正的痛快，

　　　　我告诉你们这一班酒囊饭袋。

"这将我们未免骂得太厉害了，"诗人说。

"有什么厉害？你不是酒囊饭袋吗？"画家很不在意地笑
着说。

　　　　我告诉你们这一班酒囊饭袋，

　　　　你们全不知道天有多高地有多矮；

　　　　你们谈什么风月，说什么天才，

　　　　其实你们俗恶得令人难耐。

大家听曼英唱至此地，不禁相互地你望望我，我望望你，

十分地惊异而不安起来。

"我的恨世女郎！你骂得我们太难堪了，请你不必再唱将下去了……"周诗逸说。

但是曼英不理他，依旧往下唱道：

> 其实你们俗恶得令人难耐，
>
> 你们不过是腐臭的躯壳儿存在；
>
> 我斟一杯酒洒下尘埃，洒下尘埃，
>
> 为你们唱一曲追悼的歌儿。

曼英唱至此地，忽然大声地狂笑起来了。这弄得在座的艺术家们面面相觑，莫知所以。当他们还未来得及意识到是什么一回事的时候，曼英已经狂笑着跑出门外去了。

呵，当曼英唱完了歌的时候，她觉得她该是多么地愉快，多么地得意，她将这些酒囊饭袋当面痛骂了一顿，这是使她多么得意的事呵！但是，当她想起李尚志来，她又觉得这些人们是多么地渺小，多么地俗恶，同时又是多么地无知得可怜！……

曼英等不及电梯，便匆忙地沿着水门汀所砌成的梯子跑将下来了。在梯上她冲撞了许多人，然而她因为急于要离开为她所憎恨的这座房屋，便连一句告罪的话都不说。她跑着，笑着，不知者或以为她得了什么神经病。

"你！"

忽然有一只手将她的袖口抓住了。曼英不禁惊怔了一下，不知遇着了什么事。她即时扭头一看，见着了一个神情很兴奋的面孔，这不是别人，这是曼英所说的将自己的灵魂卖掉了的那人……

　　曼英在惊怔之馀，向着柳遇秋瞪着眼睛，一时地说不出话来。

　　"我找了你这许多时候，可是总找不到你的一点影儿……"曼英听见柳遇秋的颤动的话音了。在他的神情兴奋的面孔上，曼英断定不出他见着了自己，到底是怀着怎样的心情：是忿怒还是欢欣，是得意还是失望……曼英放着很镇静的，冷淡的态度，轻声问道：

　　"你找我干什么呢？有什么事情吗？"

　　柳遇秋将头低下了，很悲哀地说道：

　　"曼英，我料不到你现在变成了这样……"

　　"不是我变了，"曼英冷笑了一下，说道，"而是你变了。遇秋，你自己变了。你变得太厉害了，你自己知道吗？"

　　"我们上楼去谈一谈好不好？"柳遇秋抬起头来向她这样问着说。他的眼睛已经没有了先前的光芒，他的先前的那般焕发的英气已经完全消失了。他现在虽然穿着一套很漂亮的西装，虽然他的领带是那般地鲜艳，然而曼英觉得，立在她的面前的只是一个无灵魂的躯壳而已，而不是她当年所爱过的柳遇秋了。

　　曼英望着他的领带，没有即刻回答柳遇秋，去呢还是不去。

　　"曼英，我请求你，我们再谈一谈……"

　　"谈一谈未始不可，不过我想，我们现在无论如何是谈不明白的。"

"无论如何要谈一谈！"

……柳遇秋将曼英引进去的那个房间，恰好就是周诗逸的房间的隔壁。曼英走进房间，向那靠窗的一张沙发坐下之后，用目把房间环视了一下，见着那靠床的一张桌子上已经放着了许多酒瓶和水果之类，不禁暗自想道：

"难怪他要做官，你看他现在多么挥霍呵，多么有钱呵……"

从隔壁的房间内不大清楚地传来了嘻笑，鼓掌，哄闹的声音。曼英尖着耳朵一听，听见几句破碎不全的话语："天才……诗人……近代的女子……印象派的画……月宫跳舞场……"眼见得这一般艺术家的兴致，还未被曼英嘲骂下去，仍是在热烈地奔放着。这使着曼英觉得自己有点羞辱起来：怎么！他们还是这样地快活吗？他们竟不把她的嘲骂当做一回事吗？唉，这一班猪猡，不知死活的猪猡……

柳遇秋忙着整理房间的秩序。曼英向他的背影望着，心中暗自想道："你和他们是一类的人呵，你为什么不去和他们开心，而要和我纠缠呢？……"

"你要吃橘子吗？"柳遇秋转过脸来，手中拿着一个金黄的橘子，向曼英殷勤地说道："这是美国货，这是花旗橘子。"

曼英不注意他所说的话，放着很严重的声音，向柳遇秋问道：

"你要和我谈些什么呢？你说呀，"曼英这时忽然起了一种思想：李尚志莫不要在我的家里等我呢……我应当赶快回去才是！……"我还有事情，坐不久，就要去的……你说呀！"

　　柳遇秋的面容一瞬间又沉郁下来了。他低着头，走至曼英的旁边坐下，手动了一动，似乎要拿曼英的手，或者要拥抱她……但他终没有勇气这样做。沉默了一会，他放着很可怜的声音说道：

　　"曼英，我们就此完了吗？"

　　"完了，永远地完了。"曼英冷冷地回答他。

　　"你完全不念一念我们过去的情分吗？"

　　"遇秋，别要提起我们的过去罢，那是久已没有了的事情。现在我们既然是两样人了，何必再提起那过去的事情？过去的永远是过去了……"

　　"不，那还是可以挽回的。"

　　"你说挽回吗？"曼英笑起来了。"那你就未免太发痴了。"

　　李尚志的面孔又在曼英的脑海中涌现出来。她觉得李尚志现在一定在她的家里等候她，她一定要回去……她看一看手表，已是八点钟了。她有点慌忙起来，忽然立起身来预备就走出房门去。柳遇秋一把把她拉住，向她跪下来哀求着说道：

　　"曼英，你答应我罢，你为什么要这样鄙弃我呢？……我并不是一个很坏很坏的人呵，曼英！……"

　　"是的，你不是一个很坏很坏的人，有的人比你更坏，但是这对于我又有什么关系呢？放开我罢，我还有事情……"

　　柳遇秋死拉着她不放，开始哭起来了。他苦苦地哀求她……他说，如果她答应他，那他便什么事都可以做，就是不做官也可以……但是他的哭求，不但没有打动曼英的心，而且增加了曼英对于他的鄙弃。曼英最后向他冷冷地说道：

"遇秋，已经迟了！迟了！请你放开我罢，别要耽误我的事情！"

李尚志的面孔更加在曼英的脑海中涌现着了。柳遇秋仍拉着她的手不放。曼英，忽然，也不知从什么地方来了这么许多力量，将自己的手挣脱开了，将柳遇秋推倒在地板上，很迅速地跑出房门，不料就在这个当儿，周诗逸也走出房间来，恰好与曼英撞个满怀。曼英抬头一看，见是周诗逸立在她的面前，便不等到周诗逸来得及惊诧的时候，给了他一个耳光，拼命地顺着楼梯跑下来了。

坐上了黄包车……喘着气……一切什么对于她都不存在了，她只希望很快地回到家里。她疑惑她自己是在演电影，不然的话，今天的事情为什么是这般地凑巧，为什么是这般地奇异！……

她刚一走进自己的亭子间里，阿莲迎将上来，便突兀地说道：

"你真是，你到什么地方去了？天天老说李先生不来不来，今晚他来了，你又不在家里！"

听了阿莲的话，曼英如受了死刑的判决一般，睁着两只眼睛，呆呆地立着不动。经过了两三分钟的光景，她如梦醒了也似的，把阿莲的手拉住问道：

"他说了些什么话吗？"

"他问我你每天晚上到什么地方去……"

"你怎样回答他呢？"曼英匆促地问阿莲，生怕她说出一些别的话。

"我说，你每晚到夜学校里去教书。"

曼英放下心了。

"他还说了些什么话吗？"

"他又问起我的爸爸和妈妈的事情。"

"还有呢？"

"他又留下一张字条，"阿莲指着书桌子说道，"你看，那上边放着的不是吗？"

曼英连忙放开阿莲的手，走至书桌子跟前，将那字条拿到手里一看，原来那上边并没有写着别的，只是一个简单的地址而已。曼英的一颗心欢欣得跳动起来，正待要问阿莲的话的当儿，忽听见阿莲说道：

"李先生告诉我，他说，请你将这纸条看后就撕去……他还说，后天上午他有空，如果你愿意去看他，你可以在那个时候去……"

"呵呵……"

曼英听见了阿莲这话，更加欢欣起来了。她想道，李尚志还信任她，告诉了她自己的地址……她后天就可以见着他，就可以和他谈话……但是她为什么一定要见着李尚志呢？为什么她要和他谈话呢？她将和他谈些什么呢？……关于这一层，曼英并没有想到。她只感觉着那见面，那谈话，不是和柳遇秋，不是和钱培生，不是和周诗逸的谈话，而是和李尚志的谈话，是使她很欢欣的事。

"阿莲，李先生还穿着先前的衣服吗？"

"不是，他今天穿着的是一件黑布长衫，很不好看。"

"阿莲，他的面容还像先前一样吗，没有瘦吗？"

"似乎瘦了一些。"

"他还是很有精神的样子吗？"

"是的，他还是像先前一样地有精神。姊姊，你是不是……很，很喜欢李先生？……"

"吓，小姑娘家别要胡说！"

阿莲的两个圆圆的小笑涡，又在曼英的眼前显露出来了。她拉住曼英的手，有点忸怩的神情，向曼英笑着说道：

"姊姊，我明白……李先生真是一个好人呵，他今天又教我写了许多字……"

阿莲的天真的，毫无私意的话语，很深刻地印在曼英的心里。"李先生真是一个好人呵！……"阿莲已经给了李尚志一个判决了。李尚志在阿莲的面前，也将不会有什么羞愧的感觉，因为他的确是可以领受阿莲的这个判决的。他是在为着无数无数的阿莲的事情，与其说他为阿莲复仇，不如说他为阿莲开辟着新生活的路……但是，她，曼英，为阿莲到底做着什么事情呢？她时常向着阿莲的两个圆圆的小笑涡出神，但是这并不能证明她是在为着阿莲的事情……如果李尚志是一个真正的好人，如阿莲所想的一样，那么她，曼英，到底是一个什么人呢？……

曼英觉得自己是渐渐地渺小了。……如果她适才骂了周诗逸，骂了柳遇秋，那她现在便该受着李尚志的骂。"呵，如果李尚志知道我现在做着什么事情……"曼英想到此地，一颗心不禁惊吓起来了。

九

曼英走进一条阴寂的，陈旧的弄堂里。她按着门牌的号数寻找，最后她寻找到为她所需要的号数了。油漆褪落了的门扉上，贴着一张灰白的纸条，上面为着"请走后门"四个字。曼英遂转到后门去。有一个四十几岁的，头发蓬松着的妇人，正在弯着腰哐郎哐郎地洗刷马桶。曼英不知道她是房东太太还是房东的女仆，所以不好称呼她。

"请问你一声，"曼英立在那妇人的侧面，微笑着，很客气地向她问道，"你们家里的前楼上，是不是住着一位李先生？"

那洗刷马桶的妇人始而懒洋洋地抬起头来，等到她看见了曼英的模样，好像有点惊异起来。她的神情似乎在说着，这样漂亮的小姐怎么会于大清早起就来找李先生呢？这是李先生的什么人呢？难道说衣服整脚的李先生会有这样高贵的女朋友吗？……

她只将两个尚未洗过的睡眼向曼英瞪着，不即时回答曼英的问题。后来她用洗刷马桶的那只手揉一揉眼睛，半晌方才说道：

"李先生，你问的是哪个李先生？是李……"

那妇人生怕曼英寻错了号数。她以为这位小姐所要找着的李先生，大概是别一个人，而不会是住在她家里的前楼上的李先生……曼英不等她说下去，即刻很确定地说道：

"我问的就是你们前楼上住着的李先生，他在家里吗？"

"呵呵，在家里，在家里，"那妇人连忙点头说道，"请你自己上楼去看看罢，也许还没有起来。"

曼英走上楼梯了。到了李尚志房间的门口，忽然一种思想飞到她的脑海里来，使她停住了脚步，不即刻就动手敲叩李尚志的房门。"他是一个人住着，还是两个人住着呢？也许……"于是那个女学生，为她在宁波会馆前面所看见的那个与李尚志并排行走着的女学生，在她的眼帘前显现出来了。一种妒意从她的内心里一个什么角落里涌激出来，一至于涌激得她感到一种最难堪的失望。她想道，也许他俩正在并着头睡着，也许他们俩正在并做着一种什么甜蜜的梦……而她，曼英，孤零零地在他们的房门外站着，如被风雨所摧残过的一根木桩一样，谁个也不需要，谁个也不会给她以安慰和甜蜜……

她又想道，为什么她要来看李尚志呢？她所需要于李尚志的到底是些什么呢？她和李尚志已经走着两条路了，现在她和李尚志已经没有了什么共同点，为什么李尚志老是吸引着她呢？今天她是为爱李尚志而来的吗？但是李尚志原是她从前所不爱的人呵……如果说她不爱他，那她现在又为什么对于那个为她所见过的女学生，也许就是现在和李尚志并头睡着的女子，起了一种妒意呢？……曼英想来想去，终不能得到一个自解。忽然，出乎曼英的意料之外，那房门不用敲叩而自开了。在她面前立着的不是别人，正是她今天所要来看见的李尚志。李尚志的欢欣的表情，即刻将曼英的思想驱逐掉了。曼英觉着那表情除开同志的关系外，似乎还含着一种别的，为曼英所需要的……她也就因之欢欣起来了。

　　她很迅速地将李尚志的房间用眼巡视了一下，只看见一张木架子床，一张长方形的桌子，那上面摆着一堆书籍，又放着茶壶和脸盆……她所拟想着的那个女学生，一点儿影子也没有。"他还是一个人住着呵！……"她不禁很欢欣地这样想着，一种失望的心情完全离她而消逝了。

　　曼英向李尚志的床上坐下了。房间中连一张椅子都没有。李尚志笑吟吟地立着，似乎不知道向曼英说什么话是好。那种表情为曼英所从没看见过。她想叫他坐下，然而没有别的椅子。如果他要坐下，那他便不得不和曼英并排着坐下了。曼英有点不好意思，然而她终于说道：

　　"请你也坐下罢，站着是怪不方便的。"

　　"不要紧，我是站惯了的。"李尚志也有点难为情的样子，将手摆着说道，"请你不要客气。你吃过早饭了吗？我去买几根油条来好不好？"

　　"不，我已经吃过早饭了。请你也坐下罢，我们又不是生人……"

　　李尚志勉强地坐下了。将眼向着窗外望着，微笑着老不说话。曼英想说话，她原有很多的话要说呵，但是也不知道从何说起。忽然她看见了那张书桌子上面摆着一个小小的相片架，坐在床上，她看不清楚那相片是什么人的，于是她便立起身来，走向书桌子，伸手将那张相片拿到手里看一看到底是谁。她即刻惊异起来了：那相片虽然已经有了一点模糊，然而她还认得清楚，这不是别人，却正是她自己！她觉得这是很奇怪的事情了。她从来没有赠过相片与任何人，更没赠与过李尚志，这张相片到底是从哪里来的呢？而且，她又想道，李尚志将她的相片这样宝贵着干什么呢？政局是剧烈地变了，人事已与从前大不相同了，而李尚志却还将曼英的相片摆在自己的书桌上……

"曼英，你很奇怪罢，是不是？"李尚志笑着问，他的脸有点泛起红来了。

曼英回过脸来向李尚志望着，静等着他继续说将下去。

"你还记得我们在留园踏青的事吗？"李尚志继续红着脸说道，"那时我们不是在一块儿摄过影吗？那一张合照是很大的，我将你的相片从那上面剪将下来，至今还留着，这就是……"

"真的吗？"曼英很惊喜地问道，"你真这样地将我记在心里吗？呵，尚志，我是多么地感激你呵！"

曼英说着说着几乎流出感激的泪来。她将坐在床上的李尚志的手握起来了。两眼射着深沉的感激的光芒，她继续说道：

"尚志，我是多么地感激你呵！尤其是在现在，尤其是在现在……"

曼英放开李尚志的手，向床上坐下，簌簌地流起泪来了。

"曼英，你为什么伤起心来了呢？"李尚志轻轻地问她。

"不，尚志，我现在并不伤心，我现在是在快乐呵！……"

说着说着，她的泪更加流得涌激了。李尚志很同情地望着她，然而他找不出安慰她的话来。后来，经过了五六分钟的沉默，李尚志开口说道：

"曼英，我老没有机会问你，你近来在上海到底做着什么事情呢？阿莲对我说，你在一个什么夜校里教书，真的吗？"

曼英惊怔了一下。这问题即刻将她推到困难的深渊里去了。她近来在上海到底做着什么事情呢？……据她自己想，她是在利用着自己的肉体向敌人报复，是走向将全人类破灭的路……她依旧是向黑暗反抗，然而不相信先前的方法了……她变成一个激烈的虚无主义者了。但是现在如果曼英直爽地将自己的行为告诉了李尚志，那李尚志对于她的判断，是不是如她的所想呢？那李尚志是不是即刻就要将她这样堕落的女子驱逐出房门去？那李尚志是不是即刻要将那张保存到现在的曼英的相片撕得粉碎？……曼英想到此地，不禁大大地战栗了一下。不，她不能告诉他关于自己的真相，自己的思想！一切什么都可以，只要李尚志不将她驱逐出房门去！只要他不将她的相片撕得粉碎！……

"是的。不过我近来的思想……"她本不愿意提到思想的问题上去，但是她却不由自主地说出来思想两个字。

"你近来的思想到底怎样？"李尚志逼视着曼英，这样急促地问。

话头已经提起来了，便很难重新收回去。曼英只得照实地说了。

"我的思想已经和先前不同了。尚志，你听见这话，或者要骂我，指责我，但是这是事实，又有什么方法想呢？"

李尚志睁着两只眼睛，静等着曼英说将下去。曼英将头低下来了。停了一会，她又轻轻地开始说道：

"尚志，你是知道我的性格的。我说我的思想已经和先前的不同了，这并不是说我向敌人投了降，或是什么……对于革命的背叛。不，这一点都不是的。我是不会投降的！不过自从……失败之后……我对于我们的事业怀疑起来了：照这样干将下去，是不是可以达到目的呢？是不是徒然地空劳呢？……我想来想去，下了一个决定：与其改造这世界，不如破毁这世界，与其振兴这人类，不如消灭这人类。尚志，你明白这种思想吗？……现在我什么希望都没有了。如果说我还有什么希望的话，那只是我希望着能够多向几个敌人报复一下。我不能将他们推翻，然而我却能零碎地向他们中间的分子报复……这就是我所能做得到的事情。尚志，这一种思想也许是不对的，但是我现在却不得不怀着这种思想……"

曼英停住了。静等着李尚志的裁判。李尚志依旧逼视着她，一点儿也不声响。过了一会，他忽然握起曼英的手来，很兴奋地说道：

"曼英，曼英！你现在，你现在为什么有了这种思想呢？这是不对的，这是不对的呵！"

"但是你的也未必就是对的呵，"曼英插着说。

"不，我的思想当然是对的。除开继续走着奋斗的路，还有什么出路呢？你所说的话我简直有许多不明白！你说什么破毁世界，消灭人类，我看你怎样去破毁，去消灭……这简直是一点儿根据都没有的空想！曼英，你知道这是没有根据的空想吗？"

曼英有点惊异起来：李尚志先前原是不会说话的，现在却这样地口如悬河了。她又听着李尚志继续说道：

"不错，自从……失败之后，一般意志薄弱一点的，都灰了心，失了望……就我所知道的也有很多。但是曼英你，你是不应当失望的呵！我知道你是一个很热烈的理想主义者，恨不得即刻将旧世界都推翻……失败了，你的精神当然要受着很大的打击，你的心灵当然是很痛苦的，我又何尝不是呢？不过，我们决不能因暂时的失败就失了望……"

"你以为还有希望吗？"曼英问。

"为什么没有希望呢？历史命定我们是有希望的。我们虽然受了暂时的挫折，但是最后的胜利终归是我们的。只是摇荡不定的阶级才会失望，才会悲观，但是我们……肩着历史的使命，是不会失望，不会悲观的。我们之中的单个分子可以死亡，但是我们的伟大的集体是不会死亡的，它一定会强固地生存着……曼英，你明白吗？曼英，你现在脱离群众了……你成了孤零零的一个人，你失去了集体生活，所以你会失望起来……如果你能时常和群众接近，以他们的生活为生活，那我包管你的感觉又是别一样了。曼英，他们并没有失望呵！他们希望着生活，所以还要继续着奋斗，一直到最后的胜利……革命的阶级，伟大的集体，所走着的路是生路，而不是死路……"

李尚志沉吟了一回，又继续说道：

"曼英，你的思想一点儿根据都没有，这不过表明你，一个浪漫的知识阶级者的幻灭……不错，我知道你的这种幻灭的哲学，比一般落了伍的革命党人要深得多，但是这依旧是幻灭。你在战场上失败了归来，走至南京路上，看见那些大腹贾，荷花公子，艳装冶服的少奶奶……他们的脸上好像充满着得意的胜利的微笑，好像故意地在你的面前示威，你当然会要起一种思想，顶好有一个炸弹将这个世界炸破，横竖大家都不能快活……可不是吗？但是在别一方面，曼英，你要知道，群众的革命的浪潮还是在奔流着，不是今天，就是明天，迟早总会在这些寄生虫的面前高歌着胜利的！"

"尚志。"曼英抬起头来，向李尚志说道，"也许是如你所说的这样，但是我……总觉得这是一种幻想罢了。"

"不，这并不是幻想，这是一种事实。曼英，你是离开群众太远了，你感受不到他们的生活，他们的情绪。他们只要求着生活，只有坚决的奋斗才是他们的出路，天天在艰苦的热烈的奋斗中，哪里会有工夫像你这般地空想呢？你的这种哲学是为他们所不能明白的，你知道吗？我请你好好地想一想！我很希望那过去的充满着希望的曼英再复生起来……"

"尚志，我感谢你的好意！不过我的心灵受伤得太厉害了，那过去的曼英……尚志！恐怕永远是不会复生的了！……"

曼英说着，带着一点哭音，眼看那潮湿的眼睛即刻要流出泪来；李尚志见着她这种情形，不禁将头低下了，深长地叹了一口气。

"不，那过去的曼英是一定可以复生的！我不相信……"

李尚志还未将话说完，忽然听见楼梯咚咚地响了起来，好像有什么意外的事故也似的……他的面色有点惊慌起来，然而他还依旧把持着镇静的态度。接着他便又听见了敲门的声音，他立起身来，走至房门背后很平静地问道：

"谁个？"

"是我！"

李尚志听出来那是李士毅的声音。他将房门开开来了。李士毅带着笑走了进来。曼英见着他的神情还是如先前一样——先前他总是无事笑，从没忧愁过，无论他遇着了怎样的困苦，可是他的态度总表现着"不在乎"的样子，一句软弱的话也不说。曼英想着，现在他大概还是那种样子……

"啊哈！我看见了谁个哟！原来是我们的女英雄！久违了！"

李士毅说着说着，便走向前来和曼英握手，他的这一种高兴的神情即时将曼英的伤感都驱逐掉了。

"你今天上楼时为什么跑得这样地响？你不能轻一点吗？"

李尚志向李士毅这样责问着说。李士毅转过脸来向他笑道：

"我因为有一件好消息报告你，所以我欢喜得忘了形……"

"有什么好的消息？"李尚志问。

"永安纱厂的……又组织起来了……"

李尚志没有说什么话，他立着不动，奸像想着什么也似的。李士毅毫不客气地和曼英并排坐下了，向她伸着头，笑着说道：

"我们好久不见了。我以为你已经做了太太，嫁了一个什么委员，资本家，不料今天在这里又碰到了你。你现在干些什么？好吗？我应当谢谢你，你救济了我一下，给了五块钱……你看，这一条黑布裤子就是你的钱买的呵。谢谢你，我的女英雄，我的女……女什么呢？女恩人……"

"你为什么还是先前那样地调皮呢？你总是这样地高兴着，

你到底高兴一些什么呢？"曼英笑着问。

"你这人真是！不高兴，难道哭不成吗？高兴的事情固然要高兴，不高兴的事情也要高兴，这样才不会吃不下去饭呢。我看见有些人一遇见了一点失败，便垂头丧气，忧闷或失望起来……老实说一句话，我看不起这些先生们！这样还能干大玩意儿吗？"

曼英听了这话，不禁红了脸，暗自想道："他是在当面骂我呢。我是不是这样的人呢？我该不该受他的骂？……"她想反驳他几句，然而她找不出话来说。

"我告诉你，"李士毅仍继续说道，"我们应当硬得如铁一样，我们应当高兴得如春天的林中的小鸟一样，不如此，那我们便只有死，什么事情都干不了！"

"你现在到底干着些什么事情呢？"曼英接着问他。

"最大的头衔是粪夫总司令，你闻着我身上的臭吗？"

"什么叫做粪夫总司令？"曼英笑起来了。"这是谁个任命你的呢？"

"你不明白吗？我在粪夫公会里做事情……你别要瞧不起我，我能叫你们小姐们的绣房里臭得不亦乐乎，马桶里的粪会漫到你们的梳妆楼上。哈哈哈！……"

李士毅很得意地笑起来了。李尚志这时靠着窗沿，向外望着，似乎不注意李士毅和曼英的谈话。曼英望着他的背影，心中暗自想道："他们都有伟大的特性：李尚志具着的是伟大的忍耐性，而李士毅具着的是伟大的乐观性，这就是使他们不失望，不悲观，一直走向前去的力量。但是我呢？我所具着的是什么性呢？"曼英想至此地，不禁生了一种鄙弃自己的心了。她觉得她在他们两人之中立着，是怎样地渺小而不相称……

"呶，你的爱人呢？"李士毅笑着问。

"你不要瞎说！"曼英觉得自己的脸红了。她想着柳遇秋，然而她的眼睛却射着李尚志。"谁是我的爱人？现在谁个也不爱我，我谁个也不爱。"

李尚志将脸转过来，瞟了曼英一眼，又重新转过去了。曼英深深地感受到了他的眼光，他的眼光射到了她的心灵深处，似乎硬要逼着她向自己暗自说道：

"你别要扯谎呵！你不是在爱着这个人吗？这个靠着窗口立着的人吗？……"

李士毅，讨厌的李士毅（这时曼英觉得他是很讨厌的，不知趣的人了），又追问了一句：

"柳遇秋呢？"

"什么柳遇秋不柳遇秋！我们之间一点儿关系都没有了。从前的事情，那不过是一种错误……"

李尚志又回过头来瞟了曼英一眼。那眼光又好像硬逼着曼英承认着说：

"我从前不接受你的爱，那也是一种错误呵！……"

"哈哈！你真是傻瓜！"曼英忽然听见李士毅笑起来了。他似真似假地这样说道，"为什么不去做官太太呢？你们女子顶好去做太太，少奶奶，而革命让我们来干……你们是不合适的呵！……曼英，我还是劝你去做官太太，少奶奶或是资本家的老婆罢，坐汽车，吃大菜……"

曼英不待他将话说完，便带点愤慨的神气，严肃地说道：

"士毅，你为什么这样轻视我们女子呢？老实说，你这种思想还是封建社会的思想，把女子不当人……你说，女子有哪一点不如你们男子呢？你这些话太侮辱我了！"

"我的女英雄，你别要生气，做一个官太太也不是很坏的事……"

李尚志转过脸来，向李士毅说道：

"你别要再瞎说八道罢！你这是什么思想？一个真正的……决不会有你这种思想的！"

曼英听见李尚志的话，起了无限的感激，想即刻跑到他的面前，将他的颈子抱着，亲亲地吻他几吻。她的自尊心因为得着了李尚志的援助，又更加强烈起来了。难道她曼英不是一个有作为的女子吗？不是一个意志很坚强，思想很彻底的女子吗？女子是不弱于男子的，无论在哪一方面……

但是，当她一想起"我现在做些什么事情呢？……"她又有点不自信起来了。她意识到她没有如李士毅的那种伟大的乐观性，李尚志的那种伟大的忍耐性，如果没有这两种特性，那她是不能和他们俩并立在一起的。"我应当怎样生活下去呢？我应当怎样做呢？做些什么呢？……我应当再好好地想一想！"最后她是这样地决定了。

李士毅说，他要到粪夫总司令部办公去，不能久坐了。他告辞走了。房间内仍旧剩下来曼英和李尚志两个人。

一时的寂静。

两人似乎都有许多话要说，尤其是曼英。但是说什么话好呢？曼英又将眼光转射到那桌上的一张相片了。在那张相片上，也不知李尚志倾注了多少深情，看了多少眼睛，也许他亲了无数的吻……忽然曼英感受到那深情是多么地深，那眼睛是多么地晶明，那吻又是多么地热烈。她的一颗心颤动起来了。她觉得她现在正需要着这些……她渴求着李尚志的拥抱，李尚志的嘴唇……这拥抱，这嘴唇，将和柳遇秋的以及其馀的所谓"客人"的都不一样。

"但是我有资格需要着他的爱情吗？"曼英忽然很失望地想道，"我的身体已被许多人所污坏了，我的嘴唇已被许多人所吻臭了……不，我没有资格再需要他的爱情了。已经迟了，迟了！……"想至此地，她不由自主地又流起泪来。

"曼英，你为什么又伤起心来了呢？"坐在她的旁边，沉默着很久的李尚志，又握起她的手来问道，"我觉着你的性情太不像从前了……"

曼英听了他的话，更加哭得厉害。她完全为失望所包围住了。她觉得她的生活只是黑暗而已，虽然她看见了李尚志，就仿佛看见了光明一样，然而对于她，曼英，这光明已经是永远得不到的了。

曼英觉得李尚志渐渐地将她的手握得紧来。如果她愿意，那她即刻便可以接受李尚志的爱，倾伏在李尚志的怀里……但是曼英觉得自己太不洁了，与其说她不敢，不如说她不愿意……

"曼英，你应当……"李尚志没有说出自己的意思，曼英忽然立起身来，流着泪向李尚志说道：

"尚志，我要走了。让我回去好好地想一想罢！我觉着我现在的思想和感觉太混乱了，连我自己也说不清楚是什么一回事……"

鸭绿江上

那一年下学期，我们的寄宿舍被学校派到一个尼姑庵里。莫斯科的教堂很多，其数目我虽然没有调查过，但我听人家说，有一千馀个。革命前，这些上帝的住所——教堂——是神圣不可侵犯的，也就同中国共和未成立以前的庙宇一样，可是到了革命后，因为无神论者当权，这些教堂也就大减其尊严了。本来异教徒是禁止进教堂的，而我们现在这些无神论者把尼姑庵一部分的房子占住了做寄宿舍，并且时常见着了庵内的尼姑或圣像时，还要你我说笑几句，一点儿也不表示恭敬的态度，这真教所谓"上帝"者难以忍受了。

我们的尼姑庵临着特威尔斯加牙大街，房屋很多，院内也很宽绰，并有许多树木，简直可以当作一个小花园。每天清早起来，或无事的时候，我总要在院内来回绕几个圈子，散散步。尼姑约有四十馀人，一律穿一身黑的衣服，头上围披着黑巾，只露一个脸出来，其中大半都是面孔黄瘦，形容憔悴的；见着她们时，我常起一种悲哀的感觉。可是也有几个年纪轻些，好看一点的，因之我们同学中欲吊她们膀子的，大约也不乏其人。有一次晚上，我从外边走进院内，恰遇一个同学与一个二十几岁的尼姑，立在一株大树底下，对立着说笑着，他们一见着我，即时就避开了。我当时很懊悔自己不应扰乱他人的兴趣，又想道："你们也太小气了，这又何必……"从此我格外谨慎，纵不能成全他人的好事，但也不应妨害他人的好事！况且尼姑她们是何等的不自由，枯寂，悲哀……

恰好这一天晚上八句钟的时候，下了大雪；天气非常之冷。与我同寝室的是三个人——一个波斯人，一个高丽人，还有一位中国人 C 君。我们寝室内没有当差的，如扫地和烧炉子等等的事情，都是我们自己做，实是实行劳动主义呢。这一天晚上既然很冷，我们就大家一齐动手，把炉子烧起；燃料是俄国特有的一种白杨树，白杨树块非常容易燃烧，火力也非常之大。炉子烧着了之后，我们大家就围坐起来，闲谈起来。我们也就如其他少年人一样，只要几个人坐在一块，没有不谈起女人的："比得，你看安娜好不好？""我今天在街上遇着了一位姑娘真是美貌！呵！她那一双明珠似的眼睛。""你娶过亲没有？""我知道你爱上那一位了。""唉，娶老婆也好也不好！""……"我们东一句，西一句，大半谈的都是关于女人的事情。那一位波斯同学说得最起劲，口里说着，手脚动着，就同得着了什么宝物似的。可是这一位高丽同学总是默默地不肯多说话，并且他每逢听到人家谈到恋爱的事情，脸上常现出一种悲戚的表情，有时眼珠竟会湿了起来。我常常问他："你有什么伤心的事么？"他或强笑着不答，或说一句"没有什么伤心的事情"。他虽然不愿意真确地对我说，但我总感觉他有伤心的事情，他的心灵有很大的伤痕。

这位高丽同学名字叫李孟汉，是一个将过二十岁的美少年。他实在带有几分女性，同人说话时，脸是常常要红起来的；我时常同他说笑，在同学面前，我时常说他是我的老婆。当我说他是我的老婆时，他总是笑一笑，脸发一发红，但不生气，也不咒骂。我或者有点侮慢他，但我总喜欢他，爱与他亲近——就仿佛他的几分女性能给我一些愉快似的。同时，我又十分地敬重他，因为他很用功，很大量，很沉默，有许多为我所不及的地方。他不讨厌我，有时他对我的态度，竟能使我隐隐发生安慰的感觉。

我们围炉谈话，波斯同学——他的名字叫苏丹撒得——首先提议，以为我们大家今晚应将自己的恋爱史叙述出来，每人都应当赤裸裸地，不应有丝毫的瞒藏。这时 C 君出去找朋友去了。大家要求我先说，这实在把我为难住了。我说我没有恋爱过，无从说起。可是苏丹撒得说："不行！不行！维嘉，你莫要撒谎！你这样漂亮的少年，难道说你在中国没有爱过女人，或被女人爱过？况且你又是诗人，诗人最爱的是女人，而女人也爱好诗人。李孟汉，你说是不是呢？"他向着李孟汉说，李孟汉但笑而不答，于是又转脸向着我说，"你说！你说！撒谎是不行的！"我弄得没有办法，不说罢，他们是不依我的；说罢，我本没有有趣味的恋爱史，又怎么说起呢？不得已，我只得撒谎了，只得随嘴乱诌了。我说，我当做学生会会长的时候，有许多女学生写信给我。说我如何如何地有作为，文章做的是如何如何地好；其中有一个女学生长得非常之美丽，曾屡次要求我爱她，但我当时是一个白痴，竟辜负了她对于我的爱情。我说，我有一次在轮船上遇着一个安琪儿一般的姑娘，她的美貌简直是难以用言语形容出来；我想尽方法，结果与她亲近了，谈话了；她是一个极美丽而有知识的姑娘；在谈话中，我感觉得她对我表示很温柔的同情。我说至此，苏丹撒得兴奋起来了，便笑着说：

"这位美丽的姑娘是爱上你的了。你真是幸福的人啊！但是后来呢？"

"后来？后来，唉！结果不……不大好……"

"为什么呢？"苏丹撒得很惊异地说，"难道她不爱你……"

"不，不是！我是一个蠢人。"

"维嘉！你说你是一个蠢人，这使我不能相信。"

"苏丹撒得！你听我说了之后，你就晓得我蠢不蠢了。我俩在轮船上倚着栏杆，谈得真是合意。我敢说一句，她对于我实在发生了爱苗，而我呢，自不待言。谁知后来船到岸的时候，她被她的哥哥匆匆忙忙地催着上岸，我竟忘记了问她的住址和通信处——我俩就这样地分别了。你们看，我到底蠢不蠢呢？我害了一些时相思病，但是，没有办法。……"

"呵！可惜！可惜！真正地可惜！"苏丹撒得说着，同时也唏嘘着，似觉向我表示很沉痛的同情的样子。但李孟汉这时似觉别有所思，沉默着，不注意我俩的谈话。

"你现在一言不发的，又想到什么事情了？"我面对着李孟汉说，"我现在将我的恋爱史已经说完了，该临到你头上了罢。我总感觉你的心灵深处有什么大悲哀的样子，但你从未说出过；现在请你说给我们听听罢。我的爱，我的李孟汉（我时常这样地称呼他)！否则，我不饶恕你。"他两眼只是望着我，一声也不响，我又重复一遍说："我已经说完了，现在该你说了，我的爱，你晓得么？"

李孟汉叹了一口气，把头低了，发出很低的，而且令人觉得是一种极悲哀的声音：

"你们真要我说，我就说。我想，我在恋爱的国度里，算是一个最悲哀的人了！"

"那么，就请你今晚将自己的悲哀说与我们听听，"苏丹撒得插着说。

"今年三月间，我得着确信，是一个自汉城逃跑来俄的高丽人告诉我的：我的爱，我的可怜的她，在悲哀的高丽的都城中，被日本人囚死在监狱里了。"李孟汉说着，几几乎要哭出来的样子。

"哎哟！这是何等的悲哀啊！"苏丹撒得很惊叹地说。但我这时一声不响，找不出话来说。"但是因为什么罪过呢，李孟汉？"

"什么罪过？苏丹撒得，你怕不知我们高丽的情形罢。我们高丽自从被日本侵吞之后，高丽的人民，唉！可怜啊！终日在水深火热之中，终日在日本人几千斤重的压迫之下过生活。什么罪过不罪过，只要你不甘屈服，只要你不恭顺日本人，就是大罪过，就是要被杀头收监的，日本人视一条高丽人的性命好像是一只鸡的性命，要杀便杀，有罪过或无罪过是不问的。可怜我的她，我的云姑，不料也被万恶的日本人虐待死了！……"

李孟汉说着，悲不可抑；此时我心中顿觉有无限的难过。大家沉默了几分钟；李孟汉又开始说：

"我现在是一个亡命客，祖国我是不能回去的……倘若我回去被日本人捉住了，我的命是保不稳的。哎哟！我的好朋友，高丽若不独立，若不从日本帝国主义者的压迫下解放出来，我是永远无回高丽的希望的。我真想回去看一看我爱人的墓草，伏着她的墓哭一哭我心中的悲哀，并探望探望我祖国的可怜的，受苦的同胞；瞻览瞻览我那美丽的家园；但是我呀，我可不能够，我不能够！……"

李孟汉落了泪；苏丹撒得本来是爱说话的人，但现在也变成沉默的白痴了。我看看李孟汉他那种悲哀的神情，又想想那地狱中的高丽的人民，我就同要战栗的样子。李孟汉用手帕拭一拭眼，又望着我说：

"维嘉！你真猜着了。你时常说我有什么悲哀的心事，是的，祖国的沦亡，同胞的受苦，爱人的屈死，这岂不是世界上最悲哀的事情么？维嘉！我若不是远抱着解放祖国的希望，还想无论何时能够见见我云姑的墓草，我怕久已要自杀了。我相信我自己的意志可以算得是很坚强的。我虽然有无涯际的悲哀，但我还抱着热烈的希望。我知道我的云姑是为着高丽死的，我要解放高丽，也就是安慰我云姑的灵魂，也就是为她报仇。维嘉！你明白我的话么？"

"我明白你的话，李孟汉，不过我想，希望是应当的，但悲哀似乎宜于减少些，好，现在就请你述一述你与云姑恋爱的经过罢。明日上半天没有课，拉季也夫教授病了，我们睡迟些不要紧。苏丹撒得，你在想什么了？为什么不做声了？"

"我听他的话，听得呆了。好，李孟汉，现在就请你说恋爱的历史罢。"

李孟汉开始叙述他与云姑的历史：

"唉！朋友！我真不愿意说出我同云姑中间的恋爱的历史——不，我不是不愿意说，而是不忍说，说起来要使我伤心，要使我流泪。我想，世界上再没有比我的云姑那样更美丽的，更可爱的，更忠实的，更令人敬佩的女子！也许实际上是有的，但对于我李孟汉，只有云姑，啊，只有云姑！你们时常说这个女子好，那个女子漂亮……我总没有听的兴趣，因为除了云姑而外，再也没有女子可以占领着我的爱情，引诱我的想象。我的爱情久已变为青草，在我的云姑的墓土上丛生着；变为啼血的杜鹃，在我的云姑的墓旁白杨枝上哀鸣着；变为金石，埋在我的云姑的白骨的旁边，当做永远不消灭的葬礼，任你一千年也不会腐化；变为缥渺的青烟，旋绕着，缠绵着，与我的云姑的香魂化在一起。朋友，我哪有心肠再谈女子的事情，再做恋爱的美梦呢？……

"高丽是滨着海的岛国，你们只要是读过地理，大约都是晓得的。说起来，我们的高丽实在是一个气候温和，风景美丽的地方。高丽三面滨着海，而同时又位于温带，既不枯燥，又不寒冷，无论山川也罢，树木也罢，蒙受着海风的恩润，都是极美丽而清秀的。高丽国民处在这种地理环境之中，性情当然生来就是和平而温顺的，所谓文雅的国民。可惜高丽自从被日本帝国主义者侵吞之后，文雅的高丽的国民沉陷于无涯际的痛苦里，不能再享受这美丽的河山，呼吸温暖的海风所荡漾着的空气。日本人将高丽闹得充满着悲哀，痛苦，残忍，黑暗，虐待，哭泣……日月无光，山川也因之失色。数千年的主人翁，一旦沦于浩劫，山川有灵，能不为之愤恨么？哎哟！我的悲哀的高丽！

"维嘉！你大约知道鸭绿江是高丽与中国的天然的国界罢。鸭绿江口——江水与海水衔接的地方，有一虽小然而极美丽的 C 城。C 城为鸭绿江出口的地方，因交通便利的关系，也很繁华；又一面靠江，一面凭海，树木青葱，山丘起伏，的确是风景的佳处。唉！算起来，我已经六年离开美丽的 C 城的怀抱了！我爱高丽，我尤爱高丽的 C 城，因为它是我的生长地；因为它是我与云姑的家园，是我与云姑一块儿从小时长大的乡土。朋友，我真想回到 C 城，看看我与云姑当年儿时玩耍的地方，现在是什么样子了；但是，现在对于我李孟汉，这真是幻想啊！

"C 城外，有一柳树和松树杂生的树林，离城不过一里多地。这树林恰好位于海岸之上，倘若我们坐船经过 C 城时，我们可以很清楚地看出这一个黑乌乌的树林，并可以看见它反射在海水中的影子。树林中尽是平坦的草地，间或散漫地偃卧着有几块大石头——它们从什么地方搬来的呢？我可说不清楚。这块树林到冬天时，柳树虽然凋残了，然因有松树繁茂着自己的青青的枝叶，并不十分呈零落的现象。可是到了春夏的时候，柳丝漫舞起来的绿波，同时百鸟歌着不同样的天然的妙曲，鸣蝉大放起自己的喉咙，从海面吹来令人感觉着温柔的和风，一阵阵地沁得人神清气爽——这树林真是一个欣赏自然妙趣的所在啊！

　"这已经是十几年前的事了。只要是天不下雨，有一对小孩——一个男的和一个女的——差不多整日地在这树林中玩耍。两个孩子年纪相仿佛，都是六七岁的样子；照着他俩的神情，简直是一对人间的小天使！那个男孩子我们暂且不讲，且讲一讲那个天使似的女孩子：她那如玫瑰一般的小脸，秋水一般的有神的眼睛，朱砂一般的嫩唇，玉笋一般的小手，黑云一般的蓬松的发辫，更加上她那令人感觉着温柔美善的两个小笑涡，唉！我简直形容不出来，简直是一个从天上坠落下来的小天使呵！朋友，你们或者说我形容过火了，其实我哪能形容她于万一呢？我只能想象着她，然而我绝对形容不好她。

　"这一对小孩子总是天天在树林中玩耍：有时他俩在树林中顺着草地赛跑；有时他俩捡树棍子盖房子，笑说着这间厢房我住，那间厢房你住，还有一间给妈妈住；有时他俩捡小石头跑到海边抛到水里，比赛谁抛得远些，而且落得响些；有时他俩并排仰卧在草地上，脸向着天空，看一朵一朵的白云飞跑；有时他俩拿些果品烧锅办酒席请客；有时他俩并排坐着，靠着大石头，叙诉些妈妈爸爸的事情，听人家说来的故事，或明天怎样玩法；有时他俩手携着手并立在海岸上，看船舶的往来，或海水的波荡……他俩虽然有争吵的时候，但总是很少，并且争吵后几秒钟又好将起来，从未记过仇。他俩是分不开的伴侣，差不多没有不在一块儿的时候。一对小孩子无忧无虑，整日培育在自然界里，是何等的幸福啊！

"朋友，这一对小孩子就是十几年前的我与云姑。唉！这已经是十几年前的事了，过去的已经过去，怎样才能恢复转来呢？怎样想方法可以使我与云姑重行过当日一般的幸福生活呢？想起来，我好生幸福，但又好生心痛！

"我与云姑都是贵族的后裔：我姓李，云姑姓金，金李二族在高丽是有名的贵族，维嘉，你或者是晓得的。自从日本将高丽吞并后，我的父亲和云姑的父亲都把官辞去了，退隐于林下。她的父亲和我的父亲是非常好的朋友，而且照着亲戚讲，又是极亲近的表兄弟。我俩家都住在树林的旁边，相距不过十几步路。他俩老人家深愤亡国的羞辱，同胞的受祸；但一木难支大厦，无能为力，因此退隐林泉，消闲山水。他俩有时围炉煮酒，谈到悲哀的深处，相与高歌痛哭。那时我与云姑年幼无知，虽时常见两位老人家这般模样，但不解其中的原由，不过稚弱的心灵起一番刺激的波动罢了。后来我与云姑年纪渐渐大了。因之他俩老人家所谈的话，也渐渐听得有几分明白，并且他俩老人家有时谈话，倘若我俩在旁时，常常半中腰把话停止了，向我俩簌簌地流泪——这真教我两个稚弱的心灵上刻了不可消灭的印象。

"现在且不说他俩老人家的事情。我与云姑真是生来的天然伴侣，从小时就相亲相爱，影不离形地在一块儿生活。我俩家是不分彼此的，有时她在我家吃饭，有时我在她家吃饭，吃饭总要在一张桌子上，否则，我两个都吃不下饭去。她的母亲和我的母亲，也就如她的父亲和我的父亲一样，也是和睦得非常，对于我俩的态度，也从未分过畛域的。我与云姑处在这种家庭环境之下，真是幸福极了！后来我俩年纪大了些，便开始读书，云姑的父亲当教师。我俩所念的书是一样的，先生给我俩上书讲得一样多，可是云姑的慧质总比我聪明些，有时她竟帮助我许多呢。每日读书不过三四小时，一放学时，我俩就手牵着手儿走到林中或海边上来玩。

"啊！我还记得有一次，说起来倒是很有趣的：离我俩家不远有一位亲戚家，算起来是我的表兄，他结婚的时候，我与云姑被两位母亲带着去看了一回；第二天我俩到林中玩耍时，就照样地仿效起来——她当做新娘子，我当做新郎。这时正是风和草碧，花鸟宜人的春天。我俩玩得没趣，忽然想起装新娘和新郎的事情来，于是我采了许多花插在她的发辫上，她也就低着头装做新娘的样子，我牵着她的手一步一步地走。我俩本是少小无猜，虽然装做新娘和新郎的模样，实还不知新娘和新郎有什么关系，一对小新人正走着走着：忽然从林右边出现了两个人，原来是她的父亲和我的父亲。他俩走到我俩的面前来，疑惑地问道：'你俩为什么这种模样儿？'我俩虽然是这般地游戏，但见他俩老人家走来时，也不觉表示出一种羞答答的神情。'我俩装新娘和新郎，她是新娘，我是新郎——我俩这般玩。'我含羞地答应了一句，两位老人家听着笑起来了。我的父亲向她的父亲问道：'老哥！你看这一对小新人有不有趣呢？'云姑的父亲用手抚弄着自己细而长的胡须，向着我俩很慎重地看了几眼，似觉起了什么思索也似的，后来自己微笑着点一点头，又向我的父亲说道：'的确有趣！不料这两个小东西玩出这个花样儿。也好，老弟，我俩祝他俩前途幸福罢。……’当时我不明白云姑的父亲说话的深意——他已把云姑暗暗地许给我了。

"光阴如箭也似地飞跑。真是过得快极了。我与云姑的生活这样慢慢地过去，不觉已经到十一二岁的时期。我俩的年纪虽然一天一天地大了，但我俩的感情并不因之生疏，我俩的父母也不限制我们。每天还是在一块儿读书，一块儿在林中玩；云姑的父亲是一个很和善的人，他并不以冬烘先生的态度对待我俩，有时他还教授一些歌儿与我俩唱。在春天的时候，林中的鸟声是极好的音乐，我与云姑玩到高兴时，也就唱起歌儿，与鸟声相应和。啊！说起鸟来，我又想起来一桩事情了：有一天晚上，我的一位堂兄由家里到我家来，他带来一只绿翠鸟给我玩，这绿翠鸟是关在竹笼子里头的。我当时高兴得了不得，因为这只绿翠鸟是极美丽，极好看的：红嘴，绿羽，黄爪，真是好玩极了！我不知道在你们的国度里，有没有这样美丽的鸟儿，但在我们高丽，这绿翠鸟算是很美丽的了。因为天太晚了，云姑怕已睡着了，我没有来得及喊她来看我新得的宝贝。我这一夜简直没有入梦，一回儿担心鸟笼挂在屋檐下，莫要被猫儿扑着了；一回儿想到明天云姑见到绿翠鸟时，是何等地高兴；一回儿想到可惜表兄只带了一只绿翠鸟给我，若带来两只时，我分一只给云姑，岂不更好么？……因为一只绿翠鸟，我消耗了一夜的思维。

"第二天刚一黎明的时候，我就从床上起来，母亲问我为什么起得这样早，我含糊答应了几句，连脸也不洗，就慌里慌张地跑到云姑家里来了。这时云姑还正在酣睡，我跑到她的床沿，用手将她摇醒，'快起来！快起来，云姑，我得到了一只极好看的绿翠鸟，唉！真好看呀！你快快起来看……'云姑弄得莫名其妙，用小手揉一揉两只小眼，看看我，也只得连忙将衣穿起，下了床，随着我，来到我的家里。我把鸟笼从屋檐取将下来，放在一张矮凳上，教云姑仔仔细细地看。云姑果然高兴的不得了，并连说：'我们要将它保护好，莫要将它弄死了，或让它飞了。'谁知云姑抚摩着鸟笼，不忍释手，不注意地把鸟笼的口子弄开了——精灵的绿翠鸟乘此机会便嘟的一声飞去了，飞到天空去，霎时间无影无踪。我见着我的宝贝飞去了，又气又恼，便哭将起来，向着云姑责骂：'我叫你来看它，你为什么将它放了？……你一定要赔我的绿翠鸟，否则我绝不依你……我去找你的妈妈说理去……哼……哼……'云姑见鸟飞去了？急得脸发红，又见我哭了，并要求她赔偿，她于是也放声哭了。她说，她不是有意地把绿翠鸟放飞了；她说，她得不到绿翠鸟来赔我……但我当时越哭越伤心，硬要云姑赔偿我的绿翠鸟。我两个哭成一团，惊动了我的母亲和父亲，他俩由屋内跑出来问，为什么大清早起这样地哭吵起来，有什么大不了的事情；我哭着说：'云姑把我的绿翠鸟放飞了，她一定要赔我的。……'云姑急着说：'不，不是！我不是有意地把绿翠鸟放飞了。汉哥要我赔他的，我从什么地方弄来赔他呢？……''原来是这么一回事情！一只鸟儿飞了，也值得这样地闹得天翻地覆？云姑！好孩子，你莫要哭了，绝不要你赔，你回去罢！'云姑哭着回去了；我的母亲抚着我的头，安慰了我一番，我才止了哭。

　　"这一天我没有上学，整天闷闷地坐在家里，总觉着有什么失去了的样子，心灵上时起一种似悲哀又非悲哀的波浪，没有平素那般的愉快平静了。这并不是因为失去了绿翠鸟，而是因为云姑不在面前，我初尝受孤寂的苦味。由感觉孤寂而想起云姑，由想起云姑而深悔不应得罪了云姑，使云姑难过。'唉！总是我的不是！一只绿翠鸟要什么紧呢？况且云姑又不是有意地这样做……她也爱绿翠鸟呀！……我为什么要强迫了她？……总都是我的不是，我应当向她赔罪。但是，云姑见我这样地对她不好，怕一定要不理我了罢？倘若我去赔罪，她不理我，究竟怎么好？……'我想来想去，不知如何办才好，最后，我又哭了，哭得更为悲哀；不过这种哭不是为着绿翠鸟，而是为着云姑，为着我自己不应以一只绿翠鸟得罪了云姑。……

　　"朋友，这是我有生第一次感受着人间的悲哀！我已决定向云姑赔罪，但怕云姑真正生了气，不愿再理我了。恰好到刚吃晚餐的时候，云姑家用的一个老妈送一封信给我，照着信封面的字迹，我知道这是云姑写给我的，我惭愧地向老妈问一声：'云姑今天好么？''云姑？云姑今天几几乎哭了一天，大约是同你吵嘴了罢。唉！好好地玩才对，为什么你又与她斗气呢？你看，这一封信是云姑教我送给你的。'老妈不高兴地将话说完就走了。我听了云姑几几乎哭了一天，我的一颗小心落到痛苦的深窟里，深深地诅咒自己为什么要做出这样大的罪过来。我将信拿在手里，但我不敢拆开，因为我不知里面写的是与我讲和的话，还是与我绝交的话。我终于战兢兢地把信扯开了。……"

苏丹撒得不等李孟汉说完，赶紧地插着问："信里到底写些什么呢？是好消息还是坏消息？李孟汉，我替你担心呢。"李孟汉微微地笑了一笑，用手把炉内的白杨树块搋一搋，便又接着说自己的故事：

"自然是好消息啊！我的云姑对于我，没有不可谅解的。这一封信里说：'亲爱的汉哥！我承认我自己做错了事，损失了你所心爱的东西，但是，汉哥啊！请你原谅我，我不是有意地在你面前做错事啊！你肯原谅我吗？我想你一定可以原谅我！我今天没有和你在一起，我心里是如何难过啊，汉哥！我的两眼都哭红了，你可怜我一些儿罢！倘若你可怜我，请你明早在我们平素所靠的大石前等我，我来向你谢罪。……'我读了这一封信，朋友，你们想想我是如何高兴呢。但同时我又惭愧的不得了；我本应当向她谢罪，而她反说向我谢罪，反要我可怜她，唉！这是如何使我惭愧的事啊！

"第二天日出的时候，我起来践云姑的约，向着海边一块大石走去，谁知云姑先我而至。她已站在那儿倚着大石等我呢，我喊一声'云姑！'她喊一声'汉哥！'——我俩互相看着，说不出别的话来；她两眼一红，扑到我的怀里，我俩又拥抱着痛哭一场。为什么哭呢？喜欢过度么？还是悲哀呢？……当时哭的时候，没有感觉着这些，现在我也答应不出来。这时青草上闪着鲜明的露珠，林中的鸟儿清婉地奏着晨歌，平静的海时起温柔的波纹……一轮新鲜而红润的朝阳慢慢地升起，将自己的柔光射在一对拥抱着痛哭的小孩身上。"

李孟汉说到此处停住了。他这时的脸上很显然地慢慢增加起来悲哀的表情，一点儿愉快的笑痕渐渐从他脸上消灭下去了。他将两手合拢着，两眼不转睛地向着炉中的火焰望。我虽然没有研究过心理学，但我感觉到他这时的心弦又起悲哀的颤动了。沉默了几分钟，苏丹撒得是一个急性人，无论什么事都要追根问到底，不愿再继续着忍受这种沉默了，便向李孟汉说道："你的故事还未说完啦，为什么你不继续说了？我听得正高兴，你忽然不说了，那可是不行啊！李孟汉，请你将你的故事说完罢，不然的话，我今夜一定是不能入梦的。维嘉已经说过，明天上半天没有课，我们睡迟些不要紧，你怕什么呢？快说，快说，李孟汉。"我当然是与苏丹撒得表同情的，便也怂恿着李孟汉将故事说完。我平素是睡得很早的，这大晚上却是一个例外，睡神不来催促我，我也不感觉到一点儿疲倦。

李孟汉还是沉默着。我也急起来了；苏丹撒得如生了气的样子，将李孟汉的左手握在自己的两手里，硬逼迫他将故事说完。李孟汉很可怜的样子，向我俩看了几眼，似觉是要求我俩怜悯他，他不得已又重行开口了：

"唉！我以为说到此地倒是适可而止，没有再说的必要了；再说下去，不但我自己要难过不了，就是你们听者怕也不会高兴的。也罢，苏丹撒得，你把我的手放开，我说就是了。唉！说，说……我哪有心肠说下去呢？……你们真是恶作剧呵！……

"自从我与云姑闹了这一次之后，我俩间的情爱更加浓厚起来了。不过我俩的情爱随着我俩的年纪——我与云姑同年生的，不过我比她大几个月——渐渐地变化起来了。从前的情爱完全是属于天真的，是小孩子的，是不自觉的，可是到了后来，这种情爱渐脱离了小孩子的范围，而转到觉悟的时期：隐隐地我俩相互地觉着，我俩不得不相爱，因为我是她的，她是我的，在将来的生活中是永远不可分离的伴侣。朋友，我真描写不出来这时期的心境，而且我的俄国话说得不十分好，更没有文学的天才，我真是形容不好啊！

　　"光阴快得很，不已地把人们的年纪催促大了——我与云姑不觉已到了十四岁。唉！在十四岁这一年中，朋友，我的悲哀的不幸的生活算开始了。俗语说：'天有不测的风云。人有暂时的祸福。'在我们高丽，朋友，暂时的福是没有的，可是暂时的祸，说不定你即刻就可以领受着。你或者坐在家里没有做一点儿事情，但是你的性命并不因此就可以保险的。日本人的警察，帝国主义者的鹰犬，可以随时将某一个高丽人逮捕，或随便加上一个谋叛的罪名，即刻就杀头或枪毙。唉！日本人在高丽的行凶做恶，你们能够梦见么？任你们的想象力是如何富足，怕也不会想象高丽人受日本帝国主义者的虐待到什么程度啊！

　　"我的父亲是一个热心恢复高丽独立的人，这是为我所知道的。在这一年有一位高丽人暗杀了某日本警官，日本当局竟说我父亲是主使的嫌疑犯——这个底细我实在不晓得了。结果，我的父亲被捉去枪……毙……了……"

　　苏丹撒得骇得站将起来，连喊道："这真是岂有此理！这真是岂有此理！唉！我不料日本人在你们高丽这般地做

恶！……"我听了李孟汉的话吃了一大惊，苏丹撒得这种态度
又把我骇了一跳。李孟汉又落了泪。接着他又含着哭声断断续
续地说道："我的父亲被日本人抢毙了之后……我的母亲……
她……她……唉！可怜她……她也投海死了……"苏丹撒得瞪
着两眼不做声，简直变成了木偶一般；我似觉我的两眼也潮湿
起来，泪珠几几乎从眼眶内迸涌出来了。大家重行沉默下来。
窗外的风此时更呜呜地狂叫得厉害，俄而如万马奔腾，俄而如
波涛怒吼，俄而如千军哭喊，俄而如地覆天翻。……这是悲悼
高丽的命运呢，还是为李孟汉的不平而鸣的呢？

　　李孟汉止了哭，用手帕拭一拭眼泪，又悲哀地继续着
说道：

　　"倘若没有云姑，倘若没有云姑的婉劝，朋友，我久已追
随我的父母而去了，现在这个地方哪里有我李孟汉，你们又哪
里能在这莫斯科见着我的面，今晚又哪里能听我说话呢？……
啊！云姑是我的恩人！啊！云姑是我的生命的鼓励者！

　　"我的父母双双惨死之后，剩下了一个孤苦伶仃的我；云
姑的父亲（他也差一点被警察捉去了，但经过许多人证明，幸
得保安全）将我收留在他家里，待我如自己的儿子一样。可是
我总整日不住地哭泣，总是想方法自杀，因为我觉着父母既然
惨死，一个孤零零的我没有再活的兴趣了。云姑为着我，当然
也是悲哀极了；她几乎连饭都吃不下去。她是一个很聪明的女
子，她感觉我的态度异常，生怕我要做出一些自寻短见的事
情，于是她特别留意我的行动。我曾向她表示过要自杀的心
思，她听着就哭起来了。她百般地哀劝我，她指示我将来一些

应走的道路。唉！我的云姑，她真是一个可敬佩的姑娘！她的见识比我的高超几倍：她说，我应当留此身为将来用，将来总有报仇的一天；她说，死了没有用处，大丈夫不应当自寻短见；她又说，倘若我死了，她一定要哭死，试问我的心能忍么？……我觉着云姑的话合乎情理，她的颖慧的心眼实为我所不及，于是我将自杀的念头就抛却了。并且我当时虽然想自杀，但心头上总还有一件挂念而不能丢的东西——这东西是什么呢？这就是云姑，寄托我的生命的云姑！朋友，你们想想，倘若没有云姑鼓励着我，现在你们有与我李孟汉相处的机会么？

“从这时起，云姑简直变成了我的温柔慈善的母亲了。她安慰我，保护我，体贴我，可以说是无微不至。我虽然有向她生气的时候，但她都能容忍下去，毫不见怪于我。唉，我的云姑，我的可爱的云姑，可惜我不能再受她的柔情的润泽了！……

“这样平静地又过了两年，云姑越长越好看，越长越比从前标致了！她的美丽，唉！我简直形容不出来——是啊，我也不应当拿一些俗字眼来形容她那仙人般的美丽！也许世界上还有比我云姑更为美丽的女子，但在我的眼中，朋友，你们所说的美丽的女子，简直不能引起我一丝一毫的注意啊。你们平素或笑我是老学究，不爱谈论女子的事情，唉！你们哪里知道我的爱情如一块墓穴一样，已经被云姑整个地睡去了，不能再容别人的占领呢？我并不是为云姑守节，乃是以为世界上没有比云姑更可爱的女子了；我领受了云姑的爱，这已经是我此生的大幸，不愿再希望别的了。朋友，你们明白我么？你们或者很不容易明白我！……

"我已经是到了十六岁了。日本人，唉！凶恶的日本人能任我这样平安地生活下去么？杀了我的父亲，逼死了我的母亲，这还不能令他们满意，他们还要，唉！还要我这一条命！我不知高丽人有什么对不起日本人的地方，致使他们一定要灭高丽人的种，一定要把高丽人杀得一个不留。……我年纪渐渐大了，日本的警察对于我的注意和监视，也就渐渐紧张起来了，布满了警察要逮捕我的风声。云姑的父亲见着这种情形，深恐日本人又下毒手，说不定什么时候把我捉去杀了。他老人家日夜战兢兢地，饮食不安；我呢，我自己倒反不以为意的样子。一日，他老人家把我喊到面前，四顾无人，他对我籁籁地流下了泪，我这时真是莫知所以。他含着哭声向我说道：'汉儿，自从你父母死后，我视你如自己的亲生的儿子一般，你大约也感觉得到；我本想将你放在自己的面前扶养成人，一则使你的父母在九泉下也能瞑目，二则也尽尽我对死友的义务，况且我已把云姑许给你了呢？但是现在，我的汉儿，这高丽你不能再居住下去了……日本的警察对于你，唉！谁知道他们怀着什么恶意呢！倘若你一有不幸，再遭了他们的毒手，那我怎么能对得起你，又怎么能对得起你的亡故的父母呢？唉！我的汉儿！事到如今，你不得不早为脱逃之计，我已经替你预备好了，就是今晚，你……你……你一定要离开这悲哀的高丽……他年……啊！他年或有见面的机会！……'云姑的父亲情不自已地放声哭了。我这时简直如晴天遇着霹雳一般，无所措手足，不知说什么话才好。朋友，你们试想想我这时的心境是什么样子！唉，一个稚弱的我忽然遇着这个大难题，朋友，你们想想怎么样子解决呢？我这时没有话讲，我只是哭，我只好唯他老人家的命是从。……

"但是我的云姑呢？她曾否已经晓得了她父亲这时对我所说出来的意思？啊！贤慧的云姑！明大义的云姑！她已经晓得了；并且我怎么样逃难的方法……都是她与她的父亲商量好的。她岂是愿意如此做吗？她岂是愿意我离开她，忍心让我一个人去向异邦飘泊吗？不愿，绝对地不愿啊！但是为着我的安全，为着我的将来，她不得不忍心将我送出悲哀的高丽！唉！她是如何地难过呵！她的父亲向我说话的时候，即是她一个人在自己的房内哭得死去活来的时候，即是她肝肠寸断的时候。……

"这一天晚上十句钟的时候，有一个老人驾一只渔船，静悄悄地泊于鸭绿江上一处无人烟的地方，伏在芦苇深处的岸边。在黑暗的阴影中，一对小人儿脚步踉跄地，轻轻地走到这泊渔船的岸边来。这是要即刻生离的一对鸳鸯，任你是谁，唉！任你是谁也形容不出他俩心境是如何地悲哀啊！他俩到了岸边之后，忽然将手里拿的小包袱掷在地下，搂在一起，只是细微地呜呜地哭泣，不敢将哭声稍微放高些。'我的汉哥！你这一去……我希望你好好地珍重……我永远是……你的……只要世界上正义存在……我们终……终有团聚的一日！……''我的云姑！唉！我的心……碎……了……我将努力完成你的希望……除了你……世界上没有第二人……唉！你是我心灵的光……光……'他们哭着说着，唉！这是如何悲哀的一幕！渔船上的老人下了船走到岸上来，将他俩用手使劲地一分，庄重地说道：'还哭什么！是好汉，总有恢复高丽自由的一日，总有夫妻团聚的一日，现在光哭是没用的！云姑！你回去，回去，切莫在这儿多站了，谨防被人看见。'老人将话说完，便一把将这一个少年拉到渔船上，毫不回顾地摇桨而去。大约云姑还立在岸上望，一直望到渔船望不见了的时候为止。

"唉！朋友，我的亲爱的朋友啊，又谁知这鸭绿江畔一别，便成为永别了……高丽或有自由的时期，但我的云姑，我的云姑啊，我永远再见不着她的面了！说什么总有团聚的一日！……鸭绿江畔是我永远的纪念地！年年江水呜咽，是悲鸣着高丽的命运，是替我那可怜的云姑吐恨！……

"我曾在这一天夜里逃到中国地界过了两年，又由中国跑到这解放后的俄国来，当了两年红军中的兵士，不知不觉地到现在，离开高丽已经有六七年了；但是我的这一颗心没有一分钟不系恋在高丽和我云姑的身上！我出奔后从未接过云姑的一封信，实际上我俩也没有通信的可能。我直指望有与她团聚的一日，又谁知她在今年正月初又被日本人害死了！唉！江河有尽头，此恨绵绵无尽期！"

"到底你的云姑是因为什么罪名死的呢?"我插着问，李孟汉把眉一皱，发出很低微的声音："因为什么罪名死的？听说她是高丽社会主义青年同盟妇女部的书记，她有一次参加工人集会，被日本警察捉住了，定她一个煽动罢工的罪名，于是将她收了监，于是她屈死在监狱里。听说在审判的法堂上，她大骂日本人的蛮暴，并说倘若高丽的劳动群众没有死完的时候，则自由的高丽终有实现的一日。啊，这是何等的壮烈啊！这种壮烈的女子，我以为比什么都神圣。朋友们，除了这个神圣的她而外，你们能替我再找一个更可爱的女子么？……"李孟汉将话说到此地，忽然出去找朋友的 C 君回来了。C 君淋了一身的雪，好像一个白鹭鸶一样，我们忽然将注意点挪到他的身上了——我们的谈话也就中止了。

时候已经是十二点过了，我们将炉火扑灭，各自就寝。但我听见李孟汉上床后，还好久没有睡着，尽在那里翻身叹气。

一九二六，一，十四，完稿。

弟兄夜话

江霞自 R 国回国之后，蛰居于繁华嘈杂的上海，每日的光阴大半消磨在一间如鸟笼子一般的小亭子间里，他在 S 大学虽然担任了几点钟的功课，借以为维持生活的方法，使肚子不至于发生问题，然而总是镇日地烦闷，烦闷得难以言状。这并不是因为江霞自负是一个留学生，早怀着回国后大出风头的愿望，而这种愿望现在不能达到；也不是因为江霞有过丰富的物质生活的奢望，而现在这种奢望没有达到的机会；也不是因为他的心境回到数年前的状态，又抱起悲观来了。不是，绝对的不是，他到底为什么烦闷？简单地说，他的烦闷不是因为要做官或是因为要发财，而是因为这上海的环境，这每日在江霞眼帘前所经过的现象，使江霞太感觉着不安了。江霞每日在上海所看见的一切，使江霞不自由地感觉着："唉！这上海，这上海简直使我闷煞了！这不是我要住的地方，这简直是地狱。……"

江霞在冰雪的 M 城旅居了数年，深深地习惯了 M 城的生活。现在忽然归到灰色的中国，并且是归到黑暗萃聚的上海，一切眼所见的，耳所闻的，迥然与在 M 城不同，这的确不能不使他感觉着不安。论起物质方面来，上海并不弱于 M 城：
这里有的是光滑平坦的马路，高耸巨大的洋房，繁华灿烂无物
不备的商店；这里有的是车马如龙，士女如云……总而言之，
这里应有尽有，有什么不及 M 城的地方？难道说 M 城比上海
还美丽些么？江霞为什么感觉着不安？上海简直是乐地！上海
简直是天堂！上海有别的地方没有的奇物异事，江霞还要求一
些什么呢？既不要升官发财，又不抱悲观的态度，那么江霞就
应当大行乐而特行乐了，又何必为无益的烦闷呢？

　　但是江霞总感觉着烦闷，总感觉这上海不是他要住的地
方，总感觉 M 城所有的一件东西是上海所没有的，而这一件
东西为江霞所最爱的，为江霞心灵所最维系的东西——江霞既
然在上海见不着这一件东西，所以他烦闷得非常，而时常要做
重游 M 城的甜梦。这一件东西到底是什么呢？不是 M 城所特
有的歌舞剧，不是那连天的白雪，也不是令江霞吃着有味的黑
面包，而是 M 城所有的新鲜的，自由的，光明的空气。

　　在 M 城，江霞可以看见满街的血旗——人类解放的象
征——可以听见群众所唱的伟大的国际歌和童子军前列乐队所
敲的铜鼓声。但是在上海呢？红头阿三手中的哭丧棒，洋大人
的气昂昂，商人的俗样，工人的痛苦万状，工部局的牢狱高耸
着天，黄包车夫可怜的叫喊……一切，一切，唉！一切都使得
江霞心惊胆战！或者在上海过惯的人不感觉得，但是在 M 城
旅居过几年的江霞，蓦然回到上海来，又怎能免去不安的感觉
呢？不错！上海有高大的洋房，繁华的商店，如花的美女，但
是上海的空气太污秽了，使得江霞简直难于呼吸。他不得不天

天烦闷，而回忆那自由的 M 城。……

江霞回到上海已经有三个多月了，在这三个多月之中，有时因为烦闷极了，常常想回到那已离别五六年的故乡去看一看。故乡在 A 省的中部，介于南北之间。山水清秀，风景幽丽，的确是避嚣的佳地。父母的慈祥的爱，弟兄们的情谊，儿时的游玩地，儿时的伴侣，诸小侄辈们的天真的欢笑，……一切都时常巡回在江霞的脑际，引诱江霞发生回家的念头，似觉在暗中喊呼："江霞！江霞！你来家看看罢！这里有天伦的乐趣，这里有美丽的景物，这里可以展舒疲倦的胸怀……"呵！好美丽的家园！应当回家去看一看，休息一休息，一定的！一定的要回去！

但是江霞终没有勇气作回家的打算。家园虽好，但是江霞不能够回去，江霞怕回去，江霞又羞回去！这是因为什么？因为江霞的家庭不要江霞了？因为江霞在家乡做了什么罪恶逃跑出来的？因为江霞在家乡有什么凶狠的仇人？或是因为……呵，不是，不是因为这些！

江霞幼时在家乡里曾负有神童的声誉，一般父老，绅士，亲戚以及江霞父亲的朋友们，都啧啧称赞过江霞：这孩子面貌生得多么端正，多么清秀。这孩子真聪明，写得这么一笔好字！这孩子文章做得真好！这孩子前程不可限量！这孩子将来一定要荣宗耀祖的！……有几个看相的并且说过，照这孩子品貌看来，将来起码是一个县知事！有几个穷亲戚会不断地说过，这孩子将来发达了，我们也可以沾一沾光，分一分润。这么一来，江霞简直是一个神童，江霞简直是将来的县知事，省长或大总统了。光阴一年一年地过去，人们对于江霞还是继续地等待着，称赞着，希望着。但是忽然于一九二〇年元月，江霞的父母接到江霞从上海寄来的一封信，信上说，他现在决定到 R 国去留学，不日由沪动身，约四五年才能回国，请父母勿念等语。……喂！怎么啦？到 R 国去留学？R 国是过激派的国家，是主张共产共妻的国家，到 R 国去留学，这岂不是去学过激派，去学主张共产共妻的勾当？这是什么话？唉！江霞浑蛋！江霞变了！唉！好好的一个江霞，现在居然这样糊涂。……家乡的一般人们，自从江霞到 R 国后，对于江霞的感情大变，大部分由称赞，希望，等待，转到讥笑，叹息，咒骂了。

江霞深深地知道这一层，知道自己的行为为家乡的人们所不满，所讥笑。江霞想道，家乡的人们从前所希望于我的，是我将来可以做官发财，是我将来可以荣宗耀祖，但是现在我回国后仅教一点穷书，每月的收入仅可以维持生活。并且……倘若我回去了，与他们怎么见面？说什么话好呢？喂！他们的那种态度，那种心理，那种习惯，那一切令人讨厌的样子……我真是不高兴与他们多说话！我真是不愿意回去与他们相周旋！我回去了之后能够躲在家中不见人吗？我的父母一定要逼迫我见人，一定要我与所谓父老绅士们相周旋，但是我怎么能忍受这个呢？还是不回去的好！不回去，还是不回去！等一等再说罢！

但是，倘若仅仅只有这一个困难的问题，恐怕还是遏抑不住江霞要回里的打算。无奈对于江霞，还有比这更困难的问题，这就是他的婚姻问题。八九年前，江霞的父母听了媒妁之言，替江霞订下了一门亲事，当时江霞虽然感觉着不满意，但是因为年龄和知识的关系，只好马马虎虎地听着父母做去，未曾公然表示反对。后来江霞年龄大了，升入了 W 埠的中学，受了新潮流的激荡；一般青年学子群醉心于自由恋爱，江霞本来的性格就是很急进的，当然不能立于例外了。本来呢，婚姻是要当事人两方同意才能决定的，怎么能由父母糊里糊涂地拉拢？江霞从未见过自己的未婚妻生得什么样子：是高？是低？是胖？是瘦？是麻子？是缺腿？江霞连想象也想象不着，至于她的性格是怎样，聪明不聪明，了解不了解江霞的性情，那更是谈不到了。江霞真是有点着急！眼看着结婚的期限快到了，但是怎么能与一个不相识的女子结婚？倘若结婚后她是一个白痴，或是恶如夜叉，或是蠢如猪牛，那如何处置呢？想起来真是危险，危险得厉害！江霞除了读书和在学生会办事的时间，差不多大部分的精力都用在解决这个困难的问题上面。

这个问题能够拖延下去不求解决么？江霞在每次的家信中，曾屡次露出对于婚姻不满意，后来居然公开地向家庭说明，无论如何，没有与 W 姓女结婚的可能。这件事情可是把江霞的父母难住了！解除婚约？这怎么能办得到呢？这是古今中外未有的奇闻，至少是江霞的家乡百馀里附近未有的奇闻！办不到，绝对地办不到，况且 W 族是有势力的大族，族中有很多的阔人，他们如何能够答应？倘若他们故意为难，故意跑到县里去控告，或是纠众到门前吵闹……这将如何是好呢？哼！真是把江霞的父母为难死了！

　　江霞的父母无论如何不能答应江霞的要求！木已成舟，哪里还能再说别的话？江霞应当勉强一点罢，反正是办不到的事情。江霞的父母说，无论你要求什么都可答应，但是这个问题，请你不要使父母为难罢，办不到，绝对地办不到！江霞替父母想想，也实在觉着太使父母为难了。但是怎么能与一个不相识的女子结婚？谁个又能断定那 W 姓女子不是瞎子，或是比夜叉还要凶些？唉！这也是绝对地办不到，无论如何办不到！江霞想来想去，也罢，等有机会时，我跑他一个无影无踪，使家庭找不到我，这结婚当然不成问题的了。现在不必向家庭说，说也没有用处。我跑了之后，看那 W 姓的父母怎样？他们能再逼迫我的家庭么？倘若他们能逼迫我的家庭，那么我的父母岂不能向他家要儿子？儿子都跑走了，还讲什么娶媳妇？好！就是这样办！

　　江霞所以要跑到 R 国留学，大目的虽然不是要躲避结婚，但是躲避结婚却为一附带的原因。江霞以为在 R 国过了几年之后，这婚约是大约可以解除的，孰知江霞回国之后，写一封信向家庭问一问婚约解除了没有，得到一个回答："没有！"唉，这真是糟糕。怎么办？现在还是没有办法，如出国前没有办法一样。事情是越弄越僵了！江霞的家庭天天等待江霞回去结婚，他们的打算是：倘若江霞一回家，不问你三七二十一，愿也好，不愿也好，按着磕了头，拜了天地再说。江霞知道这种计画，时时防备这种计画。防备这种计画的好方法是什么？就是一个不回家！家乡有青的山，绿的水，家乡有一切引诱江霞要回里的东西，家乡的幽静实比这上海的烦杂不知好多少倍。

　　江霞何尝不想回家？江霞为烦杂的上海弄得疲倦了，很想回家休息一下，但是一想到这一件危险的事情，回家的念头就打断了。唉！不回去，还是不能回去！

　　江霞的父母屡屡写信催江霞回家，但是江霞总都是含糊地回答，不是说等到暑假回家，便是说刻下因有事不能离开上海，总没说过一个肯定的回家的日期。江霞的家庭真是急坏了，特别是江霞的母亲！江霞是他母亲的一个小儿子，也是一个最为钟爱的儿子，现在有五六年未回家了，怎能令她老人家不着急，不悬念？江霞在家时是很孝顺母亲的，但是现在江霞虽离开母亲五六年了，而仍不想回家看看母亲，这实在要教母亲伤心了。她一定时常叹息着说："霞儿！你这小东西好忍心呵！简直把老娘忘了！唉！我空在你的身上用了力气！……"江霞也常想象到这个，并且想起母亲的情形来，眼珠也时常湿润过。但是他还是不回家。他怎么能够回家呢？母亲呵！请宽恕你的儿子罢！

　　有一日，江霞自Ｓ大学授课回来，没有雇黄包车，顺着幽静的福煦路漫步。这时已四句多钟了，西下的夕阳将自己的金辉静悄悄地淡射在路旁将要发青的行道树，及散立着的洋房和灰枯的草地上。路上少有骄人汽车的来往吼叫，不过不断地还时闻着哼哒哼哒的马蹄声。江霞看看路旁两边的景物，时而对夕阳唏嘘几下，时而低头做深默的幻想。江霞很久地没曾这样一个人独自散步了——他回到上海后，即在Ｓ大学任课，天天忙着编讲义，开会，有闲工夫的时候即自己坐在笼子般的小室内看书，从未好好地散过步。一个人散步罢？没有兴趣。去找几个朋友？他们都忙得什么似的，那里有闲工夫？找女朋友？江霞初回国时，几乎没有与女子接近的机会。不错，S大学有很多的女学生，但是处在中国社会环境里，这先生去找女学生游逛，似觉还未成为习惯。你闷了么？且在室内坐一坐，也只好在室内坐一坐！

　　江霞走着走着，忽然动了乡情：屈指一算，离家已是六年了；现在的时光正是那一年离开家乡的时光，虽然那时家乡的风景不似此时的福煦路上，但是时光是一样的呵。唉！忽然间已是六年了！这六年间的流浪的我，六年间的家乡景物，六年间的家庭状况……呵！那道旁的杨柳，母亲送我行时所倚靠的杨柳，还是如往年一样，已经发青了么？那屋后的竹林还是如当年一样的绿？小妹妹的脚大约未裹罢？母亲的目疾难道还没有好么？……杨柳，母亲，竹林，妹妹……一切，一切，不知为什么在此时都一齐涌进了江霞的忆海。江霞动了乡情了，动了回家的念头了。无论如何，还是要回家去看一看，难道说就从此不要家了么？江霞想到这里，忽然一辆汽车经过江霞身旁鸣的一声飞跑去了，把江霞吓得眼一瞪，即时又莫名其妙地鼓动了江霞的与前段思想相反的思想：回家？我将怎么样与那些讨厌的人们相周旋？我将怎么样能忍受那糊里糊涂的结婚？我将怎么样……不！不！还是不能回家去！

　　江霞在这一日上午，从四马路买书回来，因为乘电车，遇着一个外国人霸占着一个可以容两人坐的位置，而不让江霞坐下去。江霞骂了他几句，几几乎与他大打起架来。后来那位外国人让了步，但是江霞愤外国人蛮横，无理欺压中国人，所生的气到此时还未尽消下去。此时江霞又动了乡情，心中的情绪如乱麻也似地纷扰，要想找一个方法吐泄一下。江霞想起成都路头一家小酒馆来了。于是由回家的路，改走到这小酒馆的方向来。

"俫先生格许多时候没来哉。"

"阿拉有事体呀，哪能够天天来呢？"

"俫话，俫要吃啥酒，啥个小菜？"

"花雕半斤，牛肉一小碟，烧鸭一小碟，俫要快一点哉！"

江霞虽然前前后后在上海住了许多时候，但是他的上海话还是蹩脚得很。不过马马虎虎地他懂得茶房的话，茶房也懂得他的话。茶房将酒菜端上，江霞自斟自酌，想借酒浇浇胸中的块垒。谁知酒越喝得多，胸中的烦恼也就越增加，恨不得即刻搭车到吴淞口去投海去！想起外国人对于自己的无理，恨不得拿起刀来杀他一个老子娘不能出气！江霞不是一个狭义的民族主义者，但是他以为凡是旅居中国的外国人都是坏东西，起码也有百分之九十九是的！江霞此时不愿意想起回家，结婚等等的事情，但是怎么能够呢？脑筋真是浑蛋！你教它不要想，而它偏要想！怎么办？江霞只是喝酒，一直喝到差不多要醉了。

这时已经有六句钟了。天还未十分黑，江霞踉跄地提着书包，顺着成都路，昏头昏脑地走将回来。刚一进客堂门，忽听着一个人问道：

"老三！你为什么回来这样迟呀？等得急死我了！"

江霞昏头昏脑地，双眼朦胧，即时未看出说话的人在什么地方，但是酒意已经被这"老三"两个字惊醒了。老三？在上海有谁个能够这样称呼江霞？江霞在上海的朋友中从未谈过家事，谁个晓得江霞是老三？就是有人晓得江霞还有两位哥哥，江霞是行三，可是绝对也不会拿"老三"来称呼江霞！老三？这是一个很生的称呼，然而又是很亲近的称呼。江霞自从六年前离开家庭后，自从与两位哥哥分手以来，谁个也没喊过江霞老三，现在江霞忽然听见有人喊他老三，不禁起了一种莫名其妙的感觉。"老三"这个称呼真是熟得很呵！江霞与自己的两位哥哥分别太久了，平素忆想不出两位哥哥说话的声音，但此刻一听见老三两个字，使江霞即刻就明白了这不是别人的声音，这一定是大哥的声音。江霞好好地定神一看，客堂右边椅子上坐着三十来岁的中年人，身穿着黑布马褂，蓝布长衫，带着一副憔悴的面容，呵，谁个晓得，这憔悴的面容不是由于生活困苦所致的？不是由于奔波积虑？……椅子上坐着的中年人只两眼瞪着向有醉容的江霞看，江霞忽然觉着有无限的难过，又忽然觉着有无限的欢欣。呵，原来是大哥，原来是五六年未见面的大哥。

"大哥你来了，你什么时候到的呀？"

"四点钟到的。我坐在此等了你两个多钟头，真是急得很！"

江霞见着大哥憔悴的面容，上下将大哥打量一番，即时心中有多少话要问他，但是从何处问起？平素易于说话的江霞，到此时反说不出话来。江霞的大哥也似觉有许多话要说的样子，但是他又从何处说起呢？大家沉默对看了一忽儿，最后江霞说道：

"走，上楼去，到我住的一间小房子里去。"

于是江霞将大哥的一束带着灰尘的小行李提起，在前面引导着大哥上楼，扑通扑通地踏得楼梯响，走入自己所住的如鸟笼子一般的亭子间里。

"大哥，你怎么来的呀？"

"俺大叫我来上海看看你。你这些年都没有回去，俺大想得什么也似的！你在外边哪里晓得……"

江霞听到这里，眼圈子不禁红将起来了：呵！原来是母亲叫他来看我的！……我这些年没有回家看她老人家，而她老人家反叫大哥跑了这么远的路来看我，这真是增加我的罪过！这真是于理不合！……但是我的母亲呵！我岂是不愿意来家看看你老人家？我岂是把你老人家忘了？你老人家念儿子的心情，我难道说不知道？但是，但是……我的可怜的母亲呵！我不回家有我不回家的苦楚！你老人家知道么？唉！唉！……

这时天已完全黑了，江霞将电灯扭着，在灯光的底下，又暗地里仔细地瞟看大哥的憔悴的面容：还是几年前的大哥，但是老了，憔悴得多了；从前他是何等的英武，何等的清秀！但是现在呵，唉！在这憔悴的面容上消沉了一切英武和清秀的痕迹。几年中有这么许多的变化！生活这般地会捉弄人！江霞静默着深深地起了无限的感慨。在这时江霞的大哥也瞟看了江霞没有？也许他也同江霞一样地瞟看：还是几年前的老三？这笑的神情，这和平的态度，这……还差不多如从前一样，但是多了一副近视眼镜，口的上下方露出了几根还未长硬的胡须。

江霞忽然想起来了：大哥来得很久了，我还未曾问他吃了饭没有，这真是荒唐之至！我应当赶快做一点饭给他吃，好在面条和面包是现成的，只要汽炉一打着，十几分钟就好了。

"大哥，你饿了罢？"

"饿是饿了，但是怎么吃饭呢？"

"我即刻替你做西餐，做外国饭吃，容易得很，"江霞笑着说。

做西餐？吃外国饭？这可是对于江霞的大哥是一件新闻，江霞的大哥虽然在家乡曾经吃过什么鱼翅席，什么海参席……但是外国饭却未曾吃过。现在江霞说做外国饭给他吃，不禁引起他的好奇心了。

"怎么？吃外国饭？那不是很费事么？"

江霞笑将起来了。江霞说，做真正的外国饭可是费事情，但是我现在所要做的外国饭是再容易，再简单没有了。江霞于是将自己洋布长衫的袖子卷起来，将汽炉打着，汽炉打着之后，即将洋铁的锅盛上水，放在汽炉上头，开始煮将起来。等水沸了，江霞将面条下到里头，过一忽儿又将油盐放上，再过一忽儿就宣告成功了。江霞将面条和汤倒了一盘，又将面包切了几块，遂对大哥说：

"大哥，请你坐下吃罢，这就叫做外国饭呵，你看容易不容易？"

"原来这就叫做外国饭！这样的外国饭我也会做。"江霞的大哥见着这种做外国饭的神情，不禁也笑将起来了。

等到江霞的大哥将江霞所做的外国饭吃了之后，天已是八点多钟了。江霞怕大哥旅行得疲倦了，即忙将床铺好，请大哥安睡。江霞本想等大哥睡了之后，再看一点书，但是心绪烦乱，无论如何没有再看书的兴趣了，于是也就把衣服脱了跑上床去。江霞同大哥同一张床睡，江霞睡在里边，大哥睡在外边。上床之后江霞想好好地镇定地睡下去，免使大哥睡不着。但是此时脑海中起了纷乱的波纹：可怜的母亲，路旁的杨柳，大哥的憔悴的面容，日间所受外国人的欺侮……那最可怕的强迫的婚姻……那些愚蠢的家乡绅士，那 W 姓女也许是五官不正，也许是瞎眼缺腿……把江霞鼓动得翻来覆去无论如何睡不着。

江霞的大哥这一次来上海的使命，第一是代父亲和母亲来上海看一看：江霞是否康健？江霞的状况怎样？江霞做些什么事情？江霞是否不要家了？第二是来询问江霞对于结婚的事情到底抱着什么态度。他因旅行实在太疲倦了，现在当睡觉的时候，照讲是要好好地跑入梦乡的。但是他也同江霞一样，总是不能入梦。这也并不十分奇怪：他怎么能安然就睡着呢？他一定要把自己的使命向江霞说清楚，最重要的是劝江霞回家去结婚；当这个大问题没有向江霞要求得一个答案时，他虽然是疲倦了，总也是睡不着的。他不得不先开口了：

"老三，你睡着了么？"

"我，我没有……"

"我问你，你到底要不要同 W 家姑娘结婚呢？"

江霞久已预备好了对于这个问题的答案。他料定他的大哥一定要提到这个问题的，所以不慌不忙地答应了一句："当然是不要！"

"我以为可以将就一些儿罢！你可知道家中因你有多大的为难！俺伯几乎急得天天夜里睡不着觉，俺大也是急得很！……"

"我岂是不晓得这些？但是婚姻是一生的大事，怎么能马马虎虎地过去呢？W姓的姑娘，我连认都不认得，又怎能同她结婚呢？……结婚是要男女双方情投意合才可以的，怎能随随便便地就……"

"老三，你说这话，我倒不以为然！古来都是如此的，我问你，我同你的大嫂子怎么结了婚呢？……我劝你莫要太醉心自由了！"

江霞的大哥说着这话带着生气的口气，这也难怪，他怎么不生气呢？全家都为着江霞一个人不安，而江霞始终总是这样地执拗，真是教人生气！江霞简直不体谅家里的苦衷，江霞简直不讲理！江霞的大哥想，从前的江霞是何等地听话，是何等地知事明理！但是现在在外边过野了，又留了几年学……哼！真是令人料想不到的事情！

江霞听了大哥的口气，知道大哥生气了，但是怎么办呢？有什么法子能使大哥不生气？江霞不能听从大哥的话，不能与W姓姑娘结婚，终究是要使大哥生气的！江霞从前在家时，很少与大哥争论过，很少使大哥对于自己生过气，但是现在，唉！现在也只好听着他生气了。江霞又和平地向大哥说道：

"大哥，我且问你，你与大嫂子结婚了许多年，孩子也生了几个，你到底好好地爱过她没有？……夫妻是不是要以爱做结合的？……"

江霞说了这几句话，静等着大哥回答，但是大哥半晌不做声。大哥听了江霞的话，把自己劝江霞的使命忘却了，简直不知说什么话好！他忽然觉着有无限的悲哀，不禁把劝江霞的心思转到自己身上来：我爱过我的老婆没有？我打过她，骂过她，跟她吵过架……但是爱……真难说！大约是没曾爱过她罢？……结婚了许多年，生了许多孩子，但是爱……真难说！……

"倘若夫妻间没有爱，那还说得到什么幸福呢？"江霞隔了半晌，又叽咕了这么一句。

江霞的大哥又忽然听到从老三口中冒出"幸福"两个字，于是更加有点难受！幸福？我自从结过婚后，我的老婆给过我什么幸福？在每次的吵架中，在日常的生活上，要说到痛苦倒是有的，但是幸福……我几乎没有快乐过一天！除了不得已夜里在床上同她……此外真没感觉得幸福！江霞的大哥想到这里，不禁深深地叹了一口大气。

"大哥，你叹什么气呢？"

江霞的大哥又忽然想到自己的使命了。他因为自己的经验，被江霞这一问，不知不觉地对江霞改变了态度。他现在也暗暗地想道：不错！婚姻是要以爱做结合的，没有爱的婚姻还不如没有的好！……但是他不愿意一下子就向江霞说出自己的意思，还是勉强向江霞劝道：

"老三，我岂是不知道你的心思？你说的话何尝没有道理？但是，但是家里实在为难的很……家乡的情形你还不晓得么？能够勉强就勉强下去。"

"大哥，别的事情可勉强，这件事情也可勉强么？"

"这样说，你是决定的了？"

"我久已决定了！"

"哼！也罢，我回去替你想方法。……"

江霞听到此地，真是高兴的了不得！大哥改变了口气了！大哥与我表同情了！好一个可爱的大哥！大哥还是几年前爱我的大哥！……

江霞的大哥来上海的目的，是要把江霞劝回家结婚的，但是现在呢？现在不但不再劝江霞回去结婚了，而且答应了江霞回去代为想方法，呵！这是何等大的变更！江霞的大哥似乎一刹那间觉悟了：我自己已经糊里糊涂地受了婚姻的痛苦，难道说还要使老三如我一样？人一辈子婚姻是大事，我已经被葬送了，若再使老三也受无谓的牺牲，这岂不是浑蛋一个？算了！算了！老三的意见是对的，我一定要帮他的忙！我不帮他的忙，谁个帮他的忙？……唉！想起来，我却是糊里糊涂地与老婆过了这许多年！爱？说句良心话，真是没尝到一点儿爱的滋味！唉！不谈了！这一辈子算了！……江霞的大哥想到此地，决意不再提到婚姻的问题了：一方面是因为承认了江霞的意见是对的，而一方面又因为怕多说了反增加了自己的烦恼。他于是将这个问题抛开，而转到别的事情上去。忽然他想起来了：家乡谣言都说老三到 R 国住了几年，投降了过激派，主张什么共产，有的并且说还主张共妻呢……喂！这的确使不得！与 W 家姑娘解除婚约的事情，虽然是很不方便，但我现在可不反对了。但是这过激派的事情？这共产？这共妻？这简直使不得！

产怎么能共呢？至于共妻一层，这简直是禽兽了！老三大约不
至于这样乱来罢。我且问他一问，看他如何回答我：

"老三，我听说你们主张什么过激主义……是不是有
这话？"

"你听谁个说的？"江霞笑起来了。

"家乡有很多的人这样说。若是真的，这可使不得！……"

"大哥，这是一般人的谣言，你千万莫要听他们胡说八道
的。不过现在的世界也真是太不成样子了！有钱的人不做一点
事，终日吃好的，穿好的，而穷人累得同牛一样，反而吃不
饱，衣不暖，这是什么道理？张三也是人，李四也是人，为什
么张三奢侈得不堪，而李四苦得要命？难道说眼耳口鼻生得有
什么不同么？……即如刘老太爷为什么那样做威做福的？他打
起自己的佃户来，就同打犯罪的囚犯一样，一点不好，就把佃
户送到县里去，这是什么道理呢？什么公理，什么正义，统统
都是骗人的，假的！谁个有钱，谁个就是王，谁个就是对的！
你想想，这样下去还能行么？……"江霞的大哥听了这些话，
虽觉有几分道理，但总是不以为然。从古到今，有富就有穷，
穷富是天定的，怎么能够说这是不对的？倘若穷人执起政来
了，大家互相争夺，那还能了得。即如我家里有几十亩田地，
一座小商店，现在还可以维持生活，倘若……那我家里所有的
东西都要被抢光，那倒怎么办呢？……危险得厉害！……

"你说的虽是有点道理，但是……"

"但是什么呢？"

"无论如何，这是行不去的！"

　　江霞的大哥虽然不以江霞的话为然，但总说不出圆满的理由来。江霞一层一层地把他的疑难解释开来，解释的结果使他没有话说。江霞又劝他不要怕……就使有什么变故，与我家虽然没有利，但也没有害。我家仅仅有几十亩田地，一座小商店，何必操无谓的心呢？你看，刘家楼有多少田地？吴家北庄有多少金银堆在那儿？我们也是穷光蛋，怕它干吗呢？……江霞的大哥听了这一段话，心又摇动起来了。他想：或者老三的意见是对的……真的，刘家楼，吴家北庄，他们该多有钱！想起来，也实在有点不公道！富人这般享福，穷人这般吃苦！即如我的几位母舅，他们成年到雪里雨里，还穷得那般样子！哼……江霞的大哥现在似觉有点兴奋起来了。他不知不觉地又为江霞的意见所同化，刹那间又变成了江霞的同志。

　　"大哥，天不早了，你可以好好地睡觉罢！"

　　"哼！……"

　　江霞的大哥无论如何总是睡不着。在这一晚上，他的心灵深处似觉起了很大的波浪，发生了不可言说的变动。这简直是在他的生活史上第一次！从前也曾彻夜失过眠，但是另一滋味，与现在的迥不相同。论理，说了这些话，应当好好地睡去，恢复恢复由旅行所损失的精神。但是他总是两眼睁着向着被黑影蒙蔽着的天花板望。电灯已经熄了，那天花板上难道说还显出什么东西来？他自己也不知为什么要这样，为什么总是两眼睁着，而况旁人么？也许江霞知道这其中原故？不，江霞也不知道！江霞没有长着夜眼，在乌黑的空气中，江霞不能看见大哥的眼睛是睁着还是闭着，更不能看见大哥现在的神情来。江霞说话说得太多了，疲倦了，两只眼睛的上下皮不由得要合拢起来了。江霞可以睡觉了：既然大哥允许了代为设法解决这讨厌的，最麻烦的问题，那么事情是有希望了，还想什么呢？还有什么不安呢？江霞要睡觉了，江霞没有想到大哥这时是什么心境，是在想什么，是烦恼还是喜欢？……忽然在静寂的乌黑中，江霞的大哥又高声地咕噜了一句：

"老三！我不晓得我的心中现在怎么这样不安！……"

"哼！……"江霞在梦呓中似答非答地这样哼了一下。

"你所说的话大约都是对的。……"

"哼！……"

"…………"

第二天江霞向学校请了一天假，整天地领着大哥游逛：什么新世界啦，大世界啦……一些游戏场几乎都逛了。晚上到共舞台去看戏，一直看到夜里十二点钟才回来。江霞的大哥从前未到过上海，这一次到了上海，看了许多在家乡从未看见过的东西，照理应该是很满意的了，很高兴的了。但是在游逛的结果，他向江霞说道：

"上海也不过如是，这一天到晚吵吵闹闹轰里轰东的……我觉着有点登不惯……唉！还是我们家乡好。……"

在继续与大哥的谈话中，江霞知道了家乡的情形：年成不好，米贵得不得了，土匪遍地尽是……大刀会曾闹了一阵，杀了许多绅士和财主……幸而一家人还平安，父母也很康健……家中又多生了几个小孩子。……江霞这时很想回家去看一看，看一看这出外后五六年来的变迁。他又甚为叹息家乡的情形也闹到了这种地步：唉！中国真是没有一片干净土！这种社会不把它根本改造还能行么？江霞想到此，又把回家的念头停止住了，而专想到一些革命的事情。

江霞的大哥过了几天，无论如何，是要回家了。江霞就是想留也留不住；在离别的三等车车厢中，已经是夜十一点钟了，在乘客嘈杂的声中，江霞的大哥握着江霞的手，很镇静地说道：

"老三，你放心！家事自有我问。你在外边尽可做你自己所愿意做的事，不过处处要放谨慎些！……"

一九二六，七，四。